Neuanfang am Paradies

Ein Roman von
Susanne N. Bahro

Aus der Reihe
ALLGÄU ROMANTIK
Band I

1. Auflage August 2016

Text, Bild, Konzeption & Gestaltung:
Susanne N. Bahro
Irsengund 10
88179 Oberreute

Druck & Bindearbeiten:
PRINT GROUP Sp. z o.o.
ul. Księcia Witolda 7
71-063 Szczecin / Polen

ISBN 978-3-00-053503-1

Vorwort

Geschichten wie ein Kurzurlaub im Allgäu!

Griaß di,

seit jeher ist es mir ein Herzensanliegen, die Schönheit meiner Allgäuer Heimat anderen Menschen zu vermitteln. Das ist auch das Ziel der Serie ALLGÄU ROMANTIK, in der ich fiktive Geschichten erzähle, die an real existierenden Orten spielen.

Ich freue mich sehr über dein Interesse an diesem Buch und hoffe, dass du beim Lesen ebenso viel Freude haben wirst, wie ich beim Schreiben hatte. Möge es dir mein Allgäu auf unterhaltsame Weise näher bringen!

Geschichten und handelnde Akteure sind selbstverständlich frei erfunden. Sehenswürdigkeiten und Ortschaften hingegen habe ich so beschrieben, wie ich sie kenne und liebe, schließlich sollen ortskundige Leser und zukünftige Besucher die Schritte meiner Protagonisten nachvollziehen können.

Auf die Verwendung von Dialekt habe ich bewusst verzichtet, da es unmöglich wäre, den besonderen Färbungen einer jeden Region gerecht zu werden, außerdem würde es die Verständlichkeit unnötig beeinträchtigen.

Nun wünsche ich viel Lesevergnügen und verbleibe mit einem herzlichen Pfiat di!

Susanne N. Bahro

I

Es begann wieder zu regnen. Eva verließ die Autobahn und war plötzlich allein, die Landstraße vor ihr einsam und leer. Was nicht weiter verwunderlich war, denn jetzt, Mitte März, war die Skisaison fast vorbei. Dabei hatte Ramona ihr in den höchsten Tönen vorgeschwärmt von der unvergleichlichen Schönheit des Allgäus, von glitzernden Schneefeldern, majestätischen Berggipfeln und pittoresken Ortschaften. Doch davon war nichts zu sehen. Stattdessen empfing sie die beliebte Ferienregion mit eintöniger Tristheit und anhaltendem Nieselregen, der die Landschaft mit einem schmutzigen, grauen Schleier überzog. Das passt, dachte Eva, nichts in meinem Leben ist mehr so, wie es sein sollte, nicht einmal das Wetter. Die Frontscheibe beschlug, sie schaltete das Gebläse ein.

Drei Tage war es jetzt her, dass Jakob ihr am Telefon eröffnet hatte, er wolle sich scheiden lassen. Anfangs hatte sie das für einen schlechten Scherz gehalten, aber es war ihm ernst. Eva war nicht entgangen, dass er sich seit ihrer letzten Begegnung am Valentinstag verändert hatte. Seine täglichen Anrufe blieben immer öfters aus, und wenn sie mit ihm sprach, war er kurz angebunden. Dabei hatte er wahrlich keinen Grund, sich zu beschweren, sie hatten eine unvergessliche Ballnacht gehabt! Aber Jakobs Begeisterung über die Einladung zum Valentinsball war von Anfang verhalten gewesen. Wenn sie nur an sein Gesicht dachte! Jeder andere hätte vor Freude Luftsprünge gemacht.

Monoton kündigte das Navigationsgerät eine

Abzweigung an und Eva setzte den Blinker. Sie verlangsamte die Fahrt, denn die hereinbrechende Dämmerung beeinträchtigte bereits empfindlich die Sicht. Wie so oft war ihr Mann wieder mal auf den letzten Drücker aus Hamburg eingeflogen. Nie schaffte er es, pünktlich zu sein. Wozu hatte er eigentlich seine hochbezahlte Sekretärin?

Triefend nass war Jakob in Begleitung seines albernen Handköfferchens aus dem Aufzug getreten. Die dunkle Brille saß so schief wie seine Krawatte, er sah aus, als hätte er einen harten Tag gehabt. Aber hatte er den nicht immer?

„Ziehst du dich dann bitte gleich um“, erinnerte sie ihn mit einem flüchtigen Begrüßungskuss, „wir sind spät dran!“

Eva eilte zurück ins Badezimmer, um sich die Heizwickler aus dem Haar zu nehmen. Sie schüttelte die frischen Locken auf, trat einen Schritt zurück und betrachtete zufrieden ihr Spiegelbild. Das federgraue, bodenlange Taftkleid schmeichelte ihrem blassen Teint. In dunklen Wellen fiel ihr Haar wie ein Bilderrahmen um ihr Gesicht, dessen kindliche Züge von einem dramatischen Augen-Make-up und marsalaroten Lippenstift abgemildert wurden.

Jakob tauchte hinter ihr im Spiegel auf. „Ich dachte, wir gehen heute ins Castro, nur wir beide?“, fragte er erstaunt.

„Aber nein, Liebster. Hast du meine Nachricht nicht erhalten? Stell dir vor, ich habe überraschend Karten für den Valentinsball im Hubertussaal von Schloss Nymphenburg geschenkt bekommen!“

„Tut mir leid, da war ich wohl schon auf dem Weg zum Flieger“, entgegnete er zerknirscht. Schweigend sah er seiner Frau dabei zu, wie sie Dekolleté und Nacken mit einem teuren Parfum betupfte. Dann sagte er mit dem flehenden Unterton eines Kleinkindes: „Müssen wir da hin? Ich hatte mich so darauf gefreut, dich an diesem Abend nur für mich zu haben!“ Und er ergänzte vorwurfsvoll: „Wie wir es an Silvester vereinbart hatten!“

Hatten sie das? Eva runzelte die Stirn, sie konnte sich nicht erinnern. Spielte jetzt aber auch keine Rolle mehr, denn dieser Ball war keine Option, er war eine heilige Pflicht!

Ihr tadelnder Blick war Jakob Antwort genug. „Smoking?“, fragte er gequält.

Sie lachte über sein mürrisches Gesicht und hauchte ihm ein Küsschen auf die Wange.

Nein, entschied Eva, zu dem Zeitpunkt war zwischen ihnen noch alles in schönster Ordnung. Wann und warum hatte ihr Mann also entschieden, sich von ihr trennen zu wollen? Was schon im Grundsatz ein absurder Gedanke war, schließlich lebten sie seit jeher getrennt. Daran hatte nicht einmal ihre Heirat vor dreieinhalb Jahren etwas ändern können – er wohnte in Hamburg, sie in München.

Eine Windböe erfasste ihren Wagen und Eva musste kräftig gegenlenken, um nicht von der Straße gefegt zu werden. Von einer Sekunde auf die andere ging der Nieselregen in heftigen Schneeregen über. Eva verringerte ihre Geschwindigkeit bis auf Schritttempo, gleichzeitig stellte sie den Scheibenwischer auf die höchste Stufe. Trotzdem war die Fahrbahn kaum noch zu erkennen. Was um alles in der Welt machte sie hier?

Als Ramona ihr an diesem Morgen vorgeschlagen

hatte, sie solle für ein paar Tage ins Allgäu fahren, hatte das in Evas Ohren überaus vernünftig geklungen. Zwei Tage lang hatte sie tapfer durchgehalten und sich eingeredet, eine Scheidung wäre kein Weltuntergang. Wenn andere das überstehen konnten, konnte sie es auch! Aber dann war Rita ihr in die Quere gekommen und mit dem Optimismus war`s vorbei.

Dabei hatte dieser Morgen begonnen wie jeder andere auch. Eva kam ins Büro, holte sich einen Kaffee und hielt einen Schwatz mit den Mädels, bevor sie sich wie alle Tage daran machte, die neu eingegangenen Hörer-Zuschriften auszuwerten. Aber ausgerechnet diesen Tag musste eine gewisse Rita Müller aus Passau sich aussuchen, um ihr mitzuteilen, was für ein großes Vorbild Eva für sie doch sei. Man merke ihren Ratschlägen an, dass sie genau wisse, wovon sie sprach, und dass sie selbst in einer funktionierenden Partnerschaft lebte. Die gute Rita konnte ja nicht ahnen, dass Evas Eheglück nicht länger existent war und ihre nett gemeinten Zeilen sie einem Nervenzusammenbruch nahebringen würden.

Nachdem sie sich unter dem Trost und Zuspruch ihrer Kollegin und Busenfreundin Ramona wieder einigermaßen gesammelt hatte, wollte Eva nur noch eines: nichts wie weg! Sie hatte an den nächsten Flieger in den sonnigen Süden gedacht, doch Ramona riet ihr eindringlich davon ab. Was konnte es für eine frisch Getrennte Schlimmeres geben, als zwischen fröhlichen, flirtwilligen Menschen in der Sonne zu sitzen? Nein, entschied Ramona, was Eva jetzt brauchte, war ein stiller Rückzugsort, an dem sie ihre Wunden lecken konnte. Und je gründlicher sie das tat, desto schneller würde sie über den Schmerz hinwegkommen, hatte sie erklärt. Ramona musste es wissen, denn im Gegensatz zu Eva war sie in Sachen Liebeskummer eine erfahrene Expertin.

Und so kam es, dass sie nun unterwegs war in ein schnuckeliges Ferienhaus im Allgäu, das für die nächsten Tage ihr Ort der Begegnung mit sich selbst sein sollte.

Nach Jakobs Anruf am späten Sonntagabend war Eva zuerst schockiert gewesen, dann traurig, schließlich enttäuscht. Aber jetzt überwog zunehmend die Wut. Er wusste ganz genau, wie wichtig ihre Ehe für sie war – schon allein wegen 'Kuss oder Schluss', ihrer überaus erfolgreichen Show auf Radio Isarstar. Von einer bekannten Beziehungsexpertin durfte man erwarten, dass sie eine glückliche Ehe führte, alles andere wäre unglaubwürdig. Und sie war glücklich! Jedenfalls war sie es bis zu seinem unglückseligen Anruf gewesen.

„Sie haben ihr Ziel erreicht", informierte das Navi sie nüchtern. Jetzt konnte es nicht mehr weit sein. Eva konzentrierte sich auf die in regelmäßigen Abständen am Fahrbahnrand auftauchenden, rotmarkierten Holzpfosten, um die Abbiegung nicht zu verpassen, die Ramona ihr auf einem Stück Papier aufgemalt hatte. „Die Adresse kann ich dir schon geben", hatte sie dazu lachend gesagt, "aber weit wirst du damit nicht kommen! Sie bezeichnet nämlich kein Haus, sondern einen ganzen Landstrich!"

Wirklich nett von ihr, mir spontan ihr Ferienhaus zu überlassen, dachte Eva dankbar. Großzügige Gesten wie diese waren typisch für Ramona, denn sie war ein Mensch, der für andere sein letztes Hemd geben würde. Einmal mehr schätzte Eva sich glücklich, eine selbstlose Person wie sie zur Freundin zu haben.

Da, ein Wegweiser! Das musste es sein. Eva konnte nicht erkennen, was auf dem gelben Schild stand, bog aber auf gut Glück trotzdem ab. Es rumpelte kräftig, als das schmale Teersträßchen nach wenigen Metern in eine Art Feldweg überging, ein sicheres Zeichen dafür, dass sie richtig war.

Schemenhaft tauchten die Umrisse eines Hauses vor ihr auf, der dichte Schneeregen ließ jedoch nicht viel davon erkennen. Eva hielt an und schaltete das Fernlicht ein. Das brachte die vor den Scheinwerfern tanzenden Schneeflocken zum Leuchten, verbesserte aber nur unwesentlich die Sicht. Die Fensterläden waren geschlossen, das Haus wirkte verlassen. Je länger Eva es betrachtete, desto unwohler fühlte sie sich. Drohend schien es auf sie herunterzublicken. In der Dunkelheit sah die Tür aus wie ein zum Schrei geöffneter Mund, die zwei kleinen Fenster im Giebel wie Augenlider, die jeden Moment aufklappen konnten.

Die Verkleidung aus vergilbten Holzplättchen erinnerte Eva an den grauen Schuppenpanzer einer Echse. Sie fröstelte. Und das sollte das idyllische Feriendomizil sein, das Ramona ihr in den schillerndsten Farben beschrieben hatte? Eva kamen ernsthafte Zweifel, ob diese spontane Auszeit im Allgäu eine so gute Idee war. Was wollte sie, die eingefleischte Großstadtpflanze, hier, mitten in der Wildnis?

Sie stellte den Motor ab, machte das Licht aus und erschrak. Auf die totale Finsternis, die sie plötzlich umgab, war sie nicht vorbereitet gewesen. Schnell schaltete Eva das Standlicht wieder ein und atmete tief durch.

Mit dem Landleben hatte sie sich noch nie so recht anfreunden können, es war ihr unbegreiflich, wie jemand freiwillig fernab jeglicher Zivilisation leben konnte. Allein die Vorstellung, ständig auf das Auto angewiesen zu sein, und nichts weiter tun zu können, als den Kohlköpfen im eigenen Garten beim Wachsen zuzusehen, war ihr ein Gräuel.

Aber wo sie schon mal da war, konnte sie ebenso gut das Beste daraus machen. „Du wirst sehen, ein paar beschauliche Tage im Allgäu sind reinster Balsam auf deiner verwundeten Seele", hatte Ramona behauptet. Hoffentlich behielt sie Recht. Auf alle Fälle konnte es nichts schaden, in Ruhe ihre Lage zu überdenken. Und einen Plan zu machen. Denn wenn sie nicht auch noch ihre Sendung verlieren wollte, musste sie um ihre Ehe kämpfen!

Weil sie keine Taschenlampe dabei hatte, ließ Eva das Standlicht an, um sicher den Weg zur Haustür zu finden. Sie nahm den Regenschirm vom Beifahrersitz und wagte sich beherzt hinaus. Eisiger Schneeregen peitschte ihr unbarmherzig entgegen, sie bekam kaum den Schirm auf. Eva schlug die Wagentür zu und kramte in der Tasche ihres langen, grauen Wollmantels nach dem Schlüssel mit dem Edelweißanhänger. Entschlossen ging sie auf den schlafenden Drachen zu. Der Vorplatz war stark aufgeweicht, sie versank bei jedem Schritt im morastigen Untergrund. Mit zitternden Händen steckte sie den Schlüssel ins Schloss, er passte. Sie drehte ihn herum und musste ein paarmal kräftig am Griff rütteln, bevor die alte

Tür nachgab und schwerfällig nach innen aufschwang. Das war es also, ihr Ferienhaus im Allgäu.

Ramonas Beschreibung zufolge musste das Haus ein kleines Schmuckstück sein. Gespannt tastete Eva nach dem Lichtschalter. Ob es wohl eine Sauna gab? Oder wenigstens einen Kachelofen? Die Rauchglaslampe an der Decke flackerte altersschwach, dann ging sie an. Der schummrige Lichtschein reichte aus, um Eva einen ersten Eindruck zu verschaffen – und um sie erkennen zu lassen, dass ihre romantischen Vorstellungen nichts als Wunschdenken gewesen waren.

Die Hansestadt empfing Jakob mit einem ungemütlichen Schmuddelwetter, aber das machte ihm nichts aus. Er war guter Dinge, denn seine Geschäftstermine im hohen Norden waren äußerst erfolgreich verlaufen. Bei den privaten Sammlern, die er besucht hatte, war er auf ein paar außergewöhnliche Stücke im Gustavianischen Stil gestoßen, für die es ihm ein Leichtes sein würde, zahlungskräftige Kunden zu finden. Sein Importgeschäft für skandinavische Möbel florierte, wenn es so weiterging, würde er bald zusätzliche Mitarbeiter einstellen müssen.

Zufrieden fuhr Jakob den Griff seines Handkoffers aus und machte sich auf den Weg zum Ausgang. Schnellen Schrittes durchquerte er die Ankunftshalle des Hamburger Flughafens. Drei Tage war er nonstop von einem Termin zum nächsten gehetzt und hatte sich ganz auf die Verhandlungen konzentriert. Aber jetzt, da er im Begriff war, in das Taxi zu steigen, das ihn nach Hause bringen sollte, konnte er dem Gedanken an Eva nicht länger ausweichen. Wie es ihr zwischenzeitlich wohl ergangen sein mochte?

Es war für seine Verhältnisse ein ungewöhnlich spontaner Entschluss gewesen, sie spät am Sonntagabend anzurufen, zumindest musste es Eva so vorkommen. In Wahrheit aber hatte Jakob sich schon geraume Zeit mit der Absicht getragen, diesen Schritt zu tun. Der Zeitpunkt mochte nicht günstig gewesen sein, aber wann war er das schon. Er bezweifelte, dass es einen perfekten Moment dafür gab, seiner Frau zu sagen, dass man sie verlassen würde.

So leid es ihm auch tat, wie alles gekommen war, Jakob bereute seine Entscheidung nicht. Er hatte das einzig Richtige getan. Seit sie beim diesem Radiosender arbeitete, hatte Eva sich vollkommen verändert. Und seine Ehe mit ihr. Nie hatte sie Zeit, immer gab es eine Einladung, die sie unmöglich absagen konnte, oder ein Meeting, bei dem sie unabkömmlich war. „Das verstehst du doch, Liebling“, war wahrscheinlich der Satz, den er von ihr am häufigsten gehört hatte. Trotzdem konnte sie ihm nicht vorwerfen, es nicht versucht zu haben. Jakob hatte sich nach Kräften bemüht, ihr ein guter Ehemann zu sein und jederzeit verständnisvoll zu reagieren, aber verstanden hatte er sie schon lange nicht mehr.

Es war der Valentinstag gewesen, an dem ihm endgültig aufgegangen war, dass es so auf keinen Fall weitergehen konnte. Wieder einmal hatte sie ihn versetzt. Dabei sollte es der erste gemeinsame Abend seit langem werden, nur sie beide – und das, was von ihrer Liebe noch übrig war. In der festen Absicht, um seine Ehe zu kämpfen, hatte Jakob mit Hilfe seiner pfiffigen Assistentin Ida einen ausgeklügelten Schlachtplan geschmiedet. Zuerst wollte er sie zu einem Candle Light Dinner im Separee ihres Lieblingsspaniers entführen, anschließend war eine romantische Kutschfahrt geplant, die sie durch den verschneiten Hofgarten zum Hotel Bayerischer Hof bringen sollte. Bei einem gemütlichen Absacker in Falks Bar wollte er Eva dann damit überraschen, dass er eine Suite Deluxe gebucht hatte. Doch die eigentliche Überraschung hätte er sich bis zum nächsten Morgen aufgehoben: Eine Reise nach Cabourg in Frankreich, wo sie in dem Hotel logieren würden, in dem einst Marcel Proust, einer von Evas Lieblingsautoren, seinen Roman „Auf der Suche nach der verlorenen Zeit“ geschrieben hatte. Das fand Jakob in jeder Hinsicht passend, denn: waren sie das nicht auch?

Das Taxi fuhr rechts ran, Jakob bezahlte und stieg aus. Heftig prasselte der Regen auf ihn nieder und er beeilte sich, ins Haus zu kommen, wo eine weitere unangenehme Aufgabe auf ihn wartete. Seine Scheidungsabsicht Eva mitzuteilen, war schwer gewesen. Diese aber seiner Mutter beichten zu müssen, würde ungleich schwerer werden.

Nicht, dass Hanne ihre Schwiegertochter besonders gemocht hätte. Aber so wenig sie mit seiner Heirat einverstanden war, so wenig würde sie eine Scheidung gutheißen. Hanne war der Meinung, dass er mit Eva, der Lehrerstochter aus Stuttgart, unter Stand geheiratet hatte. Was ihn in ihren Augen jedoch nicht von der Pflicht entband, an diesem Fehler festhalten zu müssen. So, wie sie selbst es getan hatte.

Denn Hanne hatte denselben Fehler gemacht, was sie nicht müde wurde zu betonen, und bis zum bitteren Ende durchgehalten – das zu ihrem Glück früh eingetroffen war, als sein Vater mit nur 56 Jahren an den Folgen eines Herzanfalls verstarb. Heinrich Schilling war ein einfacher Schreinermeister gewesen, von dem Hanne unvorsichtigerweise schwanger geworden war. Dass sie, die Tochter aus gutem Kaufmannshause, sich unter anderen Umständen niemals für ihn, den Burschen niederer Herkunft, entschieden hätte, hatte Jakobs Vater bei jeder sich bietenden Gelegenheit zu spüren bekommen. Um ihren Demütigungen und dem ständigen Streit aus dem Weg zu gehen, war er in seine Schreinerei geflüchtet – und sie in ihr Selbstmitleid.

„Mutter?“ Jakob durchschritt die hohe Eingangshalle und sah in das Kaminzimmer, in dem sich Hanne für gewöhnlich am liebsten aufhielt. Sie behauptete, die Wärme des Feuers lindere ihr Rheuma. Niemals würde sie zugeben, dass das kleinste Zimmer im Haus zugleich auch das gemütlichste war. Doch der im Stil eines britischen Herrenclubs eingerichtete Raum war leer.

„Hier oben!“, ertönte eine schwache Stimme.

Jakob ging die geschwungene Holztreppe hinauf, vorbei an großformatigen Ölportraits ferner Vorfahren, und betrat ihr Schlafzimmer. In eine beige Wolldecke eingewickelt lag Hanne auf dem Bett. Er beugte sich über sie und begrüßte sie mit einem Kuss auf die trockene Wange.

„Guten Abend, mein Junge.“

„Guten Abend, Mutter. Fühlst du dich nicht wohl?

Brauchst du einen Arzt?“ Besorgt griff er nach ihrer knöchrigen Hand, sie war eiskalt.

„Nein, danke, es geht schon. Nur ein kleiner Schwächeanfall, weiter nichts.“ Sie atmete schwer.

„Wenn ich irgendetwas für dich tun kann …“

„Komm, setz dich zu mir.“ Sie deutete auf einen Sessel. Jakob nahm das schwere Möbel und rückte es näher an ihr Bett.

„Wie laufen die Geschäfte?“, wollte sie wissen.

„Kann nicht klagen.“

Es war der immer selbe Dialog, der sich zwischen Mutter und Sohn abspielte. Er sagte, was sie hören wollte, und sie war beruhigt. Heute stimmte es aber. Mit einem kritischen Blick versuchte Jakob abzuschätzen, wie viel er ihr zumuten konnte. Er entschied, es zu versuchen.

„Mutter, es gibt da etwas, das du wissen solltest.“

„So? Was denn?“, fragte sie unbeteiligt, ihre hellen Augen unterzogen ihn einer kritischen Musterung.

„Eva und ich lassen uns scheiden.“

Es war nur ein einzelner Satz, aber den hatte er sorgfältig gewählt. Hätte er erwähnt, dass er derjenige war, der die Scheidung wollte, wäre eine Diskussion um die Schuldfrage unausweichlich gewesen, und die wollte er vermeiden. Trotzdem war nicht zu erwarten, dass Hanne seinen Entschluss so ohne Weiteres akzeptieren würde. Deshalb hatte er sich auf dem Rückflug nicht nur überlegt, wie er das Geständnis einleiten wollte, sondern sich auch eine diplomatische Antwort auf die unvermeidliche Frage nach den Gründen zurechtgelegt. Aber jetzt, da die Neuigkeit verkündet war, verließ Jakob der Mut. Er wagte nicht, seine Mutter anzusehen. Jakob stand auf, begab sich ans Fenster und blickte hinaus in den schwach beleuchteten Garten.

„Wir haben uns auseinandergelebt“, würde er sagen. Man hörte das so oft, doch in ihrem Falle stimmte es. Schlimmer noch, sie hatten gar nie erst zusammengelebt! Schuld daran war diese idiotische Radiosendung! Und natürlich Ramona Santos. Ohne sie wäre alles ganz anders gekommen. Eva wäre zu ihm nach Hamburg gezogen und sie hätten unter einem Dach gelebt wie Millionen anderer Paare auch. So aber führten sie getrennte Leben in getrennten Städten. Doch die Distanz war längst nicht mehr nur räumlich.

Es war ein heißer Julinachmittag gewesen, als er sie zum ersten Mal sah. Eva war vor einem Sommergewitter unter das Vordach einer Stuttgarter Buchhandlung geflüchtet, wo sie darauf wartete, dass der Platzregen nachließ. Auf der Stelle hatte er sich in die schüchterne Literaturstudentin verliebt, die so seltsame Sachen zu ihm sagte wie „Ganz vortrefflich, geliebter Darcy“ oder „Sieh mich nicht an wie Tom Ripley!“. Auch wenn er in den meisten Fällen keine Ahnung hatte, wovon sie sprach, hatten ihm die Vergleiche mit den Größen der Weltliteratur geschmeichelt. Denn nie zuvor hatte ihn jemand mit einem Helden verglichen.

Eva kam ihm vor wie aus einer anderen Welt gefallen. Ihre bestechende Klugheit verblüffte ihn, weil er sie hinter ihrem kleinstädtischen Mädchencharme nicht vermutet hätte. Sie nicht zu heiraten, wäre undenkbar gewesen. Bei ihr, in der kleinen Parterrewohnung in einem Stuttgarter Vorort, hatte er sich auf Anhieb wohlgefühlt. Es war eng, aber behaglich. Sein Antrag sollte der ultimative Liebesbeweis werden. Jakob hatte sich vorgenommen, ihr das Leben zu ermöglichen, von dem sie träumte. Sogar einen kleinen Laden hatte er schon in Aussicht, in einem charmanten Altbau in Ottensen, nicht weit von seinem Elternhaus. Dort gedachte er ihr den Traum vom eigenen Antiquariat zu erfüllen.

Voller Vorfreude auf das perfekte Leben, das sie führen würden, war Jakob nach der standesamtlichen Hochzeit – nur sie beide, um familiären Komplikationen aus dem Weg zu gehen – in den Flieger nach Venedig gestiegen. Doch wenige Stunden nach der Ankunft bekam seine frisch Angetraute den schicksalhaften Anruf, der ihr Leben für immer verändern sollte.

Ihre Freundin Ramona habe ein sehr ernstes Problem, hatte Eva ihm erklärt, und von da an praktisch ununterbrochen am Telefon gehangen. Bis zu jenem dritten Abend – sie saßen gerade beim Aperitif im Caffè Florian – an dem Eva das Handy auf den Tisch gelegt und freudestrahlend verkündet hatte, das Problem sei gelöst! Jakobs Erleichterung darüber sollte nicht lange anhalten.

Atemlos berichtete Eva, Ramona habe ihr einen Job angeboten – bei dem Radiosender, für den sie selbst seit Kurzem arbeitete. Wenn diese Information ihn verwirrt hatte, hatte die nächste ihn verstört. Eva erklärte, sie werde eine eigene Sendung moderieren und als Beziehungsberaterin live die Fragen der Zuhörer beantworten. Jakob hatte genügend Frauenfilme mit ihr ansehen müssen, um zu wissen, was sie in diesem Moment von ihm erwartete. „Was immer dich glücklich macht, macht mich glücklich!“, hatte er pathetisch ausgerufen, immerhin befanden sie sich auf Hochzeitsreise, da wollte er nicht kleinlich sein. Doch es war eine Lüge. Denn die Studentin im romantischen Blümchenkleid, in die er sich einst verliebt hatte, sollte sich über Nacht in eine Karrierefrau im schicken Business-Kostüm verwandeln, mit der er nichts mehr anzufangen wusste.

Bereit, pflichtschuldigst die wohlüberlegte Begründung für seine Entscheidung abzugeben, wandte Jakob sich seiner Mutter zu. Doch Hanne erwartete keine Erklärung, sie war eingeschlafen.

Nachdem sie den ersten Schock überwunden hatte, machte Eva sich daran, das Haus zu erkunden, das Ramona liebevoll „ihr Häuschen" nannte. Die Verkleinerungsform war, wie sich herausstellen sollte, durchaus angebracht, denn mit seinen dreieinhalb Räumen war das Haus überschaubar.

Der Flur mit dem abgetretenen Linoleumfußboden und der geschmacklos gemusterten Tapete war nur spärlich möbliert. Ein klappriges Schuhschränkchen, das noch aus den Sechzigern stammen dürfte, ein Spiegel und eine Konstruktion, die mit etwas Fantasie als Hutablage dienen könnte, mehr war da nicht. Eine Tür ging nach rechts ab, eine weitere nach links, geradeaus gelangte man in die Küche. Die nahm Eva als nächstes in Augenschein, doch viel gab es auch hier nicht zu entdecken. Unter dem Fenster stand eine hölzerne Eckbank, dazu Tisch und Stühle, die Wand gegenüber nahm eine simple Kombination aus Herd, Kühlschrank und Spültisch ein. Höchstens das alte Büffet, von dem die einstmals cremeweiße Farbe abblätterte, wäre es wert, aufgemöbelt zu werden.

Darin fand sich eine illustre Sammlung an Gläsern und Geschirr, verbeulten Kochtöpfen und angeschlagenen Pfannen, dazu ein altertümlicher Wasserkessel, eine rote Petroleumleuchte und eine Luftpumpe. Kopfschüttelnd schloss Eva die Schranktüren.

Links neben der spartanisch ausgestatteten Kochzeile war ein scheußlicher Blümchenvorhang angebracht, den Eva mit gemischten Gefühlen beiseiteschob. Dahinter verbarg sich das Badezimmer, falls man das Handwaschbecken, die verkalkte Duschwanne und den gusseisernen Holzofen überhaupt so nennen konnte. Eine schlichte Brettertür mit Eisengriff führte hinaus auf das stille Örtchen, das in einer Art Anbau untergebracht war. Seine antiquierte Ausstattung beschwor in Eva unangenehme Erinnerungen an eine Skiausfahrt herauf, der sie sich in der zehnten Klasse erfolglos zu widersetzen versucht hatte. Sie hatte schon gewusst, warum! Schnell machte sie die Tür wieder zu, um sich das Monstrum von einem Ofen genauer anzusehen. Auf den ersten Blick sah er intakt aus und Eva hoffte inständig, dass er funktionierte, denn im ganzen Haus war es eiskalt.

Die Wohnstube bestach im Vergleich zur Küche geradezu mit Gemütlichkeit. Decke und Wände des niedrigen Raumes waren holzvertäfelt, und vorn am Fenster stand ein kleines, aber bequem aussehendes Sofa, unter dessen altrosafarbenem Überwurf zerschlissener, goldbrauner Samt hervorlugte. Wer auch immer hier gewohnt haben mochte, musste wenig Besuch gehabt haben, denn im Gegensatz zum Sofa sahen die beiden Sessel fast aus wie neu. Was man von der leeren Schrankwand daneben nicht behaupten konnte, die hatte ihre besten Jahre eindeutig hinter sich.

Eva kam sich vor wie im Heimatmuseum. Wie konnte man so leben? Sie war versucht, auf dem Absatz kehrt zu machen und wieder heimzufahren. Doch da entdeckte sie den dunkelgrün gefliesten Kachelofen. Das Ofenbänkchen davor sah urgemütlich aus, sie konnte sich unschwer vorstellen, dort mit einer Tasse Kaffee zu verweilen. Zu gern hätte sie den Ofen auf der Stelle ausprobiert, doch das Holzfach war leer.

Entmutigt nahm Eva sich den dritten Raum vor, der sich erwartungsgemäß als Schlafzimmer entpuppte. Ein massives Bauernbett und der zweitürige Kleiderkasten im selben Stil füllten den Raum fast vollständig aus. Neben dem Kasten befand sich eine weitere Tür – ein begehbarer Kleiderschrank? Dieser Gedanke war so absurd, dass sie kichern musste. Die nackte Glühbirne an der Decke tauchte die schmale Kammer in kaltes Licht. Neben einem ausrangierten Klappbett standen zwei rostige Metallstühle und ein paar windschiefe Regale, die abgesehen von einem vergessenen Zollstock und einer dicken Staubschicht leer waren. Die feuchte Spur an der Wand ließ darauf schließen, dass das winzig kleine Fenster undicht war. Sieht aus wie eine Gefängniszelle, dachte Eva schaudernd.

Resigniert ging sie zurück auf den Flur. Draußen pfiff der Wind heulend um die Hausecken, drinnen war es gruselig und kalt. Es war wohl am besten, die Sache mit dem Ferienhaus schnell wieder zu vergessen und weiterzufahren bis zum nächsten Ort, um sich ein Hotelzimmer zu nehmen.

Ein zarter Lufthauch strich über ihre Wange, es fühlte sich an wie kühler Satinstoff – oder eine kalte Hand. Eva fuhr herum und zuckte zusammen, aber diesmal war es ihr eigenes Ebenbild, das ihr einen tüchtigen Schreck eingejagt hatte. Aus dem angelaufenen Spiegel starrte ihr ein Augenpaar entgegen, weit aufgerissen und leer wie die Höhlen eines Totenschädels. Im dämmrigen Zwielicht sah sie aus wie ein Gespenst. Der fahle Teint, die eingefallenen Wangen, die verquollenen Lider – in diesem Zustand konnte sie sich unmöglich in der Öffentlichkeit blicken lassen! Was, wenn jemand sie erkannte?

Allerdings war sie viel zu müde, um bei diesem Sauwetter nach München zurückzufahren. Ihr würde nichts anderes übrigbleiben, als die Nacht in diesem Geisterhaus zu verbringen. Aber nur diese eine Nacht, versprach sie sich im Stillen selbst und verwünschte Ramona, die ihr den Schlammassel eingebrockt hatte.

Eva knipste das Hoflicht an und öffnete die Haustür. Ein kalter Windstoß trieb einen Schwall Schneeflocken herein, aus dem Schneeregen war dichtes Schneetreiben geworden. Sie kämpfte sich durch die umherwirbelnden Flocken bis zu ihrem Wagen vor, um ihr Gepäck zu holen. Viel hatte sie nicht dabei, zu hektisch und unüberlegt war ihr Aufbruch gewesen. Nicht einmal an etwas zu Essen hatte sie gedacht, aber der Appetit war ihr inzwischen ohnehin vergangen. Zurück an der Tür fiel ihr die graue Armeedecke ein, die sie hinter dem Fahrersitz deponiert hatte, um jederzeit zu einem Picknick anhalten zu können, was jedoch noch nie vorgekommen war. Abermals ging sie zum Auto, um sie zu holen. Erst als die Haustür hinter ihr ins Schloss fiel, bemerkte Eva, dass sie am ganzen Leib zitterte. Sie wusste nicht, ob vor Angst oder vor Kälte. Vielleicht war es aber auch nur ein Zeichen emotionaler Erschöpfung. Wie ein verwundetes Tier verspürte sie ein tiefes Bedürfnis nach Stille und Schlaf.

In dem nach Lavendel duftenden Kleiderkasten fanden sich zwei große Daunendecken, dazu eine alte, braune Wolldecke, die Eva auf der nackten Matratze ausbreitete. Sie tauschte die Jeans gegen Leggings, wickelte sich in die Armeedecke als wäre sie ein Wrap und packte anschließend die Daunen obendrauf. Doch trotz des Bettengebirges war ihr unverändert kalt, außerdem muffelten die Decken modrig. Aber wenn sie an den Zustand des Hauses dachte, war das vermutlich noch das geringste Problem. Wann war Ramona eigentlich zum letzten Mal hier gewesen?

Es fiel Eva schwer, sich vorzustellen, ihre Freundin könnte sie absichtlich in dieses schäbige Loch geschickt haben. Andererseits könnte sie sich nicht daran erinnern, dass Ramona jemals Urlaub im Allgäu gemacht hätte – oder dass sie überhaupt Urlaub gemacht hätte. Das Denken wurde ihr anstrengend, die Müdigkeit übermannte sie. Eva streckte den Arm aus und löschte die zierliche, rosa Nachttischlampe. Morgen würde sie Ramona anrufen, dann würde sich bestimmt alles aufklären.

Mit dieser beruhigenden Aussicht rollte sie sich zusammen wie ein Igel zum Winterschlaf und schlief augenblicklich ein.

II

Ein frostiger Luftzug kitzelte Eva frech an der Nase. Sie brauchte einen Moment, bis ihr wieder einfiel, wo sie war. Vorsichtig streckte sie die müden Glieder. Ihr linker Arm hatte sich zu weit hinausgewagt, er war eiskalt, schnell zog sie ihn zurück unter die schützende Bettdecke. Das leise Klappern der Fensterläden, das mit seinem eintönigen Singsang ihren Schlaf begleitet hatte, war nicht mehr zu hören. Der Wind musste sich gelegt haben.

Im Dunkeln liegend konnte Eva sich ungestört der Illusion hingeben, in dem schnuckeligen Landhaus gelandet zu sein, das Ramona ihr mit leuchtenden Augen beschreiben hatte. Fast wäre es ihr gelungen, wäre da nicht der unverkennbare Geruch nach Mottenkugeln und Feuchtigkeit. Prompt drängte sich wieder die Gretchenfrage in ihr Bewusstsein, mit der sie am Vorabend eingeschlafen war: Was hatte Ramona sich dabei gedacht, ihr diese Ruine als rettenden Rückzugsort zu verkaufen? Eva hatte gute Lust, sie das unverzüglich zu fragen. Schlaftrunken griff sie nach ihrem Smartphone, es war kurz vor sechs. Wer mit den Hühnern schlafen geht, steht mit dem Hahnenschrei auf, dachte sie sarkastisch, drehte sich nochmal um und fiel in einen unruhigen Schlaf.

Um sieben wachte Eva wieder auf, doch ihre Welt war ganz und gar nicht in Ordnung. Es schien noch kälter geworden zu sein, falls das überhaupt möglich war. Sie fror erbärmlich, und beim Gedanken an den eiskalten Waschraum gleich noch ein wenig mehr. Aber wo ein Ofen war, konnte Brennholz nicht weit sein, die verlockende Aussicht auf ein wärmendes

Feuerchen trieb sie aus dem Bett. Zähneklappernd quetschte sie sich in die klamm gewordene Jeans vom Vortag und schlüpfte in den beigen Kaschmirpulli, das wärmste Kleidungsstück, das sie dabei hatte. Dann machte sie sich schlotternd auf die Suche. Nachdem sie jeden Winkel des Hauses erfolgslos inspiziert hatte, gab es nur noch einen Ort, an dem sie nicht nachgesehen hatte. Halblaut unterdrückte Eva ein Gähnen, warf den Wollmantel über, zwängte ihre Füße in die ausgekühlten Stiefel und schleppte sich lustlos zur Haustür.

Die Kälte biss ihr schmerzhaft ins Gesicht, auf einen Schlag war sie hellwach. Der überwältigende Anblick kam völlig unerwartet, Eva stockte der Atem. Soweit das Auge reichte, sah sie nichts als schneebedeckte Hügel und Wälder. Das gleißende Licht der Morgensonne brachte die geschlossene Schneedecke zum Funkeln, als hätte sie jemand mit Diamanten bestreut. Staunend stand sie vor der Winterlandschaft wie vor einem Gemälde. Über Nacht war eine erhebliche Menge Neuschnee gefallen und endlich bot sich Eva das idyllische Bild, das sie vom Allgäu im Kopf hatte, bislang aber nur von Postkarten kannte. Genussvoll sog sie die klare Morgenluft ein und fragte sich, wieviel Grad Minus das Thermometer wohl anzeigen mochte. Es mussten einige sein, denn ihr Atem blieb als kleines Wölkchen in der Luft stehen.

Fasziniert trat sie hinaus und sah sich um. Neben der Eingangstür deuteten sanfte Konturen im Schnee auf einen Pfad hin, der am Haus entlangführte. Eine heilige Ehrfurcht überkam Eva und hielt sie davon ab, einfach jubelnd loszulaufen. Es kostete sie einige

Überwindung, mutwillig in die unberührte Makellosigkeit hineinzutreten und sie mit ihren Fußtritten zu zerstören. Bedächtigen Schrittes folgte sie dem schemenhaften Weg, über den man in den hinteren Teil des Gartens gelangte.

Eva stellte es sich traumhaft vor, im Sommer unter einem der alten Obstbäume zu sitzen oder gemütlich in einer Hängematte zu schaukeln. Vielleicht könnte man nebenbei sogar Rehe beim Äsen beobachten, denn gleich hinter dem Obstgarten begann der Wald. Zur Nordseite fiel das Gelände ab, der verwitterte Schuppen markierte vermutlich die Grundstücksgrenze. Davor war ein quadratisches Stück Land mit einem Staketenzaun eingefasst, dessen Pfähle lustige, weiße Schneemützen trugen. Zu Tante Hedwigs Zeiten dürfte das ein Bauerngarten gewesen sein. Unmittelbar neben dem baufälligen Schuppen erblickte Eva einen überdachten Verschlag, der notdürftig von einer zerrissenen Plane umhüllt wurde. Darunter kam ein Stapel Brennholz zum Vorschein. Volltreffer! Mit derselben kindlichen Freude, mit der sie früher nach Ostereiern gesucht hatte, lief sie darauf zu. Hoffentlich war das Holz nicht zu feucht. Jetzt brauchte sie nur noch ein passendes Gefäß, mit dem sie die Holzscheite ins Haus befördern konnte.

Ein Knall durchriss plötzlich die Stille. Es klang wie ein Schuss und Eva duckte sich schnell hinter einen Busch. Doch dann schwante ihr etwas. Nichts Gutes ahnend stapfte sie zurück zum Eingang und sah ihren Verdacht bestätigt: Die Haustür war zugefallen! Na, großartig, das auch noch! Energisch rüttelte sie an dem abgegriffenen Metallknauf, doch da war nichts zu machen, die Tür blieb zu. Mochte der Rest des

Hauses auch beinahe in sich zusammenfallen, diese Tür war einbruchsicher.

Eva rieb sich wärmend die Handflächen und schimpfte mit sich selbst. Wie blöd musste man sein, bei dieser Affenkälte ohne Handschuhe und Mütze aus dem Haus zu gehen? Mit einem Mal hatte sie für die malerische Schönheit ihrer Umgebung keinen Blick mehr. Sie folgte ihren eigenen Fußspuren rund ums Haus, nur um festzustellen, was sie bereits wusste: Alle Fensterläden waren fest verschlossen. Wohin sie auch sah, hügelabwärts, hangaufwärts, nichts als strahlend weißes, schneebedecktes Land. Ihr war nach Schreien zumute – aber wer sollte sie hören?

Eva lehnte sich rücklings gegen die Tür, blinzelte in die Sonne und dachte nach. Hatte Ramona nicht etwas von einem naheliegenden Ferienhof erwähnt? Zu blöd nur, dass ihre hilfreiche Zeichnung im Auto im Handschuhfach lag. Und der Autoschlüssel drinnen auf dem Küchentisch.

Aus Mangel an Alternativen beschloss Eva, es auf einen Versuch ankommen zu lassen. Behelfsmäßig klappte sie den Kragen ihres Mantels hoch, stopfte die Hände in die Taschen und stiefelte los. Es war das erste Mal, dass sie sich wünschte, ihr Mantel hätte Knöpfe, denn sie konnte ihn entweder zuhalten oder die Hände in die Taschen stecken, beides zugleich aber war unmöglich.

Schritt für Schritt versanken die teuren Nappalederstiefel im Schnee und schon nach wenigen Metern fühlten sich ihre Füße an wie Eisklötze. Sie wollte sich auf dem Feldweg halten, über den sie am Vorabend gekommen war, doch das erwies sich als schwierig, denn die starken Schneeverwehungen ließen das provisorische Sträßchen nur noch erahnen. Wären nicht die hilfreichen Holzpfosten am Wegesrand gewesen, sie hätte sich garantiert verlaufen.

Am leuchtendblauen Himmel über ihr kreiste ein gefährlich aussehender Greifvogel. Instinktiv zog Eva den Kopf ein. Er stieß einen heiseren Schrei aus, der ihr durch Mark und Bein ging, aber anstatt sich auf sie zu stürzen, drehte er ab und flog davon. Ihre Erleichterung war jedoch von kurzer Dauer, denn gleich darauf entdeckte sie eine schmale Spur im Schnee. Von welchem Tier die wohl stammen mochte? Hoffentlich nur von einem Reh. Oder gab es im Allgäu etwa Wölfe? Eva wurde mulmig. Sie wünschte, sie hätte im Biologie-Unterricht besser aufgepasst. Unvorstellbar, dass Ramonas Tante fast ihr ganzes Leben in dieser menschenleeren Einöde verbracht haben soll. Eva empfand Mitleid für die Frau, aber auch Respekt.

In einem weiten Bogen führte der Weg um einen kleinen Hügel herum und gab den Blick frei auf eine Reihe gigantischer, dicht aneinander stehender Berggipfel. Das musste sie sein, die berühmte Nagelfluhkette! Die Aussicht war so überwältigend, dass Eva vorübergehend ihre missliche Lage vergaß. Leichter Wind kam auf und zeichnete kreiselnd Muster in den Schnee. Wie verzaubert blieb sie stehen und verfolgte das Naturschauspiel, bis die Kälte unbarmherzig durch ihren Mantel drang und sie daran erinnerte, weiterzugehen. Wehmütig blickte sie auf ihre eleganten Stiefel, sie waren völlig durchnässt. Da ertönte aus der Ferne Motorengeräusch.

Hoffnungsvoll beschleunigte Eva ihren Schritt.

Wenn sie nicht alles täuschte, müsste sie demnächst auf die B308 stoßen, die Deutsche Alpenstraße, von wo aus sie gestern abgebogen war. Unweit der Abzweigung sollte, falls sie das Kreuzchen auf Ramonas flüchtiger Skizze richtig in Erinnerung hatte, der Ferienhof der Familie Schmied liegen. Mangels Sonnenbrille schirmte Eva die Augen mit den Händen ab und zwinkerte ins Gegenlicht. Und tatsächlich! In einiger Entfernung konnte sie mehrere Gebäude ausmachen. Entschlossen hielt sie darauf zu.

Das Knattern wurde unterdessen immer lauter, bis hinter der nächsten Kuppe ein grüner Traktor auftauchte. Je näher das Fahrzeug kam, desto größer schien es zu werden. Es fuhr direkt auf sie zu. Sah der Fahrer sie denn nicht? Ausweichend ging Eva einen halben Meter zur Seite, wo sie prompt in einen Graben trat und im Schnee versank. Na bravo, jetzt waren auch noch ihre Jeans nass bis übers Knie! Der riesige Traktor passierte sie ungebremst und kam ihr dabei gefährlich nahe. Instinktiv machte Eva einen weiteren Schritt zurück, knickte um und landete auf dem Hinterteil. „He, Sie! Können Sie nicht aufpassen!“, rief sie im Schnee sitzend dem Fahrer empört hinterher. Doch der Mann auf dem Traktor reagierte nicht. Er tat, als hätte er sie nicht gesehen. Aber sein abschätziger Blick war Eva nicht entgangen. Und auch nicht, dass unter der dicken Wollmütze ein ziemlich attraktiver Typ steckte. Eva rappelte sich auf und klopfte den Schnee vom Mantel. Was für ein ungehobelter Bauernrüpel!

Das Telefon klingelte ununterbrochen, aber Ramona nahm es nicht wahr. Gedankenverloren kaute sie auf einem Bleistift herum und starrte die Miniatur-Kuhglocke an, die an ihrer Schreibtischlampe baumelte. Sie hatte sie als kleines Andenken bei ihrem letzten Besuch im Allgäu geschenkt bekommen, aber das war lange her.

Das Haus am Paradies, das Tante Hedwig ihr hinterlassen hatte, war Ramonas einziger Besitz. Es würde ihr nicht leichtfallen, sich davon trennen zu müssen. Nach dem frühen Tod ihrer Eltern war ihre Tante die einzige Familie, die sie noch hatte. Hedwig war jederzeit für sie da und Ramona hatte glückliche Stunden bei ihr verbracht. Und unglückliche. Denn als ihr abtrünniger Ehemann sie wegen einer Bartänzerin hatte sitzen lassen, war das idyllische Anwesen Ramonas Rettung geworden. Dort, zwischen Kornfeldern und Kuhweiden, hatte sie Zuflucht gesucht und die nötige Ruhe gefunden, um über den Schmerz hinwegzukommen und neuen Lebensmut zu fassen.

Sie überlegte schon seit Wochen, wie sie Eva dazu bringen könnte, mit ihr ins Allgäu zu fahren. Jetzt war ihr der Zufall zu Hilfe gekommen. Aus heiterem Himmel hatte ihre beste Freundin beschlossen, sich von ihrem Mann scheiden zu lassen! Auch wenn Eva nichts zu den Gründen gesagt hatte, ging Ramona fest davon aus, dass Jakob sie betrogen hatte. Das war es doch meistens, oder nicht? Sie stupste die Kuhglocke mit dem Finger an und musste schmunzeln. Das helle Bimmeln hatte so gar nichts mit dem tiefen Klang echter Kuhschellen gemein. Nachdenklich sah sie zu, wie das Glöckchen hin- und herschaukelte. Ob es richtig war, Eva ins Allgäu runter zu schicken?

Wie sie da in Tränen aufgelöst vor ihr gesessen

hatte und etwas davon gefaselt, sie brauche eine Luftveränderung, schien es nur naheliegend, ihr für ein paar Tage das Haus anzubieten. Aber jetzt, im Nachhinein, war Ramona verunsichert. Hatte sie Eva damit wirklich einen Gefallen getan? Denn als sie seinerzeit vor ihrem Kummer aufs Land geflohen war, hatte Tante Hedwig noch gelebt. Was, wenn ihre schnelle Erholung damals mehr der hervorragenden Küche ihrer Tante zu verdanken war, als der Stille und Abgeschiedenheit des Ortes?

„Du glaubst nie, wer in dieser Minute eingetroffen ist!“, riss eine Stimme Ramona aus ihren Gedanken. „Der Dollinger! Er sitzt drin beim Chef, jetzt heißt es Daumendrücken!“, sagte Herta, die gute Seele vom Empfang. Sie ballte ihre Hände zu niedlichen Fäusten und ihr pausbäckiges Gesicht unter den perfekt ondulierten, grauen Löckchen strahlte.

„Dann hoffen wir das Beste!“, erwiderte Ramona.

Herta nickte eifrig und eilte weiter, um auch den Kollegen die gute Neuigkeit zu verkünden.

So lange Ramona zurückdenken konnte, hatte es das noch nie gegeben, dass der Verlagseigentümer höchstpersönlich im Sender erschienen war. Aber dank Hertas zuverlässigem Flurfunk war bereits durchgesickert, dass Raoul da Silva, seines Zeichens Geschäftsführer von Radio Isarstar und damit ihrer aller Vorgesetzter, kurz davor stand, befördert zu werden. Sollte das passieren, würden fraglos rosige Zeiten anbrechen. Und es war sehr gut möglich, dass die Welle seines Erfolgs ihnen allen eine dicke Gehaltserhöhung ins Portemonnaie spülen würde.

Neben diesen sonnigen Aussichten verblassten Ramonas Bedenken, was Eva anbelangte, so schnell wie ihre Urlaubsbräune im Winter. Beschwingt machte sie sich wieder an die Arbeit.

Dem Steppke im blauen Schneeanzug schien die klirrende Kälte nicht das Geringste auszumachen. Energisch packte er seine Pudelmütze mit den Händen, die in dicken Fäustlingen steckten, und zog sie tiefer über die Ohren. Dann nahm er das Seil, an dessen Ende ein roter Plastikbob hing, und sauste los. Der Bob hopste lustig hinter ihm her. Ein kleineres Kind lief im jauchzend nach, in seinem rosa Overall verschwamm es vor dem blendendweißen Schnee zu einem pinkfarbenen Fleck.

Eva ging über die breite Auffahrt auf das Hauptgebäude zu, das mit der fürs Allgäu typischen Schindelfassade verkleidet war, die in diesem Fall zusätzlich einen warmgelben Anstrich erhalten hatte, der das Bauernhaus einladend und freundlich erscheinen ließ. Links davon stand ein modern anmutendes Stallgebäude, rechts ein holzverkleidetes Langhaus, über dessen rustikalem Eingangstor in orangen Lettern 'Hofladen' geschrieben stand. Davor lungerte ein weiterer Knirps herum, der an seinem Handschuh lutschte und Eva unter seiner Fellmütze hervor argwöhnisch musterte. Er hörte die fröhlichen Schreie der anderen Kinder, die mit dem Bob die kleine Anhöhe hinunterrutschten, und setzte sich in Bewegung. So schnell es die klobigen Winterstiefel erlaubten, stob über den Hof davon. Die Kids hatten an der weißen Pracht einen Heidenspaß, was man von Eva nicht gerade behaupten konnte, sie war völlig durchgefroren. Ihre Zehen konnte sie nicht mehr spüren, dafür aber ihre Finger, die brannten wie

Feuer. Eva schickte ein Stoßgebet zum Himmel, dass der Laden geöffnet haben möge und überdies ordentlich beheizt war.

„Nicht so wild, Leo!“, ertönte eine Frauenstimme, sie klang jedoch eher amüsiert als streng.

Eva wandte sich um. In der offenen Eingangstür des Wohnhauses stand eine Frau mittleren Alters, die mit energischen Besenstrichen die Treppenstufen vom Schnee befreite. Über ihr Outfit schien sie sich an diesem Morgen keine allzu großen Gedanken gemacht zu haben, denn sie trug zu einem weinroten Anorak einen korallenroten Wollschal und lachsfarbene Handschuhe. Die Frau, von der Eva annahm, dass es die Bäuerin war, hatte sie bemerkt. Sie hielt in ihrer Bewegung inne und schaute ihr freundlich entgegen.

„Guten Morgen!“, rief sie. „Wir haben noch geschlossen!“

„Guten Morgen. Das macht gar nichts, ich wollte auch nur“, ja, was eigentlich? Mich aufwärmen? Eva wusste nicht, was sie sagen sollte. Verlegen blieb sie stehen.

„Du meine Güte, du zitterst ja wie ein Kuhschwanz! Komm erst einmal herein.“

Die Frau klopfte den Besen ab und lehnte ihn gegen die Wand, dann ging sie ins Haus. Eva folgte ihr, verwundert über den vertraulichen Umgangston. Möglicherweise lag hier eine Verwechslung vor, aber ihre kalten Glieder drängten darauf, den Sachverhalt besser drinnen aufzuklären.

In dem geräumigen Hausflur sah alles danach aus, als habe man ihren Besuch erwartet. Eva registrierte mit wachsendem Erstaunen die meterhohen, gläsernen Windlichter, die sie mit stimmungsvollem Kerzenlicht begrüßten. Einen üppig mit Blumenranken bemalten, alten Bauernschrank setzten zwei Deckenspots gekonnt in Szene. Die gemütliche Holzbank daneben passte vom Stil her perfekt dazu und lud mit ihren karierten Sitzkissen zum Verweilen ein. Auf einem kleinen Tischchen lagen Prospekte und Broschüren aus, die für Touristenattraktionen warben.

Sie folgte der Frau, die ein antikes Schaukelpferd umrundete, bevor sie durch eine Tür verschwand, die so niedrig war, dass Eva beim Eintreten den Kopf einziehen musste. Dabei war sie nur knapp einen Meter siebzig, die sechs Zentimeter Absatzhöhe nicht mitgerechnet. Eine Welle der Wärme schlug ihr entgegen, wohltuend und schmerzhaft zugleich. Zögerlich legte Eva mit von der Kälte geröteten Händen den Mantel ab.

„Bitte, nimm doch Platz!“ Ihre Gastgeberin deutete auf die Ofenbank am cremeweißen Kachelofen.

Das ließ Eva sich nicht zweimal sagen. Um ein Haar hätte sie beim Anblick des Ofens vor Glück laut aufgeseufzt.

„Ich hol dir derweil einen Kaffee!“, sie warf Eva einen kritischen Blick zu „Oder in deinem Zustand vielleicht doch lieber einen Tee?“ Lachend verließ sie den Raum.

Genussvoll lehnte Eva mit dem Rücken gegen die heiße Ofenwand – und jetzt seufzte sie wirklich. Am liebsten würde sie ja …

„… und zieh die nassen Schuhe aus, du holst dir ja noch den Tod!“, rief die Bäuerin ihr von draußen zu. Sie musste Gedanken lesen können.

Dankbar kam Eva dieser Aufforderung nach, wobei sie befürchtete, ihre Zehen könnten abgefroren sein und in den Schuhen liegen bleiben. Erleichtert stellte sie fest, dass noch alles dran war, und hob ungeniert die Beine auf die warme Ofenbank, um ihre klatschnasse Hose zu trocknen.

Wie der Eingangsbereich erinnerte auch dieser Raum eher an eine alpine Hotel-Lobby, als an eine traditionelle Bauernstube. Ein Schragentisch, der auf drei Seiten von einer rustikalen Eckbank eingerahmt wurde, nahm fast die gesamte Fensterfront ein. Er war groß genug, dass daran problemlos mehrere Generationen Platz finden könnten. Den hinteren Bereich der Stube dominierte ein offener Kamin, in dem zu Evas Leidwesen kein Feuer brannte. Davor standen vier Sessel mit grobem Stoffbezug und hirschledernen Kissen, die Eva auch gefallen würden, von den Knöpfen mal abgesehen. Alles in diesem Haus strahlte eine liebenswürdige Gastfreundlichkeit aus, unübersehbar legte man hier viel Wert auf Wärme und Behaglichkeit. Davon zeugte auch die mit Liebe zum Detail ausgeführte Dekoration. Auf den Fensterbänken standen Weidenkörbchen mit Gestecken aus Moos, Disteln und Zweigen, die Holzherzen und karierte Schleifen zierten. An den grob verputzten Wänden hingen ansprechende Fotografien von Kühen und anderen ländlichen Motiven. Und über dem Kamin prangte ein gewaltiges Hirschgeweih. Obwohl Eva für den Landhausstil nicht viel übrig hatte, verspürte sie in dieser Umgebung etwas, das sie lange nicht mehr empfunden hatte. Ein tiefes Gefühl von Geborgenheit.

„So, bitteschön." Mit ihrem roten Wollpullover,

den Jeans und den Kuhfellclogs fügte sich Evas Retterin nahtlos in das Gesamtkonzept ihres Hauses ein. Sie reichte ihr ein kleines Holztablett mit einem großen, roten Becher darauf, in dem ein Teebeutel hing. Daneben lag ein Schokoherz mit der Aufschrift 'Willkommen'. Die sympathische Frau zog einen der Stühle herbei, drehte ihn in Evas Richtung und setzte sich.

„Jetzt erzähl mal. Was hat dich zu dieser unchristlichen Zeit zu uns raus verschlagen? Hattest du eine Autopanne?"

Eva stellte das Tablett vorsichtig auf der Ofenbank ab und schüttelte den Kopf. „Nein, ich habe mich versehentlich ausgesperrt."

„Aus dem Auto?", fragte die Frau, die ohne Mütze einen blonden Pagenkopf hatte. „Ich bin übrigens die Gabi", setzte sie hinzu und reichte Eva eine angenehm warme Hand.

„Eva, freut mich." In kurzen Sätzen fasste sie das Dilemma zusammen, in dem sie steckte, wobei sie den unerfreulichen Auslöser für ihren Allgäu-Aufenthalt lieber unerwähnt ließ.

„So, so", machte Gabi und verschränkte die Arme vor der Brust. „Dann bist du also die Freundin von der kleinen Ramona. Wobei, klein ist sie ja schon lange nicht mehr!" Sie lachte herzlich. „Und sie hat dich wirklich völlig im Unklaren darüber gelassen, was dich in Hedwigs Haus erwartet?"

Eva zuckte ratlos mit den Schultern. Das war der Knackpunkt, mit dem sie auch haderte.

„Das ist schon seltsam. Hedwig ist seit Jahren tot, aber ich könnte mich nicht daran erinnern, dass Ramona seit der Beerdigung mal da gewesen wäre."

„Wie auch immer, das Beste wird sein, ich ziehe ins Hotel“, entgegnete Eva. „Ich kann sowieso nur bis morgen bleiben. Kannst du mir zufällig eines empfehlen?“

„Oh je, das wird nicht einfach! Am Wochenende fangen die Osterferien an, da ist bei uns in der Region alles ausgebucht“, klärte Gabi sie auf. „Wir leider auch“, fügte sie bedauernd hinzu.

„Osterferien?“ Ach, Du liebes bisschen, daran hatte Eva gar nicht gedacht.

Gabi warf einen Blick auf die altmodische Kaminuhr, die zwischen dekorativem Krimskrams auf der Anrichte stand.

„Hast du Hunger? Es wird Zeit, dass ich den Laden aufmache, aber ich kann dir gern drüben im Café eine Brotzeit richten“, schlug sie vor und fügte grinsend hinzu: „Und ein warmes Ofenbänkle haben wir dort auch.“

Eva zögerte, als sie das Wort Brotzeit hörte. Aber nachdem Gabi so hilfsbereit gewesen war, konnte sie das großzügige Angebot unmöglich ausschlagen. Und so willigte sie ein.

Der Hofladen hätte auch ein Biomarkt in München-Schwabing sein können. In Holzschütten lagerten Kartoffeln, Karotten, Lauch und verschiedene Kohlsorten, außerdem Äpfel, Birnen und Nüsse. In langen Regalreihen gab es Lebensmittel aller Art, vom Honigglas über hausgemachte Dips und Aufstriche bis hin zu Wildkräutersalz und Rosengelee – lauter Allgäuer Spezialitäten, worauf Gabi nicht müde wurde, stolz hinzuweisen. Auch eine Kühltheke mit diversen Käsesorten und anderen Milchprodukten fehlte nicht. An einem rustikalen Holzstand verbreiteten ofenfrische Brote ihren köstlichen Duft, daneben stand ein Weidenkorb mit Eiern.

Bei diesem Anblick auf nüchternen Magen lief Eva das Wasser im Mund zusammen. Zu schade nur, dass sie kein Geld dabei hatte, zumal sie dringend ein paar Lebensmittel brauchen könnte.

Gabi winkte ab. „Nimm dir, was du magst, bezahlen kannst du später noch."

Von dieser Aussage ermutigt, griff Eva nach einem der bereitstehenden Einkaufskörbe und legte zehn Eier, einen Liter Heumilch, Brot, Kräuterbutter und zweierlei Käse hinein. Während Gabi die Sachen abrechnete und in eine braune Papiertüte packte, gestand Eva ihr, dass sie sich eigentlich seit kurzem vegan ernährte – und soeben dabei war, sich fürchterlich zu versündigen.

Die hübsche Bäuerin lachte schallend. „Ob du`s glaubst oder nicht, aber selbst bei uns im Allgäu gibt`s vegane Speisen. Besonders die Gastronomie kann es sich nicht leisten, darauf zu verzichten, wir gehen schließlich mit der Zeit." Sie reichte Eva die Tüte und fragte sicherheitshalber nochmal nach: „Oder soll ich dir lieber ein paar Äpfel, gelbe Rüben und Nussmus mitgeben?"

Doch Eva schüttelte den Kopf und nahm ihr entschlossen die Einkäufe ab. Sie hatte einen Bärenhunger und hätte im Moment fast alles gegessen. Außerdem war ihr aus unerfindlichen Gründen nach etwas Deftigem zumute. Und das Allgäu war bekannt für seine Käsespezialitäten, da wäre es doch die viel größere Sünde, dort gewesen zu sein, ohne diese probiert zu haben, oder? Ihr ökologisches Gewissen beruhigte sie damit, dass alles direkt vom Erzeuger stammte und Gabi ihr vermutlich zu jedem Ei den Namen des Huhns nennen könnte, das es gelegt hatte.

Gabi griff hinter sich ins Regal und steckte augenzwinkernd noch ein kleines Glas Senfgurken mit in die Tüte, dann bat sie Eva, ihr zu folgen. Durch eine Verbindungstür gelangten sie in das gut beheizte Café, wo ein anthrazitgrauer Kachelofen mit der versprochenen Ofenbank auf sie wartete. Beeindruckt sah Eva sich um, das war schon eher nach ihrem Geschmack. Von der Kaffeebar über den Fußboden bis hin zu den Möbeln war alles in hellem Holz gehalten, schlicht und funktional. Zwei große Panoramaschiebetüren führten hinaus auf den Hof und sorgten im Sommer für Freiluftatmosphäre.

Die Verbindungstür öffnete sich abermals und zwei Männer in blauen Arbeitsanzügen kamen hereingepoltert.

„Griaß eich", empfing Gabi die beiden Neuankömmlinge und begab sich mit einem entschuldigenden Blick zu Eva hinter die Theke, um die Kaffeemaschine anzuwerfen. Die beiden Männer, ein älterer und ein jüngerer, nahmen derweil am Nebentisch Platz.

„Und, heute?", rief Gabi ihnen zu.

„Runter zum Schmied", antwortete der ältere der beiden, während der andere teilnahmslos aus dem Fenster sah.

„Arg?"

„Geht schon."

Gabi kam hinter der Bar hervor und stellte den beiden ihren Kaffee hin. Dann ging sie nach nebenan, um gleich darauf mit zwei belegten Semmeln zurückzukehren. Das alles geschah wortlos, die Konversation schien beendet.

„Jetzt zu dir", wandte sie sich wieder Eva zu. „Wir haben zu Hedwigs Haus einen Zweitschlüssel", sagte sie und wartete ab, wie Eva diese Information aufnehmen würde. Normalerweise hätte sie die Vorstellung, dass jemand in ihrem Ferienhaus unbemerkt aus- und eingehen könnte, vielleicht befremdlich gefunden, aber jetzt war Eva überglücklich, das zu hören.

„Ich ruf den Gustl an, der soll mit dir rübergehen, dann kann er dir auch gleich ordentlich einheizen."

Sie meinte hoffentlich den Ofen. „Vielen Dank, das wäre großartig!", stimmte Eva freudig zu.

„Ach, schau an", sagte Gabi und wies nach draußen, „da kommt er ja gerade."

Eva folgte ihrem Blick und zuckte unangenehm berührt zusammen. Diesen grünen Monstertraktor, der da über den Hof gedonnert kam, den kannte sie doch! Ausgerechnet!

Der fesche Kerl mit dem schlechten Benehmen sprang sportlich von seinem Fahrzeug, schnappte sich den kleinsten Dreikäsehoch, hob ihn in die Luft und half ihm auf den Traktor. Der Kleine strahlte über das ganze Gesicht. Man konnte es durch das geschlossene Fenster zwar nicht hören, aber dem kleinen Mund ansehen, dass er fröhlich „Brumm-Brumm" machte. Gustl rief ihm etwas zu, dann wandte er sich um und sah in Evas Richtung. Sofort verfinstert sich sein Gesicht.

Kein Zweifel, die Sympathiekurve verlief bei ihm ganz ähnlich wie bei ihr. Weit unter null.

Dass der Gustl – anscheinend nannte man den Namen im Allgäu immer mit Artikel – sie ungefragt duzte, war Eva einerlei, er sprach ohnehin nicht viel. Auf Gabis knappe Erklärung hin hatte er den Knirps aus dem Fahrersitz befördert, sich selbst in ebendiesen geschwungen und der Eva, pardon, Eva mit einem Wink befohlen, sich neben ihn zu setzen. Auf den Beifahrersitz, wenn man das denn so sagen konnte.

Eva wusste, dass sie ihm für seine unkomplizierte Hilfe dankbar sein sollte. Ihr war nicht mehr kalt, eine Tüte leckerster Fressalien stand zwischen ihren Füßen und der übellaunige Gustl würde den Kachelofen zum Brennen bringen. Trotzdem hätte sie Gabi lieber den Schlüssel aus der Hand genommen und wäre zu Fuß zurückgegangen, als mit diesem unwirschen Typen auf einem knappen Quadratmeter eingezwängt zu sein.

Mit einem Ruck fuhr er los und Eva staunte über die hochmoderne Technik in der Fahrerkabine, die durch die Augen eines Laien betrachtet der eines Stadtbusses nicht unähnlich war. Jetzt, da sie auf dem Traktor saß, war sie froh, dass das Fahrzeug ein so flottes Tempo vorlegte. Denn je eher sie den unangenehmen Kerl wieder loswurde, desto besser.

Sie legten den Weg, der ihr zu Fuß furchtbar lang vorgekommen war, in weniger als fünf Minuten zurück. Der Traktor umkurvte den letzten Hügel, der die Lage des Hauses uneinsehbar machte, dann waren sie auch schon da. Im grellen Sonnenlicht wirkte ihr frostiges Quartier noch weniger einladend. Die Schindelplättchen an der Hausfassade waren brüchig, nicht wenige sogar ganz abgefallen. Sie gaben den Blick auf morsche Balken frei, die zerbröselten wie alter Trockenkuchen. Selbst die robuste Haustür sah aus, als hätten mehrere Generationen Holzwürmer an ihr genagt. Am schlimmsten aber war das Dach. An einer Stelle klaffte ein riesiges Loch, in dem die nackte Dachpappe zum Vorschein kam. Hier und da fehlten einzelne Dachplatten, was in der untersten Reihe aussah als hätte das Haus Zahnlücken.

„Die hat wahrscheinlich ein Herbststurm heruntergefegt“, klärte Gustl sie auf. Wäre Eva an einem sonnigen Vormittag wie diesem angereist, hätte sie unter Garantie keinen Fuß in das marode Gemäuer gesetzt.

Gustl stellte den Motor ab und kletterte vom Traktor. Eva tat es ihm nach, aber bis sie festen Boden unter den Füßen hatte, war er schon im Haus verschwunden. Wie erwartet, musste sie das Lebensmittelpaket selbst hineintragen. Mit dem Fuß stieß sie die Tür auf, die nur angelehnt war, und wäre beinahe mit Gustl zusammengeprallt, der, einen leeren Kaminkorb in der Hand, aus der Stube geschossen kam. Er nuschelte etwas Unverständliches in seinen Dreitagebart und ging an ihr vorbei nach draußen, Brennholz holen.

Auch die Küche wirkte bei Tageslicht noch trostloser, als im schwachen Schein der alten Emaille-Leuchte. Vor allem aber noch dreckiger. Angeekelt stellte Eva die Einkäufe auf den Tisch und warf einen Blick aus dem stark verschmutzten Fenster. Am liebsten wäre sie auf der Stelle abgereist. Fragte sich nur, wohin?

Zurück nach München wollte sie auf keinen Fall, denn verlassen und allein zu sein war etwas völlig anderes als verheiratet und allein zu sein. Sie fürchtete sich vor der Einsamkeit, aber auch vor den unnützen Gedanken, die sie sich zweifellos machen würde. Nein, Heimfahren war keine Option. Aber vielleicht hatte sie ja Glück im Unglück und konnte entgegen Gabis düsterer Prognose ein Hotelzimmer ergattern – oder wenigstens eine Besenkammer. Alles wäre besser, als eine weitere Nacht in dieser düsteren Butze verbringen zu müssen.

Eva öffnete den Kühlschrank, der sichtlich in die Jahre gekommen war, aber einigermaßen sauber zu sein schien. Ohne große Erwartungen drückte sie den Netzstecker in die Steckdose. Der Motor machte einen Schnaufer, dann begann er gleichmäßig zu surren. Sogar das Licht ging an, ein kleiner Hoffnungsschimmer. Sie verstaute die schnell verderblichen Lebensmittel und dachte darüber nach, wie absurd es war, in einer so kalten Gegend Strom für einen Kühlschrank zu verbrauchen. Ebenso gut könnte sie die Sachen auch einfach in den Schnee stellen.

„Also“, ertönte vom Flur her Gustls barsche Stimme, „der Ofen brennt!“

Eva war versucht, „Hoffentlich nicht!“ zu rufen, doch sie besann sich gerade noch. Wahrscheinlich merkte der Gustl gar nicht, wie fehlerhaft seine Aussage war.

Sie steckte den Kopf durch die Tür. Unschlüssig stand er da, seine Kappe in den Händen. Eva kam nicht umhin zu bemerken, dass er ohne sogar noch besser aussah, wenngleich die tiefen Geheimratsecken deutlich offenbarten, weshalb er bei diesen Temperaturen eine Kopfbedeckung bevorzugte.

„Vielen Dank“, war alles, was sie sagte, denn sie

wollte, dass er ging. Aber dann ließen ihre guten Manieren sie doch fragen: „Kann ich dir zum Dank einen Kaffee anbieten?“

Nach einem kaum merklichen Zögern sagte Gustl: „Danke, aber ich muss zurück an die Arbeit.“ Wie zur Bestätigung setzte er die Mütze auf, tippte mit zwei Fingern zum Gruß dagegen und sagte: „Pfiat di!“

Erst als das Traktorengeräusch längst nicht mehr zu hören war, ging Eva auf, dass ihr großzügiges Angebot etwas voreilig gewesen war. Sie hatte überhaupt kein Kaffeepulver im Haus!

Jetzt hielt sie endgültig nichts mehr. Sie könnte ihre sieben Sachen packen und gehen, ganz egal, wohin. Aber die Neugier trieb sie hinüber in die gute Stube, wo im Ofen knisternd ein Feuer prasselte. Es roch nach Harz und verbranntem Holz, ein Geruch, der in ihr das Bild eines Abenteuerspielplatzes hervorrief, fehlten nur die Marshmellows. Und weil es gar zu schade wäre, wenn der Gustl den Ofen für nichts und wieder nichts in Gang gebracht hätte, setzte Eva sich zum dritten Mal an diesem Tag auf eine Ofenbank und überlegte, was sie tun sollte.

Sie könnte Ramona anrufen und sie wegen des Hauses zur Rede stellen. Aber was würde das ändern? Zumal sie mit ihr vereinbart hatte, dass sie pünktlich zum Sendebeginn morgen Abend zurück sein würde. Außerdem war Ramona ihre beste Freundin. Es wäre nicht besonders klug, sich ausgerechnet in einer Notsituation wie dieser mit ihr zu verkrachen, in der sie auf ihren Beistand dringend angewiesen war. Gedanklich ging Eva ihre sonstigen Bekannten durch, aber darunter war niemand, dem sie genug vertrauen würde, um ihn in ihr Ehedebakel einzuweihen. Womit diese Möglichkeit ausschied. Blieb noch ihre Mutter.

Doch Eva wusste nur zu genau, was sie von der zu hören bekommen würde. „Eine Trennung kommt in den besten Familien vor“, würde sie leichthin sagen. „Aber so schnell wirft man nicht das Handtuch. Jetzt warte doch erst einmal ab, vielleicht renkt sich ja alles ganz von allein wieder ein!“ Und obwohl sie das bisher noch nie getan hatte, beschloss Eva, diesmal dem guten Rat ihrer Mutter zu folgen. Am besten sie tat, wozu sie gekommen war, und gönnte sich ein wenig Ruhe. Und dazu ein echtes Allgäuer Käsebrot!

Sie ging in die Küche, wo sie den historisch anmutenden Wasserkessel aus dem Unterschrank holte und Teewasser aufsetzte. Während Eva darauf wartete, dass es kochte, inspizierte sie das vorhandene Geschirr. Das Kaffeeservice war beinahe komplett und sogar von Rosenthal, doch leider war jedes Stück angeschlagen. Eva stellte eine Tasse bereit, dann kramte sie in ihrer Handtasche herum. Vorletzte Woche war ihr nach dem Verzehr eines Fischbrötchens übelgeworden, seitdem führte sie ständig einige Beutel Ingwertee mit sich. Der Wasserkessel begann schrill zu pfeifen, amüsiert nahm Eva ihn vom Herd. So lange der Tee zog, schmierte sie sich ein Butterbrot, das sie dick mit Käse belegte, und verzog sich damit an den warmen Ofen.

Der perfekte Platz für ein gutes Buch, dachte Eva, doch sie hatte keines mitgebracht. Sie, die Leseratte, die über Jahre nie aus dem Haus gegangen war, ohne mindestens ein Reclamheft in der Tasche zu haben, in das sie schnell versinken konnte, während sie Schlange stand oder auf den Bus wartete, hatte kein

Buch eingepackt! Auf ihrem Nachttisch zu Hause lag zwar eines, doch an den Titel konnte sie sich nicht mehr erinnern. Sollte Jakob mit seinem Vorwurf, sie habe sich vollkommen verändert, am Ende etwa Recht behalten? Nachdenklich pustete Eva in den heißen Tee, dann biss sie herzhaft in das Käsebrot. Es schmeckte leicht nussig, das wäre genau das Richtige für ihren Mann. Jakob liebte Käse in allen Varianten, besonders, wenn sie ihm ein Glas Rotwein dazu kredenzte …

Eva schloss die Augen und sah ihn vor sich. Sein Haar, dunkelblond und voll. Sein Mund, der immer zu lächeln schien, sogar dann, wenn er wütend auf sie war. Und seine sanften, hellgrauen Augen, in denen kleine braune Sprenkel tanzten wie Kohlensäurebläschen in einem Sprudelglas. Evas Gesicht entspannte sich zu einem verträumten Lächeln als sie daran dachte, wo und wann ihr das zum ersten Mal aufgefallen war.

Ihn zu berühren war vom ersten Moment an wie flirrende Elektrizität gewesen. Es hatte geknistert zwischen ihnen, dass die Funken nur so sprühten. Wie unzureichend die Sprache dieses Gefühl doch auszudrucken vermochte! Sie sehnte sich schmerzlich danach, ihn zu spüren, zu riechen und um sich zu haben, wie immer. Und wie immer wäre es ihr nach wenigen Minuten auch schon wieder zu viel und sie würde ihn am liebsten wegschicken. In letzter Zeit hatte er ihr häufig im Weg gestanden wie ein Stuhl, den jemand an die falsche Stelle gestellt hatte. Manchmal fühlte sie sich in ihrer eigenen Wohnung von ihm beobachtet, als wollte er ihr zusehen. Aber wobei? Beim Leben?

Ein Teil von ihr hoffte, dass er es sich inzwischen anders überlegt haben könnte. Aber ein anderer Teil wusste, dass es möglicherweise zu spät war. Sie war aufgebrochen ohne ihm Bescheid zu geben, wohin. Die Vorstellung, er könnte sie zu Hause anrufen und nicht erreichen, war zu verlockend gewesen. Und es bestand keine Gefahr, dass er es auf dem Handy versuchen würde, denn das hatte er stets nur in Notfällen getan. Andererseits – wäre die Angst, sie endgültig zu verlieren, nicht der denkbar größte Notfall überhaupt?

Beunruhigt sprang Eva auf und lief hinaus auf den Flur, wo sie das Handy auf dem Schuhschrank abgelegt hatte. Mit dem Telefon in der Hand ging sie zurück ins Wohnzimmer. Doch was war das? Kein Empfang! Unvorstellbar, dass es das in der heutigen Zeit überhaupt noch gab!

Nun kamen ihr doch leise Zweifel. Vielleicht hätte sie Jakob lieber mitteilen sollen, wo sie war – nicht dass er am Ende noch dachte, sie sei entführt worden!

III

Seit Jakob seiner Mutter anvertraut hatte, dass er sich von Eva trennen würde, schien sie zusehends in sich zusammenzufallen. Er kämpfte mit Schuldgefühlen und war verunsichert, ob es richtig war, ihr zum jetzigen Zeitpunkt davon zu erzählen. Mit keiner Silbe war sie bisher darauf eingegangen und allmählich begann er sich zu fragen, ob sie den Sinn seines Geständnisses überhaupt verstanden hatte. Manchmal wirkte Hanne seltsam abwesend. Wie sie da starr auf ihrem Bett gelegen hatte, das war nicht mehr die stolze Patriarchin, als die er sie kannte. Sie war gebrechlich geworden.

Dass sich etwas verändert hatte, machte sich auch daran bemerkbar, dass Hanne Dinge tat, die noch bis vor kurzem undenkbar gewesen wären. So ließ sie sich seit Neuestem etwa von Knut das Frühstück ans Bett bringen. Den hilfsbereiten Mann mit der Schiffermütze hatte sie ursprünglich als Hausmeister engagiert, aber über die Jahre war er zu ihrem unentbehrlichen 'Männchen für alles' aufgestiegen, wie sie ihn scherzhaft nannte. Und vor neun Uhr stand sie sowieso nicht mehr auf, dabei war Hanne früher überzeugte Frühaufsteherin gewesen, die für Langschläfer wie ihn nichts als Verachtung übrig gehabt hatte.

Den Vormittag hatte Jakob in seinem Arbeitszimmer unter dem heimischen Dach zugebracht, denn das repräsentative Büro mit den schicken Ausstellungsräumen am Hafen war das Reich seiner Assistentin Ida, einer aparten Schwedin, die nicht nur äußerst kompetent war, sondern auch sehr gesprächig.

Deshalb suchte er die offiziellen Räumlichkeiten ausschließlich dann auf, wenn es etwas zu besprechen gab oder sich wichtige Kunden angekündigt hatten. Er brauchte bei der Arbeit absolute Ruhe und die hatte er hier, zu Hause.

Es war halbzwölf. Gleich würde es an der Tür klingeln und die lustige Pia mit dem bunten Haar einen fröhlichen Gruß in das stille Haus werfen, wie sie es alle Tage tat. Schon vor Monaten hatte er für Hanne diese Lösung gefunden, denn eine Köchin wollte sie sich nicht leisten, aber selbst kochen zu müssen war ihr zuwider. Jakob bezweifelte, dass sie dazu überhaupt noch in der Lage wäre. Dass der Mensch essen musste, war in ihren Augen eine unleidige Tatsache, die sie in derselben Weise abspeiste, wie ein anderer mit dem Auto zum Tanken fahren würde, als unumgängliche Pflicht. Trotzdem hätte sie es niemals akzeptiert, auf eine Einrichtung wie 'Essen auf Rädern' angewiesen zu sein. Deshalb hatte Jakob, als er den Vertrag abschloss, ihr dieses nebensächliche Detail wohlweislich verschwiegen. Stattdessen sprach er ausweichend vom Catering, ein Wort, das Hanne mit den Wohltätigkeitsveranstaltungen in Zusammenhang brachte, die sie vor Jahren für die feine Gesellschaft ausgerichtet hatte. Von einem solchen Dienstleister täglich beliefert zu werden, stellte kein Problem für sie dar, im Gegenteil, sie war von seinem Vorschlag begeistert. Jakob selbst war es auch, denn das entband ihn von der lästigen Pflicht, mit ihr essen zu müssen. Die schweigenden Mahlzeiten, bei denen höchstens die Zartheit oder Zähigkeit des Fleisches thematisiert werden durfte, waren ihm schon in seiner Kindheit ein Gräuel.

Hanne thronte am Kopfende der langen Tafel, in deren Mitte ein üppiges Blumenarrangement mit Lilien und Gerbera stand, hinter dem ihr schmächtiger Körper fast vollständig verschwand. Auf dem riesigen Teller vor ihr lagen Fleisch und Gemüse, in zwei silbernen Schüsseln warteten Salat und Kroketten darauf, verzehrt zu werden. Es war Hannes eigenes Geschirr, auf dem Pia die Mahlzeiten servierte. Ihr missbilligender Gesichtsausdruck galt wie üblich Pias Outfit, das Hanne inakzeptabel fand, auf das sie jedoch keinen Einfluss hatte. Anfangs hatte sie mit bösen Bemerkungen nicht gespart, doch weil sich Pia davon gänzlich unbeeindruckt zeigte, enthielt sie sich mittlerweile jeglichen Kommentars und beschränkte sich auf abschätzige Blicke.

„Jakob, du bist ja da!“, sagte sie mit gespielter Überraschung, dabei war er das meistens, wenn er nicht gerade auf Geschäftsreise weilte. „Komm, setz dich einen Augenblick zu mir“, bat sie.

Da er das ohnehin vorgehabt hatte, tat er ihr den Gefallen. Er wollte herausfinden, was sie von seiner Scheidungsabsicht hielt. Mit Ablehnung hatte er gerechnet, mit Widerstand auch, nicht aber mit Ignoranz. Wie konnte ihr seine Trennung von Eva gleichgültig sein? War es ihr denn völlig egal, ob ihr einziger Sohn glücklich war? Er kam nicht dazu, sie das zu fragen.

„Mein Junge, ich muss dir etwas sagen.“ Sie legte das Besteck beiseite und sah ihn bedeutungsschwanger an.

Jetzt kommt sie, die Moralpredigt, dachte Jakob, wenn auch mit Verspätung.

„Ich habe schon länger darüber nachgedacht, aber

ich glaube, jetzt ist der richtige Zeitpunkt gekommen." Sie holte tief Luft. „Das große Haus wird mir zu viel. Du weißt, dass ich gehofft hatte, meine Enkelkinder hier aufwachsen zu sehen", sie machte eine kleine Pause, um ihm Gelegenheit für den obligatorischen Protest zu lassen, doch Jakob schwieg. „Aber es ist anders gekommen. Du bist selten da und ich bin den lieben langen Tag allein. Deshalb habe ich mit Knuts Hilfe ein paar Erkundigungen eingeholt und mich dann entschieden." Und mit feierlichem Tonfall eröffnete sie: „Ich habe mich in einer Seniorenresidenz angemeldet!"

Erstaunt hob Jakob die Augenbrauen. „Bist du ganz sicher, dass du das möchtest? Hast du nicht immer gesagt, du wirst dieses Haus niemals aufgeben? Es ist immerhin dein Elternhaus!", erinnerte er sie. Und meins, fügte er im Stillen hinzu und spürte, dass er an dem alten Kasten mehr hing, als ihm lieb war.

„Ich weiß, du kümmerst dich aufopfernd um alles und hast sogar dafür gesorgt, dass ich Tag für Tag dieses köstliche Essen bekomme." Sie lächelte selig ihren Teller an. „Aber ich habe mir das reiflich überlegt. Glaube mir, so ist es für uns alle das Beste." Sie nahm die Gabel und spießte damit eine Erbse auf. „Außerdem solltest du bei deiner Frau sein!"

Irritiert beobachtete Jakob seine Mutter dabei, wie sie mit steifen Bewegungen, die aussahen wie einstudiert, ihr Mittagessen einnahm. War das alles, was sie dazu zu sagen hatte? Er sollte bei Eva sein?

„Ich muss ins Büro, wir besprechen das heute Abend." Er stand auf, küsste sie flüchtig auf die Stirn und ging.

Jakob war immer der Meinung gewesen, Eva

müsste bei ihm sein. Könnte es sich in Wahrheit genau umgekehrt verhalten?

Auf dem Weg ins Büro stellte er sich der unbequemen Frage, warum er nie erwogen hatte, seine Geschäfte von München aus zu tätigen. Weil er häufig nach Skandinavien reisen musste, lautete seine plausible Begründung. Da war Hamburg einfach praktischer. Aber war es das wirklich? Oder hatte er das nur als bequeme Ausrede benutzt? Er verdiente genug, hatte er Eva gegenüber argumentiert, sie müsste also gar nicht arbeiten. In Hamburg hätten sie ein schönes Haus in bester Lage, ein gemachtes Nest für die Familie. Doch mit dieser Vision hatte er sie nicht überzeugen können.

„Lass uns mit der Entscheidung warten, bis ein Kind unterwegs ist", hatte Eva ihn gebeten. Aber sie war nicht schwanger geworden.

Ein Sonnenstrahl kam langsam ums Hauseck gekrochen und warf gleichmäßige, helle Streifen auf den Dielenboden. Ohne darüber Nachzudenken, tauschte Eva das Handy gegen ihr Tablet aus, um nach einem Hotelzimmer zu suchen. Ungläubig starrte sie auf den Bildschirm, aber ohne Handyempfang war Internet nicht zu denken. Nicht einmal ein fremdes Netz zeigte der Verbindungsmanager an. Auf dem Höhepunkt ihrer Ratlosigkeit klingelte es an der Tür.

Zunächst konnte sie das nervige Surren, das entfernte Ähnlichkeit mit dem Tonsignal eines Eierkochers hatte, nicht einordnen. Eva sprang auf und sauste hinaus auf den Flur. Das Geräusch schien aus dem grauen Kästchen an der Decke zu kommen.

Vorsichtig öffnete sie einen Spalt breit die Tür.

„Hallo, Eva, ich dachte, ich komme rasch vorbei und sehe nach, ob du noch was brauchst."

„Hi, Gabi! Das ist ja nett, komm doch bitte herein!", lud Eva ihre neue Nachbarin ein. Sie freute sich aufrichtig, die nette Frau so schnell wiederzusehen.

Gabi schlüpfte aus ihrem himmelblauen Anorak und wollte die dicken Stiefel ausziehen, doch Eva winkte ab. „Lass sie ruhig an, im Haus ist es nicht besonders warm." Und viel schmutziger, als es schon war, konnte es kaum werden.

„Aber hat der Gustl dir nicht eingeheizt?", fragte Gabi verwundert.

„Doch, schon, aber die Räume waren ja völlig ausgekühlt." Sie geleitete Gabi in die Wohnstube und fragte: „Nimmst du auch eine Tasse Tee?"

„Gern, vielen Dank." Unkompliziert ließ sich Gabi auf das Sofa plumpsen, das ein helles Pling von sich gab, das von einer kaputten Sprungfeder herrühren könnte. Bis Eva mit dem dampfenden Tee aus der Küche zurückkam, hatte Gabi sich ein Bild gemacht. Und war zu einem Entschluss gelangt. Sie nahm Eva die Teetasse ab und sagte: „Wenn ich gewusst hätte, wie schrecklich es hier drinnen aussieht, hätte ich dich bei uns in der Besucherritze untergebracht!"

„Danke für das großzügige Angebot, vielleicht komme ich bei Gelegenheit darauf zurück!", entgegnete Eva grinsend und versuchte sich vorzustellen, wie es wäre, zwischen Gustl und Gabi die Nacht zu verbringen. Ein höchst interessanter Gedanke.

„Ernsthaft, ich hatte keine Ahnung, dass das Haus

dermaßen heruntergekommen ist. Hedwig war die letzten zwei Jahre vor ihrem Tod mehr in der Klinik als daheim, deshalb muss es mindestens fünf Jahre her sein, dass ich zuletzt hier war."

„Ich habe auch nicht vor, hierzubleiben", stellte Eva richtig.

„Hast du schon ein Hotelzimmer gefunden?"

Eva schüttelte den Kopf. „Leider habe ich im ganzen Haus weder Internet, noch Handy-Empfang."

„Du kannst jederzeit vorbeikommen und von uns aus suchen, wir haben für die Gäste WLAN", bot Gabi hilfsbereit an. „Aber wenn ich dir einen guten Rat geben darf, gescheiter wäre es, nach Oberstaufen reinzufahren und in der Touristen-Information nachzufragen."

Das klang vielversprechend, Eva bedankte sich für den Tipp.

„Und falls du doch vorhast, länger zu bleiben, sagst du bitte Bescheid, ja? Dann bringe ich dir ein paar Sachen rüber. Wir haben im Herbst die Ferienwohnungen renoviert, da sind noch jede Menge Vorhänge, Tagesdecken und Zierkissen übrig, die ich auf den Dachboden gepackt habe. Alles top in Ordnung, aber unsere Gäste haben eine ganz genaue Vorstellung, wie es aussehen soll, wenn sie ins Allgäu kommen." Sie verzog das Gesicht. „Dabei täte mir persönlich was Modernes viel besser gefallen!"

Überrascht musterte Eva aus ihrem Sessel heraus die aufgeweckte Frau mit den wachen, blauen Augen, die so viel mehr zu sein schien als eine Bäuerin. Oder machte sie sich nur ein völlig falsches Bild davon, wie jemand wie Gabi zu sein hatte?

Gabi bemerkte ihren zweifelnden Blick und lachte.

„Ich weiß schon, das kann sich keiner vorstellen! Aber ganz ehrlich, wenn ich könnte, wie ich wollte, mei, das ganze Haus wäre bunt und stylish. Stühle von Vitra, Regale von USM Haller, vielleicht ein Kandinsky Chair“, zählte sie begeistert auf und setzte einen sehnsüchtigen Seufzer hinterher.

„Ja, wenn das so ist, musst du mich unbedingt in München besuchen kommen. Meine Wohnung sieht in etwa so aus, nur nicht besonders farbenfroh, ich mag es lieber hell und schlicht.“

„Wirklich? Du, das würde ich zu gern sehen! Ich wollt sowieso schon lange mal wieder nach München, zum Einkaufen oder in eine Ausstellung – sowas macht man ja viel zu selten! Aber wie das halt immer so ist, mir fehlt hinten und vorne die Zeit. Und dann sind da ja auch noch die Kinder.“

Die Erwähnung von Gabis properer Brut traf Eva in die Magengrube wie ein gezielter Faustschlag. Unbehaglich rutschte sie in ihrem Sessel nach vorn und fragte in der Absicht, das Thema zu wechseln: „Stimmt es eigentlich, dass man in Oberstaufen gut einkaufen kann? Ramona hat sowas erwähnt.“

„Das ist relativ, würde ich sagen. Aber für einen Ort dieser Größe ist das Angebot recht ordentlich“, meinte Gabi. „Es ist alles da, was man braucht, und ein paar schicke Boutiquen gibt es natürlich auch!“

„Das klingt gut. Und wo ich schon mal da bin, kann ich mich auch gleich nach einer neuen Bleibe umsehen.“ Evas Augen blitzten auf als sie hinzufügte: „Du hast nicht zufällig Lust, mich zu begleiten?“ Eine Runde Frustshoppen war jetzt ganz nach ihrem Geschmack. Und mit einer Person wie Gabi an ihrer Seite wäre es bestimmt noch zehnmal lustiger, außerdem war sie ortskundig.

Doch Gabi sagte bedauernd: „Tut mir leid, aber ich muss zurück. Der Gustl ist unterwegs und ich will die Kleinen nicht so lange bei meiner Mutter lassen, sie ist auch nicht mehr die Jüngste."

Die Art, wie sie das sagte, ließ Eva ahnen, dass eine längere Geschichte dahinter steckte, aber sie wollte nicht neugierig erscheinen. „Schade. Da kann man wohl nichts machen."

Gabi stand auf. „Trotzdem danke für den Tee. Und, wie gesagt, gib mir ein Zeichen, falls du bleibst. Dann komme ich rüber und wir bringen die Hütte gemeinsam auf Vordermann!"

Na, wenn das kein Angebot war! Eva versprach es, obwohl sie ziemlich sicher war, diesen unwirtlichen Ort in Kürze ein für alle Mal hinter sich zu lassen. Sie brachte Gabi zur Tür.

„Moment, ich schulde dir noch Geld!", fiel ihr plötzlich ein.

„Lass stecken! Das passt schon!", sagte Gabi lächelnd.

„Das kann ich unmöglich annehmen!", protestierte Eva.

„Und ob du das kannst! Betrachte es einfach als kleinen Willkommensgruß." Gabi war schon fast zur Tür hinaus, da drehte sie sich nochmal um und fragte mit verschwörerischem Lächeln: „Die wievielte Woche ist es denn?"

Verständnislos sah Eva sie an. „Was meinst du?"

„Na, deine Schwangerschaft!", rief Gabi.

Schwanger? Eva musste sich am Türrahmen festhalten, um nicht vor Schreck das Gleichgewicht zu verlieren. „Aber … wie kommst du denn darauf?"

„Ganz einfach, meine Liebe, man sieht es dir an! Aber keine Sorge, dein süßes Geheimnis ist bei mir gut aufgehoben.“ Sie zwinkerte Eva vergnügt zu und ging.

Kopfschüttelnd schloss Eva die Haustür. Schwanger, so ein Blödsinn!

Die Fahrt war überraschend kurz, Eva hatte ihr Ziel erreicht, bevor das Navi auch nur die Strecke berechnen konnte, aber die Ausschilderung war auch narrensicher. In einem Bogen ging es hinein in den Ort. Das erste, was Eva von Oberstaufen zu sehen bekam, war ein Parkplatz, wie praktisch. Sie stellte den Wagen ab und bemerkte, dass sie sich am Bahnhof befand. Wenn Züge hier Halt machten, konnte der Ort so unbedeutend nun auch wieder nicht sein.

Auf der anderen Straßenseite lagen Geschäfte, vorne am Eck konnte Eva einen Schuhladen ausmachen. Sie überquerte die Fahrbahn und warf einen Blick in die Schaufensterauslage. Überrascht stellte sie fest, dass die sich kaum von Geschäften in München unterschied. Bekannte italienische Marken hätte sie hier auf dem Land ebenso wenig erwartet, wie die eleganten High Heels, die bei der aktuellen Wetterlage jedoch kaum zu gebrauchen sein dürften. Vermutlich galt das exklusive Angebot auch weniger den Einheimischen, als vielmehr den gutsituierten Touristen, von denen es an diesem Ort nur so zu wimmeln schien. Eine protzige Karosse nach der anderen rollte an Eva vorbei. Den Kennzeichen nach zu schließen war nicht nur das gesamte Bundesgebiet gut vertreten, sondern auch die beiden Nachbarländer

Österreich und Schweiz. Staunend sah Eva einem röhrenden, schwarzen Porsche nach. Man könnte meinen, man wäre in Kitzbühel oder St. Moritz gelandet.

Vor einem Modehaus entdeckte sie einen Kleiderständer mit dem Hinweis ‘reduziert’. Eva ging die Ware durch, darunter ein paar exquisite Stücke. Für gewöhnlich wäre sie mit einem Aufschrei des Entzückens über die vergünstigte Designermode hergefallen, aber heute war ihr nicht danach. Gabis Bemerkung, sie könnte schwanger sein, ließ sie nicht mehr los. Dabei war das ein Ding der Unmöglichkeit! Eva versuchte, nicht weiter darüber nachzudenken, und widmete sich stattdessen lieber dem Outdoor-Ausstatter im Nachbarhaus. Nicht im Traum wäre es ihr in München eingefallen, einen Laden wie diesen zu betreten. Doch die stabilen Wanderstiefel auf dem Rollregal vor der Eingangstür waren exakt das, was sie bei ihrem morgendlichen Fußmarsch schmerzlich vermisst hatte. Wenn sie diese schöne Gegend noch ein wenig erkunden wollte, führte an praktischem Schuhwerk kein Weg vorbei.

Kurzerhand ging Eva hinein und kam fünfzehn Minuten später mit einer überdimensionierten Plastiktüte wieder heraus. Darin befanden sich nicht nur wetterfeste Wanderstiefel, sondern auch zwei paar dicke Socken, eine Thermohose, ein Fleece-Rolli sowie extradicke Handschuhe.

Auf der Treppe wurde ihr schlagartig schwindlig und sie musste sich am Geländer festhalten. Gleichzeitig befiel sie eine bleierne Müdigkeit. Ob das von der Höhenluft kam? Eva atmete ein paarmal durch, dann hatte sie sich wieder unter Kontrolle. In einer Seitenstraße erspähte sie ein Bäckerei-Café, das ihr eine mögliche Erklärung für den Schwächeanfall lieferte: Sie hatte heute noch keinen Tropfen Kaffee getrunken! Dabei lag ihr Tagespensum sonst bei mindestens fünf Tassen.

Der Espresso war heiß und stark und verfehlte seine belebende Wirkung nicht. Augenblicklich fühlte Eva sich besser, ja, mehr als das. Frisch gestärkt steuerte sie die gegenüberliegende Straßenseite an, wo sie eine Papeterie entdeckt hatte. Das brachte sie auf eine geniale Idee.

Bis zum Tag ihrer Hochzeit hatten Jakob und sie sich regelmäßig Briefe geschrieben. Immer hatten sie sich etwas zu erzählen oder das Bedürfnis, zu einem ihrer oft bis tief in die Nacht hineinreichenden Gespräche ein paar Worte zu ergänzen. Sie hatten einander das Herz ausgeschüttet und sich ihrer Liebe versichert. Noch so etwas, das auf beunruhigende Weise irgendwann einfach aufgehört hatte. Aber wer sagt, dass es zu spät war, um wieder damit anzufangen?

Eva betrat die nostalgische Papierhandlung und fühlte sich sofort wie zu Hause. Entzückt wie ein Kind im Spielzeugladen drehte sie sich einmal um die eigene Achse. Sie ließ die Regale mit den Allgäu-Devotionalien links liegen und lustwandelte an Glückwunschkarten und Servietten in Drehständern vorbei in den hinteren Bereich des Ladens, wo sich die Fächer mit dem Briefpapier befanden. Wie schön, dass es das in Zeiten von Email und SMS überhaupt noch gab! Die Auswahl reichte von verspieltem Motivpapier über moderne, grafische Designs bis hin zu handgeschöpftem Bütten. Sie liebäugelte mit einem romantischen Blumendruck, aber das blaue Vergissmeinnicht war ihr dann doch zu symbolträchtig. Schließlich entschied sie sich für eine edle Variante mit eingestanzten Schneekristallen. Auf dem Weg zur Kasse fiel ihr ein Notizbuch im selben Stil ins Auge, das sich perfekt als Tagebuch eigenen würde. Sie hatte vor Monaten aufgehört, eines zu führen. Aber wann sollte sie wieder damit anfangen, wenn nicht jetzt? Eva bezahlte und verließ zufrieden mit ihrem Vorhaben das Geschäft. Wenn es etwas gab, womit sie Jakobs Herz erreichen könnte, dann war es ein handgeschriebener Brief.

Ziellos flanierte sie durch den gepflegten Dorfkern, der mit seinen einladenden Bistros und den edlen Boutiquen das Flair einer Kleinstadt hatte. Sie hielt die Augen nach einem Hotel offen, stieß stattdessen jedoch auf einen Wegweiser mit der Aufschrift Tourist-Information. Da erinnerte Eva sich an Gabis Empfehlung und folgte dem Pfeil in ein zentral gelegenes Gebäude, das 'Haus des Gastes' genannt wurde.

Die Dame hinter dem Counter sah exakt so aus, wie man sich jemanden in dieser Position vorstellte. Eva schätzte sie auf Anfang dreißig. Unter einem schwarzen Samtblazer trug sie eine reinweiße Stehkragenbluse, die das straff hochgesteckte Haar schön zur Geltung brachte. Als sie Eva bemerkte, leuchtete unter ihrem dezenten Tages-Make-up ein professionelles Lächeln auf, das Eva das Gefühl gab, sie alles fragen zu können, notfalls auch, wie sie ihren Mann zurückgewinnen könnte. Zuversichtlich trug sie ihr Anliegen vor.

„Soll es ein Einzelzimmer sein?“ fragte die junge

Frau freundlich nach und warf einen Blick in den Monitor.

Eva nickte.

„Und, ab wann?“

„Ab sofort.“

„Ab heute? Tut mir sehr leid, aber wir sind momentan komplett ausgebucht!“ Puff! Die gute Fee verwandelte sich in eine böse Hexe.

„Wenn Sie vielleicht nochmal nachsehen könnten?“, setzte Eva schwach entgegen. „Es muss auch nicht unbedingt ein Hotel sein, eine Pension wäre vollkommen ausreichend“.

„Wie gesagt, so kurzfristig ist da leider gar nichts mehr zu machen.“ Bedauernd hoben sich die puffärmligen Schultern. Sie drückte ein paar Tasten und blickte erneut in den Monitor, dann informierte sie Eva: „Aber ab Ende nächster Woche könnte ich Ihnen wieder etwas anbieten, allerdings acht Kilometer außerhalb. Käme das für Sie in Frage?“

Ende nächster Woche? Bis dahin wollte Eva längst zurück in München sein! Frustriert musste sie das Angebot dankend ablehnen. Im Hinausgehen deckte sie sich an einem Infoständer mit Broschüren ein und fand sich wenige Augenblicke später auf der belebten Straße wieder, von der sie annahm, dass es entweder die Hauptverkehrsachse oder die Flaniermeile sein musste. Oder beides.

Vor einem Café standen Tische und Stühle, die gut bevölkert waren. Man hätte meinen können, es wäre Mai, und nicht März, wären da nicht die dicken Wolldecken auf den Stühlen gewesen. Unmittelbar vor Evas Nase wurde ein Tisch frei und sie nahm spontan Platz. Nachdem sie schon keine Unterkunft gefunden hatte, wollte sie wenigstens Plan B in die Tat umsetzen. Zwar wäre es zweifellos angenehmer, den Brief an Jakob auf der warmen Ofenbank zu schreiben, aber wenn sie ihn heute noch abschicken wollte, musste sie das hier vor Ort erledigen.

Eva benötigte eine weitere Tasse Kaffee und zwei Anläufe, ehe sie mit ihrem Textentwurf zufrieden war. Jakob sollte nicht denken, sie hätte es nötig, sich anzubiedern. Andererseits durfte er durchaus merken, wie viel er ihr bedeutete und wie wenig sie bereit war, ihre Ehe kampflos aufzugeben. Sie fand, ihre Worte waren aufrichtig und der Situation angemessen. Eva schrieb den Brief ins Reine, steckte ihn in den Umschlag und beschriftete ihn. Dann kramte sie eine Briefmarke aus ihrem Portemonnaie und klebte sie auf. Das wäre erledigt.

Ein frischer Wind kam auf und Eva zog die blaue Fleece-Decke enger um die Hüften. Die beiden Männer am Nebentisch sahen ihr unverhohlen dabei zu. Der eine besaß gar die Dreistigkeit, ihr vertraulich zuzuzwinkern. Schnell wandte sie den Blick ab und sah sich hilfesuchend nach der Bedienung um. Schon seit dem Moment, in dem sie sich hingesetzt hatte, wurde sie von den beiden Typen schamlos taxiert.

In München passierte ihr das häufiger, meistens folgte jedoch unmittelbar darauf die Frage: „Sind Sie nicht die Frau Dr. Schilling aus dem Radio?“ Für solche Fälle hatte Eva stets einige Autogrammkarten bei sich. Als Raoul ihr angekündigt hatte, welche drucken zu lassen, war sie zunächst dagegen. Wer sollte von ihr ein Autogramm haben wollen? Aber der Erfolg hatte ihm Recht gegeben und schon bald war sie froh, die Dinger dabei zu haben. Denn sie erwiesen sich als ideales Mittel, um Fans und Neugierige unauffällig wieder loszuwerden. Trotzdem zögerte Eva, mit den beiden aufdringlichen Mittvierzigern den üblichen Dialog abzuspulen. Zwar war ihre Sendung deutschlandweit zu empfangen, und es wäre durchaus denkbar, dass sie wussten, wer sie war, aber was, wenn sie sie gar nicht kannten? Das wäre oberpeinlich.

Vorsichtshalber deutete Eva ein Lächeln an, von dem sie hoffte, dass es unverbindlich war und nicht als Ermutigung zu was auch immer fehlinterpretiert werden konnte. In ihrer derzeitigen Lage war äußerste Vorsicht geboten, sie durfte nicht auch noch ihre Fans vergraulen.

Da entdeckte sie endlich die junge Frau, die ihre Bestellung aufgenommen hatte. Eva winkte ihr zu, vielleicht ein wenig zu auffällig, denn aus dem Augenwinkel nahm sie am Nebentisch eine Bewegung wahr. Bitte nicht!

„Hallöchen!", sprach eine dunkle Stimme sie an.

Eva schob ihre überdimensionale Sonnenbrille auf die Nase, dann erst sah sie auf.

„Darf ich?", fragte der Mann mit der deutlichen Rundung um die Körpermitte und dem zum Ausgleich schütteren Haupthaar. Ohne ihre Antwort abzuwarten setzte er sich hin.

„Ich bin Klaus, und das da drüben", er deutete zum Nachbartisch, „das ist der Rolf."

Der Rolf nickte und prostete ihr mit seiner Kaffeetasse zu.

Eva wurde augenblicklich schlecht.

„Und, was darf ich dir bestellen? Du trinkst doch

ein Gläschen mit uns, oder?“ Er kam einige Zentimeter näher, während Eva in derselben Distanz von ihm abrückte. Wo blieb denn die Bedienung?!

„Na, schönes Kind, verrätst du mir deinen Namen?“

„Eva“, presste sie durch die Zähne, weil sie nicht wusste, was sie sonst tun sollte. Sie war seit zehn Jahren mit ein und demselben Mann zusammen, Situationen wie dieser war sie nicht gewachsen.

„Sie heißt Eva!“, rief Klaus seinem Kumpel zu. Das musste für Rolf das Stichwort gewesen sein, denn er erhob sich und wechselte ebenfalls an ihren Tisch.

Eva fühlte sich bedrängt und hatte das Gefühl, jeden Moment ersticken zu müssen. Wer waren diese Kerle? Was wollten die von ihr? Fans konnten es nicht sein, sonst hätte der Mann wohl kaum nach ihrem Namen gefragt. Aber für die Nummer mit den Autogrammkarten war es jetzt ohnehin zu spät.

„Wir haben gehört, in Staufen geht der Punk ab“, erklärte Klaus. “Also habe ich gesagt, Rolf, das schauen wir uns aus der Nähe an! Auf Malle ist es ja noch ein bisschen frisch um diese Jahreszeit.“ Er lachte wiehernd, als hätte er einen irre guten Witz gemacht.

„Ist das heute dein erster Tag hier?“, schaltete sich Rolf ein, der in seinem schwarzen Anorak etwas gediegener wirkte. Bestimmt hatte er daheim in Wanne-Eickel – oder wo auch immer die beiden herkommen mochten – eine ahnungslose Ehefrau und zwei halbwüchsige Kinder sitzen, die ihn auf einer Geschäftsreise wähnten.

Eva wollte jede Konversation meiden, daher

beschränkte sie sich auf ein knappes Nicken.

„Dacht ich`s mir doch!“, rief Klaus. „Du wärst uns längst aufgefallen! Aber einmal ist immer das erste Mal, nicht?“ Er zwinkerte vielsagend.

Peinlich berührt schloss Eva die Augen. Als sie sie wieder aufmachte, fiel ihr Blick auf den Eingang des Buchladens schräg gegenüber, aus dem soeben ein Mann heraustrat. Moment Mal, diese Mütze kannte sie doch! Eva richtete sich kerzengerade auf. Kein Zweifel, das war der Gustl! Und die Tüte in seiner Hand enthielt unverkennbar ein Buch. Der Gustl, ein Bücherwurm? Alle Achtung, das hätte sie ihm gar nicht zugetraut!

Gustl sah flüchtig zu ihr rüber, schaute aber gleich wieder weg. Eva war schon versucht, seinen Namen zu rufen, da stutzte er und drehte sich abermals nach ihr um. Sie hob die Hand und winkte, in Anbetracht ihrer akuten Notlage einen Tick enthusiastischer als beabsichtigt. Er schien zu zögern, doch dann reagierte er und kam in der ihm eigenen Gemütsruhe herübergeschlendert.

Eva zog eine gequälte Grimasse und hoffte, er würde sie richtig deuten.

„Ich wär` dann so weit, können wir?“, fragte er seelenruhig, ohne die beiden Männer am Tisch auch nur eines Blickes zu würdigen.

Mit Fragezeichen in den Augen sah Rolf zuerst Eva an, dann Gustl und schließlich Klaus, der ratlos mit den Schultern zuckte. Und da kam endlich auch die Bedienung mit der Rechnung. Gustl besaß den Anstand, mit der größten Selbstverständlichkeit Evas Kaffee zu bezahlen. Währenddessen nickte sie den beiden ungebetenen Tischherren mit einem entschuldigenden Lächeln zu und stand auf. Besitzergreifend zog der Gustl sie an sich und so gingen sie Arm in Arm die Straße hinunter.

Als sie sicher war, außer Hörweite zu sein, stieß Eva hervor: „Gott sei Dank! Ich dachte schon, ich kriege die beiden nie los! Danke, Gustl, du warst meine Rettung!“ Sie drückte ihn am Arm und fühlte unter seiner Daunenjacke einen gut geformten Bizeps.

„Schon gut“, brummte Gustl gönnerhaft, machte aber keine Anstalten, sie loszulassen. Unversehens fanden sie sich auf dem Parkplatz wieder, auf dem Evas silberner SKL stand.

„Also, danke nochmal.“ Behutsam entzog sie sich seinem Arm und nahm ihm die Einkäufe ab, die er brav getragen hatte.

„Nichts zu danken.“ Er tippte sich grüßend an die Mütze und wollte sich abwenden.

„Sag mal, läuft das hier immer so?“, fragte sie betroffen.

„Du meinst das Anbaggern?“ Eva nickte. „Mei, für manche gehört das halt dazu. Es gibt immer ein paar, die glauben, die Sau rauslassen zu müssen, aber Gott sei Dank sind das im Vergleich zu früher nur noch wenige. Dafür kommen in den letzten Jahren vermehrt Familien mit Kindern.“

„Und du, wo gehst du hin, wenn du dich amüsieren willst?“ Eva wusste selbst nicht, wieso sie ihn das fragte, aber wenn der Mann Bücher las, konnte er so verkehrt nicht sein.

Er lachte. „Interessiert dich das wirklich?“ Prüfend ruhte sein Blick auf ihr, zum ersten Mal lag echtes Interesse darin.

Verlegen sah Eva zur Seite.

„Ja, sicher, hättc ich sonst gefragt?"

„Also, gut. Wenn du willst, zeig ich es dir!" Er öffnete ihr galant die Wagentür und ließ sie einsteigen. „Morgen muss ich aufs Amt, sagen wir also übermorgen, so gegen eins? Ich hol dich ab!", entschied er und schlug, bevor Eva etwas darauf erwidern konnte, die Autotür zu.

Sie war schon im Begriff loszufahren, da fiel ihr ein, dass sie ihn nach einem Supermarkt fragen könnte. Eva ließ die Scheibe runter und rief ihm nach. Hilfsbereit kam Gustl zurück, erteilte ihr die gewünschte Auskunft und gab ihr obendrein noch eine Abkürzung mit auf den Heimweg.

Seine Wegbeschreibung war so präzise, dass sie das Einkaufszentrum am Ortsausgang problemlos fand. Ohne Nachzudenken packte sie den Einkaufswagen randvoll. Erst an der Kasse bemerkte Eva, dass die Vorräte für mindestens eine Woche reichen würden. Und wenn schon! Morgen konnte sie sowieso noch nicht heimfahren, denn sie hatte ja ein Date, und zwar für übermorgen!

IV

Lag es an der absoluten Stille oder an der molligen Wärme, die der alte Kachelofen verbreitete? Auf jeden Fall hatte Eva nach dieser zweiten Nacht in Haus Waldesruh das Gefühl, noch nie besser geschlafen zu haben. Dass das Haus so hieß, hatte sie von Gustl erfahren, der nach ihrer zufälligen Begegnung in Staufen – wie die Einheimischen ihren Ort verkürzt nannten – darauf bestanden hatte, auf einen Sprung vorbeizukommen. Angeblich, um dafür zu sorgen, dass das Feuer im Ofen nicht ausging, aber Eva war sicher, das war nur ein Vorwand. Die Rettungsaktion im Café hatte unbeabsichtigt Sympathien geweckt, und das auf beiden Seiten.

Gutgelaunt setzte Eva den Wasserkessel auf, um sich mit Hilfe des nostalgischen Porzellanfilters, den sie hinter hässlichen Zinnbechern im Oberschrank des Büffets gefunden hatte, eine schöne Tasse Kaffee aufzubrühen. Das umständliche Vorgehen brachte einen ungeahnten Vorteil mit sich. Sie war dazu gezwungen, einen Schritt nach dem anderen zu tun, anstatt fünf Dinge gleichzeitig, wie es sonst ihre Art war.

Mit der Kaffeetasse in der Hand starrte Eva hinaus in das weiße Nichts, das sich vor dem Küchenfenster ausbreitete wie ein unbewegter See, an dessen Ufer junge Tannenschösslinge standen, aufrecht wie Schilfkolben. Der neue Tag vor ihr war leer wie diese unendliche, weiße Weite. Womit sollte sie ihn füllen?

Evas Tag mochte leer sein, ihr Kopf aber war es nicht. Er lief über mit Gedanken, die ziellos in alle Richtungen losstürmten. Während sie versonnen die friedliche Szenerie betrachtete, reifte in ihr ein Entschluss.

Als Eva kurz darauf das Haus verließ, fühlte sie sich wie ein Michelin-Männchen. Die wattierte Thermohose zwang sie zu einem O-beinigen Schritt, von hinten musste sie aussehen wie Fußballer. Aber die Funktionskleidung erfüllte hervorragend ihren Zweck, kalt war ihr diesmal nicht. Dafür geriet sie schon nach wenigen Metern mächtig ins Schwitzen. Eva verlangsamte ihr Tempo, immerhin war sie im Urlaub und nicht auf der Flucht.

Zunächst schlug sie denselben Weg ein wie am Vortag, aber nur, bis sie zu dem Wegweiser gelangte, dessen rot-weiße Markierungen ihr gestern noch nichts gesagt hatten. Dank der hilfreichen Info-Broschüren wusste Eva aber inzwischen, dass diese die Wanderwege kennzeichneten, die sich wie ein Spinnennetz durch die gesamte Region zogen. Man konnte sich praktisch gar nicht verlaufen!

Der eine Pfeil zeigte das Sträßlein entlang, über das man zum Hof von Gustl und Gabi gelangte, der andere wies nach links, doch dort war kein Weg zu sehen. Dick vermummt, wie sie war, ließ Eva sich davon jedoch nicht abschrecken und stapfte unverdrossen los. Der Schnee war pulvrig und fein, so dass sie bei jedem Schritt tief einsank. Nur langsam rückte der Waldrand näher, bis Eva an einem Baumstamm eine weitere Markierung erkennen konnte, die bestätigte, dass sie richtig war. Zwischen hochgewachsenen Tannen hindurch trat sie in den Wald.

Es war, als würde sie eine Kathedrale betreten. Ehrfürchtig sah sie sich um. Der Wald schien sie zu beobachten. Oder waren es seine Bewohner? Sie lauschte in die Stille, die unheimlich war und rein, als hätte ein Schalldämpfer alle Geräusche verschluckt. An einer Stelle bildeten die Bäume eine Schneise, in der sie glaubte, einen Pfad auszumachen, dem sie zögerlich folgte.

Eva hatte erst wenige Schritte zurückgelegt, als das Knacken eines Astes die Stille durchbrach. Ängstlich blieb sie stehen. Da trat wenige Meter vor ihr ein kapitaler Hirsch aus dem Gebüsch. Die abgewetzten Stellen seines Geweihs glänzten in der Sonne, bald würde er es verlieren. Er legte den Kopf in den Nacken, wie man es von Gemälden kennt, doch das erwartete Röhren blieb aus. Andächtig beobachtete Eva das imposante Tier und spürte, wie eine Veränderung in ihr vorging. Die Angst war wie weggeblasen und hatte einem tiefen Frieden Platz gemacht. Eva fühlte sich nicht länger wie ein ungebetener Eindringling, sondern war auf wundersame Weise zu einem Teil des Waldes geworden. Der Hirsch nickte ihr würdevoll zum Abschied zu, ehe er lautlos im Dickicht verschwand.

Aufgewühlt starrte Eva die Stelle an, auf der das Tier gestanden hatte. Nur die Spuren im Schnee zeugten davon, dass sie die bewegende Begegnung nicht geträumt hatte. Beschwingt machte sie sich wieder auf den Weg, der in einer sanften Steigung stetig aufwärts führte, bis er einen geräumten Forstweg kreuzte. Dort wartete ein neuer Wegweiser auf sie. Das mir dem Wandern war ja einfacher als gedacht!

Eva studierte die Ortsbezeichnungen, aber sie sagten ihr alle nichts. 'Saneberg' klang auch ohne 'h' sehr verlockend, aber zu 'Genhofen' wollte sie lieber keine Assoziation zulassen, obwohl es sich bestimmt um einen reizenden Flecken handelte. Ratlos blickte sie in jede Richtung, der Wald sah überall gleich aus. Sie hätte sich vorab eine Wanderkarte besorgen sollen. Als ihr auffiel, wie abwegig dieser Gedanke noch bis vor wenigen Tagen gewesen wäre, musste sie grinsen. Inzwischen war ihr so warm, dass sie die Jacke aufmachte und den Schal lockerte, ehe sie den steilen Weg hinauf zum 'Kapf' einschlug.

Eva war kein schreckhafter Mensch, aber jedes Mal, wenn der Schnee lautlos durch die Bäume rieselte, zuckte sie zusammen, blieb stehen und lauschte. Doch da war nichts. Die Welt war wie in Watte gepackt, kein Lüftchen regte sich. Von Zeit zu Zeit hielt sie inne, legte den Kopf in den Nacken und blickte hinauf zu den weißen Tannen, deren Spitzen sich wetteifernd dem kitschig blauen Himmel entgegenreckten.

Der Fußweg verbreiterte sich zu einem gut sichtbaren Trampelpfad, auf dem sie zügig vorankam. Es war beruhigend zu wissen, dass sie nicht allein im Wald war. Unbeirrt stapfte Eva durch die Spur, aber die Steigung setzte ihr ziemlich zu, bald keuchte sie wie eine Dampfwalze. Dabei ging sie zweimal die Woche ins Spinning und bildete sich ein, keine schlechte Kondition zu haben. Die Kurzatmigkeit und das unangenehme Stechen in der rechten Seite sagten jedoch etwas anderes.

Der Pfad führte an gigantischen Gesteinsbrocken vorbei, die Eva daran erinnerten, dass sie im Voralpenland unterwegs war. Als sie gerade glaubte, keinen einzigen Schritt mehr zu schaffen, begann sich der Wald vor ihr zu lichten. Sie mobilisiert noch einmal alle Kräfte und überwand die letzten steilen Meter, wobei sie eine Baumwurzel zu Hilfe nehmen musste, dann hatte sie es geschafft! Erleichtert richtete Eva sich auf und sah sich um.

Sie befand sich auf einem breiten Grat, unmittelbar vor ihr fiel der Hang hinab ins Tal. Trotzig ragten auf der gegenüberliegenden Seite die Bergkuppen der Nagelfluhkette empor. Die rote Holzbank erschien Eva wie ein Geschenk des Himmels. Um Atem ringend ließ sie sich darauf nieder und streckte alle Viere von sich. War es dieses befriedigende Siegesgefühl, das Menschen dazu brachte, unter Angst und Schweiß die höchsten Gipfel zu erklimmen?

Allmählich normalisierte sich ihr Pulsschlag wieder. Die Luft war so kalt und klar, dass jeder Atemzug schmerzte. Besonders der Wind war empfindlich frisch, wenngleich das kleine, rote Fähnchen des Windmessers sich kaum rührte. Eva schaute in das breite, schneebedeckte Tal hinein und erkannte die schlangenförmige Queralpenstraße, über die sie gestern nach Oberstaufen gefahren war. Weit entfernt konnte sie hinter zerrissenen Wolkenfetzen ein gewaltiges Bergmassiv sehen, das mussten die Schweizer Alpen sein.

Das ist es also, das Paradies, dachte Eva. Sie verstand, weshalb die Menschen dem Ort diesen Namen gegeben hatten. Nicht allein um der vollkommenen Schönheit willen, sondern auch wegen der Ruhe und des Friedens. Zu dumm nur, dass Jakob sie aus ihrem Paradies vertreiben wollte.

Die Frage nach dem Glück hatte Eva sich seit der Heirat nie mehr gestellt. Es war, als hätten sie mit dem Hochzeitstag das Maximum an Glück erreicht. Eva wollte wütend sein auf ihren Mann, der es wagte, mit seiner einsamen Entscheidung ihre heile Welt ins Wanken zu bringen, doch es wollte ihr nicht gelingen. Denn ihre Ehe war nicht paradiesisch. Eheleute, die nicht zusammenwohnten – da stimmte doch etwas nicht! Wie oft hatte sie das gehört und sich maßlos darüber geärgert. Sie waren eben ein modernes Paar, dem es nicht auf das tägliche, gemeinsame Aufwachen ankam, sondern auf das, was man neudeutsch 'Quality Time' nannte. Doch jetzt, von oben betrachtet, erkannte sie die Wahrheit. Da stimmte schon lange etwas nicht mehr. Trotzdem musste sie einen Weg finden, ihre Ehe zu retten, wenn sie nicht auch noch ihre Radioshow verlieren wollte. Was sollten die Hörer von ihr denken? Zuerst verteilte sie großspurig gute Ratschläge, wie sie ihre kaputten Beziehungen kitten konnten – und dann ging ihre eigene zu Bruch? Das war ein Ding der Unmöglichkeit und durfte keinesfalls passieren!

Sie waren auf Hochzeitsreise in Venedig gewesen, als sie aus heiterem Himmel Ramonas verzweifelter Anruf erreicht hatte. Seit Wochen hatte Radio Isarstar, der private Rundfunksender, für den sie arbeitete, damit geworben, dass die bekannte Psychologin Dr. Brigitte Werner eine eigene Sendung bekommen sollte, in der sie Beziehungsfragen beantworten würde. Ihre Zusage war damals eine kleine Sensation, denn die gefragte Wissenschaftlerin hatte bislang alle Angebote dieser Art kategorisch abgelehnt. Doch dann war das Undenkbare eingetreten. Zwei Wochen vor dem ersten Sendetermin hatte Frau Dr. Werner ihre Zusage ohne

Angabe von Gründen zurückgezogen! Nur einen Tag später war bekanntgeworden, warum. Sie hatte übereilt den mehr als zehn Jahre jüngeren kubanischen Straßenmusiker José geheiratet, von dem sie ein Kind erwartete.

Ramonas Chef Raoul hatte getobt – und ihr mit sofortiger Entlassung gedroht, sollte sie keinen adäquaten Ersatz auftreiben. Sie war noch in der Probezeit, also setzte Ramona alle Hebel in Bewegung. Aber nachdem sie sämtliche in Frage kommenden Koryphäen erfolglos kontaktiert hatte, war sie mit ihrem Latein am Ende. Bis sie auf die glorreiche Idee verfallen war, Eva könnte diesen Job doch machen. Ihre Qualifikation? Sie hatte Ramona nach jeder verflossenen Liebschaft – und das waren etliche – das Händchen gehalten und ihr mit Rat und Tat wieder auf die Beine geholfen hatte. Doch Eva dachte gar nicht daran. Aber Ramona hatte sie so lange bearbeitet, bis sie endlich ja gesagt hatte. Die eintausend Euro, die sie pro Sendung bekommen sollte, hatten dabei auch eine Rolle gespielt, denn Eva wollte nicht von ihrem gut situierten Mann abhängig sein. Wie hätte sie ein Angebot wie dieses ablehnen können?

Die schwungvolle Schrift auf dem Umschlag verriet unverkennbar den Absender. Fast zärtlich hielt Jakob den Brief in den Händen, als wäre er die Hand der Geliebten. Er war am Vortag abgestempelt, in einem Ort namens Oberstaufen, der der Postleitzahl nach zu schließen weit im Süden der Republik liegen musste. Jakob fragte sich, was Eva dort tat.

Er könnte den Brief lesen, dann wüsste er es

vermutlich, doch das tat er zunächst nicht. Ein befremdliches Gefühl hatte ihn erfasst, sowie er den Umschlag auf seinem Schreibtisch entdeckt hatte. Dass Eva an seine offizielle Büroadresse schrieb, machte diesen Akt zu etwas Förmlichem. Er spürte dem nach, was er empfand, es war Angst. Vor dem, was sie ihm zu sagen hatte, und vor den Konsequenzen, die ihre Zeilen unweigerlich nach sich ziehen würden. Jakob fasste sich ein Herz und öffnete das Kuvert. Aufgeregt faltete er das Blatt Papier auseinander, dessen hübsches Wintermotiv ihn umgehend melancholisch stimmte. Sie hatte schon immer eine Schwäche für stilvolles Briefpapier. Er holte Luft und begann zu lesen. Der Brief war überraschend kurz, auf eine Abschiedsfloskel hatte sie verzichtet. Er endete schlicht mit den Worten: „In Liebe, Eva."

Jakob stand auf und wanderte unruhig durch sein Büro, vor dem Fenster blieb er stehen. Von hier oben aus konnte er den Hamburger Hafen überblicken, was für ihn damals den Ausschlag dafür gegeben hatte, die teuren Räumlichkeiten anzumieten. Bis auf den heutigen Tag bereitete es ihm unbändiges Vergnügen, dem regen Treiben zuzusehen. Schiffe, die kamen, Schiffe, die gingen, und dazwischen ein einziges Gewusel von Menschen und Maschinen, von Beladen und Entladen. Ein ganz eigenes, geschäftiges Universum, das nach einem perfekten Plan ablief, hochpräzise und minutiös getaktet.

Doch heute nahm Jakob nichts von alledem wahr. Weder bekam er mit, wie Container hochgehoben wurden, als wären sie Legosteine, noch hörte er das tiefe Signal des Schiffhorns. Sein tränenverschleierter

Blick verlor sich im Elbwasser. Fakt war, ein Leben ohne Eva konnte er sich nicht vorstellen. Sie zu verlieren, war das Schrecklichste, das ihm zustoßen konnte, aber es war zu spät. Denn er hatte sie bereits verloren, und das schon vor Jahren. An das, was sie ihren Beruf nannte, mit all den unangenehmen Begleiterscheinungen. Sich von ihr scheiden zu lassen, war der nächste logische Schritt, eine äußere Bestätigung für einen innerlich längst vollzogenen Abschluss. So zumindest hatte er es seinem Anwalt und Tennispartner Uwe erklärt. Aber wenn dem so war – wieso schmerzte es dann so sehr?

Es war nach einem Match in der Umkleidekabine der Tennishalle gewesen, dass Jakob ihn in seine Trennungsabsicht eingeweiht hatte. Sein langjähriger Trainingspartner war aus allen Wolken gefallen. Aber Uwe hatte professionell reagiert und geduldig Jakobs Fragen beantwortet, die allesamt auf Evas optimale Versorgung abzielten und nicht etwa auf den Erhalt seines Vermögens. Doch später, beim obligatorischen Bier danach, war er wieder darauf zu sprechen gekommen.

„Du weißt, du bist mir keine Erklärung schuldig", fing er an, „aber ich verstehe es nicht. Du liebst sie doch!"

Jakob wusste darauf keine Antwort. Natürlich liebte er sie! Doch die Eva, die er liebte, existierte nicht länger. Denn diese Eva war für ihn da gewesen. Stundenlang hatte sie ihm zugehört, wenn er sich den Frust über einen geplatzten Deal von der Seele reden musste, sie wusste auf alles eine Antwort und hatte für jedes Problem eine Lösung. Aber diese Eva gab es nicht mehr. An ihre Stelle war eine Frau getreten, die ihm fremd war. Eine, der ihre Karriere über alles ging und die für seine Problemchen nur ein müdes Lächeln übrig hatte, gefolgt von einem teilnahmslosen „Du machst das schon!“. Und eine, die ihn nicht länger begehrte, was von allem vielleicht das Schlimmste war.

Am Anfang ihrer Beziehung hatte Eva ihm noch bevor er ganz zur Tür herein war die Krawatte vom Hals gerissen. Aber seit einiger Zeit war sie meistens „zu müde“ oder hatte „dafür keinen Kopf“. Mit ihr allein zu sein war ohnehin zu einem Ding der Unmöglichkeit geworden. Ständig musste sie noch schnell ein E-Mail schreiben oder einen dringenden Anruf erledigen. Immer war irgendetwas wichtig. Und alles war wichtiger als er.

Darum bemüht, sich nicht in Details zu verlieren, hatte Jakob seinen Freund über den Stand seiner Ehe in Kenntnis gesetzt – und sich danach schuldig gefühlt. Was, wenn er von Anfang an der Langweiler gewesen war, für den sie ihn hielt? Und sie seiner einfach überdrüssig geworden war? Wundern würde ihn das nicht. Er war schon einmal von einer Frau verlassen worden, weil er ihr nicht aufregend genug war. Aber er war nun mal nicht der Typ, der sich nach Sex an ausgefallenen Orten sehnte oder ein Talent für originelle Liebeserklärungen hatte. Was er wollte, war Beständigkeit und Stabilität. Er sehnte sich nach einem friedlichen, harmonischen Miteinander mit der Frau, die er liebte.

Jakob begab sich zurück an seinen Schreibtisch, klappte den Laptop auf und tippte ‘Oberstaufen’ in die Suchmaschine. Minuten später wusste er, dass es eine Bildungslücke war, diesen Ort nicht zu kennen.

Der Kurort im Allgäu schien so eine Art Mekka für Gesundheitssuchende zu sein. Als er auf der Internetseite eines Hotels ein Angebot für eine Schrothkur sah, fiel ihm auch wieder ein, in welchem Zusammenhang er davon schon gehört hatte. Vor Jahren hatte Hanne sich intensiv mit Ernährungslehre beschäftigt und ihn täglich mit Warnungen drangsaliert, was er alles besser nicht essen sollte. Dabei war sie auch über diese Diät-Form gestolpert, die sie aber, soweit er sich erinnerte, nie selbst ausprobiert hatte.

Jakob lehnte sich im Sessel zurück und verschränkte die Hände hinter dem Kopf. War Eva vielleicht zur Schroth-Kur gefahren? Schwer vorstellbar. Andererseits, hatte sie nicht seit ein paar Wochen diesen Vegan-Fimmel? Auch etwas, das er der unsteten Ramona verdankte, die seine Frau ständig mit neuem Unfug ansteckte. Früher hatten sie gemeinsam über das verrückte Huhn gelacht, das jede Modeerscheinung mitmachen musste. Jetzt war Eva selbst zur Trendhenne mutiert und ihm das Lachen endgültig vergangen.

Nachdenklich betrachtete er das leere Kuvert. Ihre schöne Handschrift war nicht so gleichmäßig wie sonst. Jakob konnte Eva vor sich sehen, wie sie, den Füllfederhalter in der zitternden Hand, kunstvoll die Buchstaben malte. Dass sie für ihre Nachricht den Postweg gewählt hatte, berührt ihn, denn seit ihrer Verlobungszeit hatte er keinen handschriftlich verfassten Brief mehr von ihr erhalten. Die vier kurzen Absätze verrieten jedoch nicht, was sie nach Oberstaufen verschlagen hatte. Das einzige, was sie über ihren Aufenthaltsort schrieb, war ein kryptischer

Satz, den er nicht zu deuten wusste: „Das Allgäu ist keine SMS, es ist auch kein E-Mail, es ist ein Brief, ein Liebesbrief."

Was wollte sie ihm damit sagen? Er rätselte so lange darüber, bis in ihm ein Entschluss herangereift war. Wenn er nicht verstand, was sie damit meinte, würde er das eben herausfinden müssen.

„Mah Na, Mah Na - ba-di-bidibi", sang es mitten hinein in die himmlische Stille. Eva fasste sich erschrocken ans Herz. Den alten Gute-Laune-Hit aus der Sesamstraße hatte sie absichtlich als Klingelton gewählt, weil er sie jedes Mal zum Lachen brachte, so dass sie anschließend am Telefon fröhlich klang. Auch diesmal verfehlte die lustige Melodie ihre aufheiternde Wirkung nicht. Vergnügt griff Eva in die Innentasche ihres Anoraks und holte ihr Mobiltelefon heraus. Sie hatte es aus purer Gewohnheit eingesteckt, nichtsahnend, dass sie hier oben Empfang haben würde. Eva warf einen Blick auf das Display und runzelte die Stirn, es war ihr Chef. Sie könnte einfach nicht rangehen, aber früher oder später würde sie mit ihm sprechen müssen, also konnte sie das Unvermeidliche ebenso gut gleich hinter sich bringen.

„Eva!", rief Raoul ungehalten in den Hörer, „wo zum Teufel steckst du? Wir haben seit zehn Minuten Redaktionssitzung!"

„Hat Ramona dir nicht ausgerichtet, dass ich heute nicht komme?", fragte Eva freundlich.

„Was soll das heißen, du kommst nicht? Und ob du kommst! Sieh zu, dass du deinen Allerwertesten in den Sender schiebst oder ich komme und hole dich!", bellte er.

Vor ihrem inneren Auge ging Eva das Publikum seines verbalen Ausbruchs durch. Neben ihm sah sie eine verängstigte Ramona im Besprechungsraum sitzen und sicher war auch der unscheinbare Philipp da, der eigentlich der Marketingleiter war, den Raoul aber für alles einspannte, wozu er selbst keine Lust hatte oder wovon er nichts verstand. Also für das meiste. Womöglich gab es weitere Zuhörer. Blitzschnell überlegte sie, wie viel sie ihm verraten konnte.

„Eva? Bist du noch dran? Hast du mich verstanden?"

„Ja, aber leider ist es mir völlig unmöglich zu kommen. Ich bin zurzeit nämlich gar nicht in München."

„Ich kann mich nicht daran erinnern, einen Urlaubsantrag unterschrieben zu haben!"

„Hast du auch nicht, es war ein Notfall, ich musste kurzfristig weg." Sie bemühte sich um einen ruhigen Ton.

„Bist du des Wahnsinns? Ohne das mit mir abzusprechen?" Er schnaufte. „Du kommst jetzt auf der Stelle zurück, haben wir uns verstanden?"

„Sorry, aber das geht nicht!", hielt sie dagegen.

„Und wieso sollte das nicht gehen?", gab er lauernd zurück.

Nach einer kurzen Pause sagte Eva so gefasst wie möglich: „Mein Mann hat mich verlassen!"

Die Bombe war geplatzt. Sekundenlang blieb es still in der Leitung, dann war es an Raoul zu sagen: „Das geht nicht!" Er holte Luft. „Eva, das geht auf gar keinen Fall! Denk an deinen Ruf! Und an unser Image! Eine Scheidung? Ausgeschlossen!"

„Ich weiß!“, entgegnete sie zerknirscht.

„Dann hol ihn zurück!“, befahl er. „Ich höre von dir!“ Damit legte er auf.

Der hatte gut reden! Würde sie ja gern, fragte sich nur wie! Eva lehnte sich auf dem Bänkchen zurück, schloss die Augen und dachte nach. Sie rechnete es Ramona hoch an, dass sie Raoul nichts von ihrer Ehekrise erzählt hatte, aber ewig hätte sie ihm das ohnehin nicht verheimlichen können. Dabei war von vornherein klar, wie er reagieren würde, denn Raouls südamerikanischer Hitzkopf war schnell entflammbar. Er neigte dazu, maßlos zu übertreiben und erst später, nachdem er die Fakten reflektiert hatte, die Dinge realistisch zu sehen. Sollte er also im Affekt zu dem Schluss gelangen, sie sei als geschiedene Beziehungsexpertin für den Sender untragbar, so würde er erfahrungsgemäß spätestens in ein paar Tagen anders darüber denken. Und warum auch nicht? Es musste doch möglich sein, den Fans die Situation zu erklären. Jakob und sie waren in der öffentlichen Wahrnehmung ein modernes Paar, da sollten sie doch wohl auch modern genug sein, sich mit Anstand zu trennen! Es wäre allerdings von Vorteil, wenn Jakob sich von Zeit zu Zeit mit ihr in der Öffentlichkeit blicken lassen würde. Eva wusste, dass er davon nicht begeistert sein würde, aber sie fand, das war er ihr schuldig.

Sie nutzte die unerwartete Gunst, Handyempfang zu haben, und wählte erwartungsvoll ihre Mailbox an, die prompt den Eingang einer neuen Nachricht vermeldete. Mit den Augen hielt Eva sich am Gipfel des Hochgrats fest, um nicht ihr inneres Gleichgewicht zu verlieren, doch leider war es nicht Jakob, der versucht hatte, sie zu erreichen, sondern Ramona.

Anscheinend hatte sie es bereits mehrfach probiert. Sie sagte, sie mache sich Sorgen. Eva schnaubte, dazu hatte sie auch allen Grund! Aber dann wurde es interessant. Ramona erklärte, Frau Dr. Werner habe sich überraschend bei Raoul zurückgemeldet! Offenbar sei ihr Kleiner inzwischen aus dem Gröbsten raus und sie stünde wieder zur Verfügung. Außerdem sei Helfried Dollinger im Sender gewesen, wahrscheinlich wegen Raouls bevorstehender Beförderung, mutmaßte Ramona. Oder aufgrund eines anstehenden Personalwechsels, dachte Eva. Und sie blöde Kuh hatte Raoul auch noch das beste Argument dafür frei Haus geliefert! Ramona bat Eva noch eindringlich, sie möge sich bitte bei ihr melden, und wünschte gute Erholung. War die wirklich so naiv, oder tat sie nur so?

Verärgert steckte Eva das Handy ein und hob den Blick. Der eben noch strahlend blaue Himmel hatte sich unterdessen bedrohlich zugezogen, schon fielen die ersten Tropfen. Binnen Minuten wurde aus dem feinen Sprühregen ein ausgewachsener Wolkenbruch. Im Schutz der dichten Tannen hastete sie den Trampelpfad hinunter, der sich unter ihren Füßen in batzigen Matsch verwandelte. Eva schlitterte mehr als dass sie ging, die angeblich rutschsicheren Profilsohlen ihrer neuen Stiefel fanden keinen Halt. Auf einem besonders abschüssigen Wegstück verlor sie das Gleichgewicht und ging hart zu Boden. Mühselig stand sie sich wieder auf und spürte, wie durch die garantiert wasserabweisende Hose die Feuchtigkeit eindrang. Soviel dazu.

Bis sie Haus Waldesruh erreicht hatte, war Eva von

oben bis unten verdreckt und durchnässt. Aber was war das? Vor der Haustür stand ein Umzugskarton. Verwundert kletterte sie drüber und flüchtete in den Flur, wo sie sich schüttelte wie ein in den Platzregen geratener Pudel. Schonungslos gab der Spiegel ihr ramponiertes Äußeres wieder. Eva konnte nicht anders, sie musste lachen. Sie sah aus wie eines von Gabis Bälgern nach der Schneeballschlacht! Ihre Nase lief, das Haar klebte strähnig auf den rosig angelaufenen Wangen und der klatschnasse, graue Wollschal hing um ihren Hals wie ein Kälberstrick. Worüber sie gestern noch verständnislos den Kopf geschüttelt hatte, erlebte sie heute am eigenen Leib. Nass und schmutzig wie sie war, ging es ihr wie Gabis Kinderschar – sie hatte einen Heidenspaß daran!

Schnell entledigte Eva sich der nassen Sachen und hängte sie zum Trocknen über die Sessel im Wohnzimmer. Dann ging sie in die Küche, um Teewasser aufzusetzen. Es war bereits so dunkel geworden, dass sie das Licht anknipsen musste, dabei fiel ihr Blick auf die altmodische Wanduhr, die der Gustl netterweise für sie aufgezogen hatte. Du liebe Güte, schon so spät? Ihr war gar nicht bewusst, wie lange sie unterwegs gewesen war. Und heute war Freitag! Was mit anderen Worten bedeutete, dass sie in zehn Minuten auf Sendung musste.

In Windeseile schlüpfte Eva in Stiefel und Mantel und stürzt hinaus. Dabei dachte sie nicht mehr an den Karton, der noch immer vor der Haustür stand, stolperte darüber und landete der Länge nach im Vorgarten. Vorsichtig bewegte sie ihre Glieder, schien noch alles dran zu sein, nur die linke Hüfte schmerzte ein wenig. Eva humpelte zurück zur Tür, um herauszufinden, was es mit dem Karton auf sich hatte. Autsch, der rechte Arm hatte auch was abbekommen. Sie versuchte erst gar nicht, das Monstrum hochzuheben, sondern machte stattdessen die Tür auf und schob den Karton mit vollem Körpereinsatz in den Flur. Neugierig klappte sie ihn auf.

Das erste, was sie zu sehen bekam, war jadegrüner Samt. Sie zog daran und hielt eine Übergardine in den Händen. Das mussten Gabis aussortiere Heimtextilien sein! Weil jeden Moment ihre Sendung begann, zerrte sie ein Teil nach dem anderen heraus, Tagesdecken, Überwürfe, noch mehr Gardinen und dazu zauberhafte Zierkissen in bronzefarbenem Ausbrennersamt. Als Eva entdeckte, was sich unter den Stoffen verbarg, musste sie lachen. Gabi hatte ihr einige Putzmittel, Schwämme und Scheuerlappen mit eingepackt! Eva war restlos begeistert, aber das hier musste warten. Schnell stopfte sie die Sachen zurück in die Schachtel, nur die Kissenhüllen klemmte sie unter den Arm und ging damit zum Wagen.

Sie schaltete das Autoradio an und suchte nach der richtigen Frequenz. Oh, bitte lieber Gott! Erst knackte und rauschte es, doch dann war die sonore Stimme von Nachrichtensprecher Jörg Haselhuber zu hören. Eva versuchte sich vorzustellen, was in diesen Sekunden im Studio passierte. Ob Raoul die Sendung abgesagt hatte? Oder Frau Dr. Werner sie gar heute schon ablösen würde? Vor lauter Aufregung wurde Eva ganz schlecht. Nervös griff sie nach einem Zierkissen und begann, einen Knopf nach dem anderen abzureißen und auf den Beifahrersitz zu werfen. Den Nachrichten folgte der Wetterbericht, danach erklang die Erkennungsmelodie ihrer Show. Eva verharrte in ihrer Bewegung und lauschte angestrengt.

„Einen wunderschönen guten Abend und herzlich willkommen bei 'Kuss oder Schluss?'!"

Eva saß wie versteinert. Das war Ramona! Sie starrte die blinkende Radiofrequenz an wie ein von der Schlange hypnotisiertes Kaninchen. Ramona hatte ihre Sendung geklaut! War das der Grund, warum sie partout darauf bestanden hatte, sie müsse für ein paar Tage ins Allgäu fahren? Ungeachtet der störenden Nebengeräusche machte Eva lauter.

„Da unsere liebe Eva momentan im wohlverdienten Urlaub weilt, müsst ihr heute mit mir vorlieb nehmen. Bitte ruft also nicht an! Bis zu Evas Rückkehr wird es keine Live-Beratung geben. Aber dafür haben wir euch einige besonders schöne Zuschriften herausgesucht. Also, bleibt dran, und freut euch mit mir auf tolle Liebesgeschichten – natürlich mit Happy End!"

Musik setzte ein und Eva wusste nicht, ob sie lachen oder weinen, entsetzt oder erleichtert sein sollte. Wenigstens war Raoul nicht auf die glorreiche Idee gekommen, Ramona als Beziehungsberaterin einspringen zu lassen. Gespannt, wie es weitergehen würde, schaltete Eva die Sitzheizung ein und machte es sich bequem. Es war eine ganz neue Erfahrung, die eigene Radio-Show live mitzuerleben, ohne sie selbst zu moderieren.

Zweieinhalb Stunden später waren alle Kissen von Knöpfen befreit und Eva hatte genug gehört. Und genug geheult. Es war unglaublich, wie vielen Menschen sie im Laufe der Zeit hatte helfen können, ihr Eheleben wieder in Schwung zu bringen oder auch eine zerrüttete Beziehung hinter sich zu lassen. Die Dankbarkeit, die aus allen Zuschriften sprach, rührte Eva zu Tränen, machte ihr aber auch die enorme Verantwortung bewusst, die sie diesen Menschen gegenüber hatte. Undenkbar, jetzt, auf dem Zenit des Erfolgs, aufzuhören! Sie musste mit der Sendung weitermachen, das war sie ihren Fans schuldig!

Reglos saß Eva im Auto und dachte daran zurück, wie alles angefangen hatte. Ursprünglich hatte sie Literatur studiert, und das auch nur, weil es das Naheliegendste war. Denn seit sie mit sieben Jahren lesen gelernt hatte, steckte ihre Nase ständig in einem Buch. Was aber auch damit zusammenhängen könnte, dass etwa zur selben Zeit ihre Mutter zum zweiten Mal geheiratet hatte. An ihren Vater erinnerte Eva sich kaum noch, er war bei einem Verkehrsunfall ums Leben gekommen als sie noch ein Kleinkind war. Der neue Mann an der Seite ihrer Mutter hieß Karl und nannte sich Carlos. Er war ein netter Kerl, aber als Stiefvater untauglich. Tagsüber arbeitete er als Bäcker, nachts spielte er Flamenco-Gitarre. Und immer träumte er davon, eines Tages nach Spanien auszuwandern, was er mit ihrer Mutter viele Jahre später auch getan hatte. Mit der belesenen, kleinen Eva wusste er nichts anzufangen. Alles, woran sie sich erinnern konnte, war, dass er süßen Plunder aus der Bäckerei mitbrachte und nachmittags oft schlief.

Erst nach dem Studium hatte Eva bemerkt, dass ihr mit einem Master in Literatur der Arbeitsmarkt alles andere als offenstand. Weil sie nicht wusste, was sie sonst tun sollte, hatte sie promoviert, um danach eine schlechtbezahlte Stelle als Lektorin bei einem Schulbuchverlag anzunehmen. Da war ihr Ramonas unmoralisches Angebot gerade recht gekommen, bot es doch die einmalige Chance, finanziell auf eigenen Beinen zu stehen. Doch wer hätte ahnen können, dass die Sendung ein so durchschlagender Erfolg werden würde? Und sie kaum zwei Jahre später sogar selbst ein Buch schreiben sollte? Ihr Beziehungsratgeber mit den schönsten Geschichten aus der Show war über Nacht in die Bestseller-Liste eingestiegen und hatte sie weit über München hinaus bekannt gemacht. Von da an war nichts mehr wie zuvor. Von allen Seiten wurde sie hofiert, wurde zu Interviews und Galas eingeladen und sogar das Frühstücksfernsehen hatte bei ihr angeklopft. Frau Dr. Eva Schilling war eine gefragte öffentliche Person. Nur nach der privaten Eva, nach der fragte niemand mehr.

Wie war es möglich, dass sie anscheinend mühelos allen anderen helfen konnte, aber sobald es um sie selbst ging, völlig hilflos war? Zurück im Haus, dachte Eva intensiv über diese Frage nach und verteilte nebenbei Überwürfe und Kissen auf der Couchgarnitur. Auf die Vorhänge würde sie vorerst verzichten, aber einen nahm sie dann doch aus dem Karton, um ihn als stilvolle Sitzunterlage für die Ofenbank zu verwenden. Dabei fiel ein gefalteter Zettel herunter, auf dem in enger, aufrechter Handschrift etwas geschrieben stand.

„Liebe Eva, Gustl sagt, du bleibst vorerst hier? Falls du Hilfe brauchst, melde dich! Liebe Grüße, Gabi“, las Eva und war gerührt. Wenn alle Allgäuer so nett waren wie Gustl und Gabi, könnte das hier wirklich das Paradies auf Erden sein!

Mit dem Ergebnis ihrer Verschönerungsaktion hoch zufrieden begab sie sich auf das kuschelige

Ofenbänkchen und stellte sich vor, sie wäre eine ihrer Hörerinnen, die hilfesuchend bei der Hotline anruft. Was würde sie dieser Frau raten? Eva wusste es nicht.

Es war eine Notlösung gewesen. Obwohl Raoul skeptisch war, hatten bis zuletzt alle darauf gehofft, Eva würde doch noch auftauchen. Aber sie war nicht gekommen. Sieben Minuten vor Sendebeginn schließlich hatte Raoul sich vor Ramonas Schreibtisch aufgebaut und sie angeblafft: „Du gehst on air!“

„Ich?“ Ramona war entsetzt. Zugegeben, es war ein verlockender Gedanke, Eva zu vertreten. Und einer, den sie schon mehr als einmal in ihrer Fantasie durchgespielt hatte. Aber sie war nun mal nicht die eloquente Eva, die nie um eine Antwort verlegen war. Sie war Ramona mit dem losen Mundwerk, die selten die richtigen Worte fand, wenn es darauf ankam.

„Das kann ich nicht“, sagte sie deshalb ehrlich.

„Und ob du das kannst!“ Doch Raoul sah die Panik in ihren Augen flackern und lenkte gnädig ein: „Pass auf, wir machen ein ‘Best of’. Keine Anrufer, du brauchst nichts weiter zu tun, als ein paar Briefe vorzulesen. Schaffst du das?“

Und weil sie Eva nicht im Stich lassen wollte, war Ramona damit einverstanden gewesen.

Aber dann trat ein, womit keiner gerechnet hatte. Die Resonanz auf Ramonas ‘Best of’ von ‘Kuss oder Schluss?’ war so überwältigend, dass Raoul sich fast wünschte, Eva hätte schon früher mal eine Ausgabe der Show sausen lassen. Anscheinend lechzten die Hörer nach Erfolgsstories und romantischen Liebesgeschichten mit Happy End. Vielleicht, weil sie die stille Hoffnung nährten, dass einem selbst dieses Glück eines Tages auch vergönnt sein könnte. Denn war es nicht das, wonach jeder Mensch sich insgeheim sehnte?

Raoul lehnte sich in seinem Chefsessel zurück, der unter seinem Gewicht ächzend nachgab. Er legte die Fingerspitzen aneinander und verharrte in einer seiner Denkerposen. Er hätte es ungern öffentlich zugegeben, aber Eva Schilling war ein Goldesel, sein Goldesel. 'Kuss oder Schluss?' hatte nicht nur den Sender in die Gewinnzone katapultiert, sondern auch seine eigene Karriere vorangebracht. War er vorher im Verlag eine kleine Nummer gewesen – der Geschäftsführer eines ziellos vor sich hin dümpelnden Privatsenders ohne erkennbares Format – so galt er nun als Kronprinz. Denn Helfried Dollinger, oberster Boss, Gründer und Haupteigentümer von 'Dollinger Medien München', stand kurz vor seiner Pensionierung. Und er hatte keinen Nachfolger. Aber jetzt, Raouls Mund verzog sich zu einem triumphierenden Grinsen, jetzt hatte er einen!

Allerdings gab es da ein Problem. Sein Gesicht verfinstert sich, als er daran dachte. Eva durfte sich auf gar keinen Fall scheiden lassen! Erst letzte Woche hatte Dollinger ihm vor versammelter Verlagsmannschaft zum grandiosen Erfolg von 'Kuss oder Schluss?' gratuliert! Er durfte nicht zulassen, dass Eva jetzt mit einer Scheidung alles, was er erreicht hatte, aufs Spiel setzte! Wie stünde er denn da? Wenn sie das nicht zu verhindern wusste, würde er es tun! Hätte er nur ein paar Tropfen mehr vom Blut seiner Vorfahren in sich, würde er eine radikale Lösung bevorzugen. Raoul spielte mit dem Brieföffner und stellte sich vor, es wäre ein Dolch. Als Witwe wäre Eva allemal besser dran, und er sowieso. Aber daran war natürlich nicht zu denken. Er unterließ die blutrünstigen Gedankenspiele, legte den Brieföffner zur Seite und griff zum Telefon.

Was Bekleidung anbelangte, hielt Eva sich für einen vergleichsweise unkomplizierten Menschen. Was aber auch daran liegen könnte, dass sie einen erheblichen Teil ihres Einkommens in teure, aber zeitlose Stücke investierte. Sie war eine Person von öffentlichem Interesse und dieses Interesse, so hatte sie auf die harte Tour lernen müssen, galt zuvorderst dem, was sie anhatte.

'Schulmädchenuniform' hatte die Presse hämisch nach einem Empfang beim Oberbürgermeister geschrieben. Das danach fällige Vieraugengespräch mit Raoul gehörte mit zum Unangenehmsten ihrer bisherigen Karriere. Es war erniedrigend, sich von einem Mann, der ausschließlich schwarze Maßanzüge und rote Hemden trug, sagen lassen zu müssen, man sei nicht adäquat angezogen. Er bat sie, ihren Stil in Zukunft doch bitte den allgemeinen Gepflogenheiten anpassen. Klar, hatte sie gedacht, so wie du?

Seither bevorzugte Eva gedeckte Farben und klassische Schnitte. Sie gedachte die Sachen auch dann noch zu tragen, wenn der Ruhm verblasst und der Geldsegen versiegt war, in der Hinsicht war sie Schwäbin. Und dass dieser Tag kommen würde, daran bestand für Eva kein Zweifel. Um das zu wissen, musste man nur die einschlägigen Klatschspalten verfolgen. Bist du heute Stadtgespräch, kräht morgen schon kein Hahn mehr nach dir! Aber dass ihr Stern schneller zu verglühen drohte als ein angestecktes Streichholz, darauf war Eva nicht vorbereitet.

Sie stand vor dem Spiegel und strich sich über die fraulichen Hüften, die das enganliegende Wollkleid mit dem schwarz-grauen Fischgrätmuster vorteilhaft zur Geltung brachten. Sie war seit jeher ein Typ mit Rundungen an den richtigen Stellen, eine Tatsache, die ihr in der Pubertät mächtig zu schaffen gemacht hatte. Denn ihre Kurven hatten sich ungewöhnlich früh entwickelt, was zu der subjektiven Wahrnehmung führte, viel zu dick zu sein. Dieser Fehleinschätzung verdankte sie einen weiteren Mangel, den an Selbstbewusstsein. Jakob war der erste Mensch gewesen, der ihr grundlos Respekt entgegengebracht und ihr auf jede erdenkliche Weise gezeigt hatte, wie sehr er sie wertschätzte.

Aber erst mit dem Erfolg hatte sie echtes Selbstwertgefühl entwickelt. Plötzlich war sie vom Niemand zum Jemand avanciert. Trotzdem bildete Eva sich ein, kein anderer Mensch geworden zu sein. Höchstens ein besser gekleideter, was zu einem Mann wie Jakob, dem Inbegriff hanseatisch-konservativen Understatements, sowieso viel besser passte als die olle Eva in ihren ewigen Hängerkleidchen.

Draußen fuhr ein Auto vor. Erleichtert, dass der Gustl seinen Trecker daheim gelassen hatte, ging Eva zur Tür. Nach wie vor hielt sie ihn für einen komischen Kauz, konnte aber nichts dagegen machen, dass sie den forschen Kerl irgendwie mochte. Als er angekündigt hatte, sie zu einem Ausflug abholen zu wollen, lag ihr die Ablehnung schon auf der Zunge, zumal sie bereits gestern zurück in München hätte sein sollen. Aber mit seiner direkten Art hatte er sie derart überrumpelt, dass ein Nein undenkbar gewesen wäre. Nun war ihre Show scheinbar problemlos ohne sie über die Bühne gegangen und Eva wusste nicht, ob sie darüber enttäuscht oder erleichtert sein sollte. Blieb zu hoffen, dass Gabi nichts dagegen hatte, wenn sie sich für ein paar Stunden ihren Mann ausborgte. Erwartungsvoll riss sie die Tür auf.

Gustls Augen wanderten an ihr auf und ab und wurden dabei immer größer. Dann fing er schallend zu lachen.

„Ich freue mich auch, dich zu sehen", sagte Eva konsterniert. Sie hatte sich den halben Tag lang den Kopf darüber zerbrochen, was sie anziehen sollte, und nun das. Da waren ihr die vorhersagbaren Komplimente ihres Gatten ja noch lieber.

„Entschuldige, bitte", sagte er reumütig, konnte aber nicht verhindern, dass er erneut lachen musste. „Es ist nur so, da, wo wir zwei heute hingehen, bist du mit dem Aufzug völlig verkehrt!"

„Aufzug?"

Unsicher sah Eva an sich hinunter. Über dem eleganten Wollkleid trug sie einen schwarzem Cardigan, den ein schmaler Gürtel zusammenhielt, dazu blickdichte Strümpfe und elegante Stiefel. Was, bitte, sollte daran verkehrt sein? Sie hielt es eben mit Oscar Wilde, der einmal gesagt haben soll, man könne niemals overdressed sein. Nur weil Gustl sie in eine rustikale Bauernkneipe verschleppen wollte, musste sie doch nicht wie eine Bäuerin aussehen! Sie wollte ihrer Empörung Luft machen, da bemerkte sie Gustls Montur, er steckte von Kopf bis Fuß in tarnfarbener Funktionskleidung.

Wollte er mit ihr zur Großwildjagd?

„Keine Sorge, ganz so wild wird's schon nicht werden."

„Verstehe, bin gleich zurück!", sagte Eva, ließ ihn stehen, wo er war, und verschwand im Schlafzimmer.

„Lass dich nicht hetzen!", rief er ihr nach. Dann seufzte er, trat über die Schwelle und machte hinter sich die Haustür zu. Gustl kannte die Frauen. Das würde jetzt dauern. Doch kaum hatte er den Reißverschluss seiner Jacke geöffnet, war Eva auch schon zurück.

„Donnerwetter!", entfuhr es ihm.

Eva lächelte. „Ich hoffe, das sollte ein Kompliment sein!" Sie ging zum Spiegel und unterzog sich einer kritischen Begutachtung. Stirnrunzelnd strich sie die Hosenbeine glatt und zerrte an der Kordel, die den Bund ihres Anoraks regulierte, aber es half alles nichts. In den wattierten Thermoklamotten sah sie aus wie eine wandelnde Mülltonne. Und wenn schon, dem Gustl gefiel es, und das war die Hauptsache!

„Ich hätte keinen Penny darauf verwettet, dass du wetterfeste Klamotten hast", sagte er anerkennend.

„Noch bis gestern hättest du die Wette glatt gewonnen", gab sie unumwunden zu und lachte.

Ein Leuchten der Erkenntnis flackerte über sein Gesicht. „Die Tüte aus dem Sportgeschäft?" Sie nickte. „Alle Achtung, du lernst schnell! Solltest mal sehen, wie die Touristen teilweise unterwegs sind." Missbilligend schüttelte er den Kopf.

„So schlimm?", fragte Eva mitfühlend, die nur eine vage Vorstellung hatte, wovon er sprach.

„Noch viel schlimmer! Zum Sonntagsspaziergang ziehen die sich an, als wollten sie ins Hochgebirge, da fehlen bloß noch die Steigeisen. Aber auf den Hochhädrich meinen sie in Turnschuhen rauf zu müssen!“

Fasziniert verfolgte Eva seinen plötzlichen Ausbruch, so viele Emotionen auf einmal hätte sie ihm gar nicht zugetraut. Aber dass er sie mit gewöhnlichen Touristen in einen Topf warf, verstimmte sie.

„Fertig?“, fragte Gustl in Aufbruchsstimmung und war wieder ganz der Alte.

„Fertig!“, bestätigte Eva.

V

In Ramonas schwärmerischer Erzählung vom Allgäu waren auch die Alpen vorgekommen. Nicht etwa das Gebirge, sondern die gleichnamigen Hochweiden mit ihren urigen Almhütten, die hungrigen Wanderern als Jausenstation dienten. Viele davon waren zu volkstümlichen Tanzschuppen für erlebnishungrige Touristen umfunktioniert worden, in denen ganzjährig eine Art Après-Ski-Party stattfand. Einige davon galten als üble Abschleppschuppen, während es in anderen zwar gesellig, aber gesittet zuging. Trotzdem konnte Eva sich nicht vorstellen, dass ein gestandener Naturbursch wie der Gustl sie in ein solches Etablissement verschleppen wollte.

„Keine Sorge", winkte er ab, als Eva kurze Zeit später neben ihm in seinem japanischen SUV saß, „in sowas kriegen mich keine zehn Pferde rein! Massenveranstaltungen geh ich prinzipiell aus dem Weg, höchstens zum Viehscheid lasse ich mich mal überreden, der Kinder wegen, aber das ist dann auch schon alles."

Viehscheid? Eine völlig neue Welt tat sich vor Eva auf. Sie wagte nicht zu nachzufragen, was es damit nun wieder auf sich hatte, nahm sich aber vor, das später nachzuschlagen.

Kurvig ging es über sanfte Kuppen und Hügel durch eine Winterlandschaft wie von Bruegel gemalt. Aber Eva konnte die Fahrt nicht genießen, sie kam sich vor wie auf der Achterbahn und hatte bald jegliche Orientierung verloren.

Zunächst schien Gustl Richtung Oberstaufen zu fahren, doch von dem beschaulichen Ort war weit und breit nichts zu sehen. Stattdessen ging es in langgezogenen Serpentinen abwärts. Die Sonne stach grell durch die Windschutzscheibe, trotz Sonnenbrille konnte Eva kaum etwas erkennen. Ängstlich krallte sie sich an ihrem Sitz fest, während Gustl gekonnt wie ein Rallye-Fahrer durch die Kurven schoss.

„Wenn dich sowas interessiert, musst du in ein paar Wochen wiederkommen", riet er ihr. „Anfang Mai starten in Staufen die Teilnehmer der Allgäu-Orient-Rallye".

Sie beäugte ihn misstrauisch von der Seite. Machte der sich etwa schon wieder lustig über sie? Aber danach sah es nicht aus. Überhaupt strahlte dieser Gustl eine Einheit mit sich und der Welt aus, wie man sie selten fand. Und die Eva höchstens bei einem tibetischen Wandermönch gesucht hätte, aber gewiss nicht bei einem hart arbeitenden Allgäuer Landwirt.

Was auch immer es war, es musste ansteckend sein, denn auch in Eva stellte sich innere Zufriedenheit ein. Wohlig lehnte sie sich zurück, was ihr jetzt, da sie die Serpentinen hinter sich gelassen hatten, leichter fiel. Zügig fuhren sie über die Landstraße. Einsame Gehöfte, romantische Kapellen und verträumte Weiler flogen im schnellen Wechsel an ihr vorbei.

Evas Allgäuer Sherpa gab sich wieder wortkarg, aber sein Schweigen war ihr nicht unangenehm, sondern fast schon vertraut. Vielleicht, weil alle sich hier duzten, als wäre es das Normalste von der Welt. Nicht alle, kam ihr da in den Sinn, die nette junge Frau in der Tourist-Information hatte sie gesiezt. Aber ob im Schuhladen oder im Café, überall hatte man sie empfangen wie eine alte Bekannte.

Dazu mochte auch das traditionelle Grußwort beitragen, denn mit einem lockeren 'Griaß di' war das Du quasi schon eingeführt.

„Mei, wir sind halt unkompliziert“, meinte der Gustl dazu augenzwinkernd, als sie ihn neugierdehalber danach fragte.

Vor einer Kirche setzte er unerwartet den Blinker und bog scharf links ab. Eva hielt die Luft an. In engen Schleifen fraß sich das schmale Sträßlein höher, an Einödhöfen vorbei durch den Wald. Unwillkürlich fragte sich Eva, was passieren würde, wenn jetzt Gegenverkehr käme.

Gustl warf ihr einen verwunderten Blick zu. „Dann weichen wir uns aus, was sonst?“, sagte er.

Was sonst? Nie im Leben war diese Strecke breit genug, dass zwei Autos aneinander vorbeikommen könnten, dachte Eva, doch sie sagte nichts.

Gustl blieb ihr die Antwort trotzdem nicht schuldig. Er deutete auf eine Ausbuchtung am Bankett, die als Ausweichstelle diente. „Es ist wie im richtigen Leben, der Klügere gibt nach“, meinte er grinsend.

Aber Eva hörte ihm nicht zu. Sie war nicht zum ersten Mal in den Bergen, aber das hier war etwas völlig anderes als alles, was sie bisher kannte. Kam es ihr nur so vor, oder war die Natur im Allgäu wirklich unberührter als anderswo?

„Jetzt musst du schauen“, riss Gustl sie aus ihren Gedanken, ehe er mit gewagtem Tempo die nächste Linkskurve nahm, mit der sie das Waldstück verlassen sollten. Auf dem Scheitelpunkt bremste er ab und ließ den Wagen dramaturgisch wirksam weiterrollen.

„Wow!“ Mehr brachte Eva nicht heraus, der sensationelle Ausblick hatte ihr glatt die Sprache verschlagen.

Von ihrer Position aus konnte sie das weite Tal überblicken, das sich zum Horizont hin breit öffnete. Weiß überzuckerte Waldstriche wechselten sich mit Schneefeldern ab, die in der Sonne wie Perlmutt schimmerten. Dörfer und Bauernhäuser sahen aus wie zufällig hingeworfen, sie erinnerten Eva an die Landschaft einer Modelleisenbahn. Nur die dünnen Rauchfäden, die aus den Kaminen senkrecht nach oben zogen, ließen erahnen, dass es keine Spielzeughäuser waren. Den grandiosen Hintergrund aber bildete eine gewaltige Gebirgskulisse, in deren Mitte ein mächtiger Gipfel thronte, den die tiefstehende Sonne übernatürlich zum Leuchten brachte.

„Das ist der Säntis“, sagte Gustl mit feierlichem Timbre in der Stimme. „Wart nur, bis wir oben sind, da siehst du ihn noch besser!“

Wie gebannt blieb Evas Blick an dem eindrucksvollen Berg haften, der sich gravitätisch aus dem Alpsteinmassiv emporhob. Sie war sicher, noch nie etwas Schöneres gesehen zu haben. Sollten Berge eine Persönlichkeit besitzen, wäre der Säntis ein sehr stolzer Berg, einer, der sich nichts gefallen ließ. Was eventuell daran liegen könnte, dass er in der Schweiz lag. Und das tat er doch, oder?

„In den Appenzeller Alpen, um genau zu sein“, bestätigte Gustl. „Er ist ziemlich exakt 2.500 Meter hoch und besteht überwiegend aus Kalkstein.“

Obwohl er nach dieser Information weiterfuhr, konnte Eva sich kaum loszureißen und verrenkte sich vor lauter Schauen fast den Hals. Als sie endlich wieder nach vorn sah, wartete auch schon das nächste Highlight auf sie.

Exponiert wie die Gallionsfigur eines Schiffes klebte eine Kapelle vorwitzig am Hang. Das sakrale Bauwerk mit seinem kegelförmigen Dach übte eine eigentümliche Anziehungskraft auf Eva aus, aber zu ihrem Leidwesen fuhr der Gustl achtlos daran vorbei. Nur wenig später hielt er an und sie stiegen aus.

Sofort fauchte Eva ein eisiger Wind ins Gesicht. Sie zog die Kaschmirmütze tiefer in die Stirn und wünschte, sie wäre etwas dicker gestrickt.

„Das ist die Bruder Klaus Kapelle, benannt nach Nikolaus von Flüe."

Eva nickte, von dem Schweizer Mystiker hatte sie zu Studienzeiten schon gehört.

„Magst du Radrennen?"

„Ungefähr so sehr wie Fußschweiß", scherzte sie.

Gustl lachte. „Sonst würdest du diesen Ort vielleicht kennen. Hier in Hagspiel endete nämlich im Jahr 2003 die siebte Etappe der Tour de Suisse."

„Aha", machte Eva und staunte, was der Gustl alles wusste. Wahrscheinlich, weil er aus dieser Region stammte, das Ereignis musste damals ein riesen Spektakel gewesen sein.

„Da geht's lang!" Ohne weitere Erklärung wandte er sich ab und stiefelte mit großen Schritten davon, die Straße entlang, über die sie gekommen waren.

Dass Gustl kein Freund großer Worte war, wusste Eva. Aber musste er sie deswegen ständig herumkommandieren? Sie war eingeschnappt. Jakob würde es niemals wagen, so mit ihr umzuspringen! Apropos Jakob, wenn alles geklappt hatte, müsste der spätestens heute ihren Brief bekommen. Ob er ihn schon gelesen hatte? Ihr blieb keine Zeit, noch länger über diese Frage nachzusinnen, denn Gustl legte ein erstaunliches Tempo vor. Bald bog er rechts ab und entschwand ihrem Blick. Am Vorbeigehen registrierte sie einen Wanderwegweiser, auf dem mehrere Ziele angeschrieben standen – welches davon sie wohl anstrebten?

Der Pfad tauchte in den Wald ein und führte sie unter schneebedeckten Bäumen hindurch, von denen schwere, weiße Batzen herunterklatschten. Die Märzsonne gab sich alle Mühe, die Schneereste auf den Ästen zum Tauen zu bringen. Ganz knapp konnte Eva einem weiteren Platscher ausweichen, dann beeilte sie sich, zu Gustl aufzuschließen.

Im Gleichschritt marschierte sie hinter ihm her, es ging steil bergauf. Bis auf ihre eigenen Atemzüge und die gelegentlichen Schreie eines Vogels war nichts zu hören. Eva hätte gern mehr über diese Gegend erfahren, war aber vollauf damit beschäftigt, sich auf das Atmen und Gehen zu konzentrieren. Wer hätte gedacht, dass es so kompliziert sein könnte, diese beiden Dinge zu koordinieren?

„Geht's?“, rief er ihr über die Schulter zu.

Eva nickte, bis ihr auffiel, dass er das nicht sehen konnte. Voller Überzeugung wollte sie „Ja!“ brüllen, doch aus ihrer Kehle drang nur ein erstickter Laut.

Gustl blieb stehen und drehte sich zu ihr um. Amüsiert sah er zu, wie sie mit grimmiger Miene einen Fuß vor den anderen setzte, wild entschlossen, sich keine Blöße zu geben.

„Es ist nicht mehr weit, wir haben es fast geschafft“, motivierte er sie, drehte sich um und ging weiter. Ihm schien die Anstrengung nicht das Geringste auszumachen.

Der Wald begann sich bereits zu lichten, aber Eva bemerkte es nicht. Zu sehr musste sie darauf achten, wo sie ihre Füße hinsetzte, um nicht in eines der tückischen, tiefen Schneelöcher zu treten. Prompt lief sie auf Gustl auf, als er urplötzlich vor ihr stehenblieb.

„Hoppala“, sagte er lachend und zeigte auf den Grund seines Anhaltens, eine kahle Stelle am Boden, an der die Sonne schon ganze Arbeit geleistet und braun-grüne Flecken in den Schnee gefressen hatte. Dort, zwischen frischen, grünen Blattrieben, spitzelten weiße Blütenblätter hervor.

„Krokusse!“, rief Eva begeistert. Sie liebte die zierlichen Pflänzchen, die im Garten ihrer Großmutter immer die ersten Vorboten des Frühlings waren. „Könnte sein, dass ich über diese Wiese etwas gelesen habe“, glaubte sie sich zu erinnern.

„Da wird von der Krokuswiese drüben am Hündle die Rede gewesen sein, die ist ziemlich bekannt. Aber sobald der Schnee weg ist, ist auch hier alles voll davon.“, sagte Gustl. Und Eva nahm sich vor, zu diesem Ereignis unbedingt zurückzukehren.

Ein letzter, steiler Anstieg, dann hatten sie das gewaltige Gipfelkreuz erreicht.

„So, da wären wir“, informierte Gustl für den Fall, dass sie es nicht bemerkt haben sollte.

Eva musste zugeben, die Mühe hatte sich gelohnt. Sie wusste gar nicht, in welche Richtung sie zuerst blicken sollte. Gustl half ihr dabei, sich zu orientieren.

„Dort“, er deutete mit dem ausgestreckten Arm

nach rechts, „ist die Thaler Höhe. „Das ist der Imberg und da drüben, auf der anderen Seite vom Weißachtal, siehst du Sulzberg mit der St. Laurentius-Kirche, aber das liegt schon in Österreich."

„Deshalb auch Dreiländerblick", kombinierte Eva.

Gustl nickte. „Und ganz da hinten siehst du den Säntis, der Zacken daneben ist der Altmann. Und bei klarem Wetter kann man sogar den Bodensee sehen!"

Eva kniff die Augen zusammen, konnte aber in der Aquarelllandschaft aus blau, grau und gelb beim besten Willen keinen See erkennen, es war zu diesig. Doch das, was sie sah, genügte ihr. Lustvoll drehte sie sich einmal um die eigene Achse und sog den Panoramablick in sich auf, als wollte sie ihn für immer im Gedächtnis abspeichern.

Gustl, der sie dabei beobachtete, lächelte nachsichtig. Er war diese Reaktion von seinen Gästen gewöhnt.

„Kommst du öfters hierher?", wollte sie von ihm wissen.

„Schon", gab er zu, „aber das ist ja beileibe nicht der einzige schöne Aussichtspunkt im Allgäu, davon haben wir einen ganzen Haufen. Ich finde, es denkt sich besser, wenn man dabei auf die Welt hinunterschauen kann."

Eva musterte ihn nachdenklich. Der Gustl, ein verkappter Philosoph? Und weil er sich gerade ein wenig geöffnet hatte, getraute sie sich zu fragen: „Und worüber denkt jemand wie du nach?"

„Ach, über Selles und Jenes", sagte er unverbindlich. Doch er konnte an Evas Gesichtsausdruck ablesen, dass er damit nicht davonkommen würde, deshalb setzte er mit grimmiger Miene hinzu: „Aber momentan vor allem über die Laurentia!“

Es war nie ein gutes Zeichen, zum Chef abkommandiert zu werden, aber es war definitiv ein schlechtes, wenn das per SMS geschah und dann auch noch an einem Samstag!

Ramona klopfte an die Tür, wartete eine Anstandsminute ab und trat ein. Obwohl sie unzählige Male in diesem Raum gewesen war, überwältigte sie der fantastische Ausblick immer wieder neu. Radio Isarstar war in einem Neubau im Norden Schwabings untergebracht. Die meisten Räume lagen nach hinten raus, einzig Raouls repräsentative Kommandozentrale wies Richtung Süden. An klaren Tagen sah man von hier aus nicht nur die bayerische Hauptstadt mit ihrem Wahrzeichen, der Frauenkirche, sondern bis weit hinein in die Alpen. Vielleicht sogar bis ins Allgäu?

„Ramona?“, riss Raoul sie aus ihren Gedanken.

„Entschuldige, aber ich hatte ganz vergessen, was für eine unglaubliche Sicht man an Tagen wie heute von hier aus hat.“

Irritiert folgte er ihrem Blick, konnte vor dem Fenster aber nichts Besonderes entdecken. Wahrscheinlich beachtete er die einzigartige Fernsicht gar nicht mehr, dachte Ramona betrübt, weil er sie jeden Tag vor Augen hatte, genau wie sie.

„… weißt du, wo sie ist?“

Ramona war sich sicher, er hatte vor dieser Frage noch etwas anderes gesagt, aber da sie gedanklich abgeschweift war, musste sie jetzt stupide nachfragen: „Wo wer ist?“

„Na, Eva!“, gab er brüsk zurück.

„Ach so, ja." Ramona machte ein Gesicht, als müsste sie überlegen, von wem er sprach. Sie versuchte die Folgen abzuschätzen, wenn sie es ihm sagte und wenn sie es nicht tat. In beiden Fällen hatte sie ein Problem. Ein Problem mehr, um genau zu sein.

Raouls Ungeduld wuchs. „Also, ich höre?" Doch Ramona blieb stumm. „Aber du weißt es doch, oder?"

Ohne ihn aus den Augen zu lassen, neigte sie das Kinn bis zur Brust, die dunklen Locken fielen ihr ins Gesicht.

„War das ein Ja? Ramona!" Er knallte mit der Hand auf den Tisch als wolle er sie aufwecken.

Erschrocken über seinen scharfen Ton rief sie: „Ja!"

„Na, also. Schaff sie her!" Er wandte sich wieder der Unterschriftenmappe zu, die vor ihm auf den Schreibtisch lag. Augenscheinlich war das Gespräch hiermit beendet. Doch Ramona stand wie festgewurzelt. Er bemerkte es.

„War noch was?", fragte er ungehalten.

„Was, wenn sie nicht kommt?" Ängstlich verbarg sie ihre Hände hinter dem Rücken.

„Dann musst du dir eben was einfallen lassen." Raoul griff zum Telefonhörer, jetzt war das Gespräch wirklich beendet.

Ramona ging an ihren Schreibtisch, wo sie einen Zettel mit einer Handnotiz fand. „Herr Mäder bittet dringend um Rückruf", stand dort in Hertas ordentlicher Handschrift, dazu Datum und Uhrzeit. Der Anruf musste spät am gestrigen Abend eingegangen sein. Panik stieg in ihr auf. Was wollte die Bank denn jetzt schon wieder von ihr? Sie hatte doch neulich erst ihre Situation lang und breit erklärt! Ramona mochte sich gar nicht ausmalen, welche Horrornachricht diesmal auf sie warten könnte. Da kam es ihr mehr als gelegen, dass Raoul sie soeben ins Allgäu geschickt hatte – na gut, nicht direkt, aber doch irgendwie. Denn zum einen war sie damit offiziell geschäftlich verreist, zum andern konnte sie bei der Gelegenheit unauffällig ausloten, wie Eva das Haus gefiel, und ob sie vielleicht Interesse daran hätte, es ihr abzukaufen. Notfalls könnte sie auch ein wenig nachhelfen.

Ramona nahm den rosa Zettel und zerriss ihn in tausend winzige Stücke, die sie in den Papierkorb rieseln ließ. Sie würde Herrn Mäder zurückrufen, aber nicht vor Montag! Und auf alle Fälle erst nach ihrer Rückkehr, dann aber hoffentlich mit einer guten Nachricht im Gepäck.

Der Abstieg auf der anderen Seite ging schneller als der Aufstieg, war dafür aber fast noch anstrengender. Sollte es nicht umgekehrt sein? Eva bemühte sich, die Knie beim Gehen leicht gebeugt zu halten, wie Gustl es ihr vorgemacht hatte. Was, wenn es sich im sonstigen Leben genauso verhielt? Ihr kometenhafter Aufstieg war geradezu lächerlich einfach gewesen, doch der Abstieg wäre fraglos schmerzhaft. Dasselbe könnte man auch von ihrer Ehe behaupten. Jakob kennenzulernen, sich in ihn zu verlieben, seine Frau zu werden, all das war kinderleicht. Ihn gehen zu lassen hingegen würde das Schwerste werden, das sie je im Leben hatte tun müssen. Aber soweit wollte sie nicht denken, soweit durfte es gar nicht erst kommen!

Sie ließen das kleine Waldgebiet hinter sich, und

Eva nahm dankbar zur Kenntnis, dass Gustl eine Bank ansteuerte. Er streckte die Beine lang und machte gedehnt „Ahhh“. Mit der rechten Hand klopfte er neben sich auf die Sitzfläche, als wolle er Eva befehlen, Platz zu machen wie ein gut erzogener Hund. Aber da ihr trotz Schonhaltung die Knie wehtaten, sparte sie sich jeden Protest und setzte sich neben ihn.

Gustl kramte in seiner Jacke herum und förderte zwei kleine Fläschchen zutage. Er reichte eines davon an Eva weiter, die interessiert das Etikett studierte.

„Kräuterschnaps“, klärte er sie auf. „Eine echte Allgäuer Spezialität. Davon gibt`s einige bei uns, aber das ist mein liebster.“

Eva nahm die Handschuhe ab und schraubte den kleinen Deckel auf. Dann stieß sie mit Gustl zünftig an, worauf er das Fläschchen an die Lippen setzte und es in einem Zug leertrank. Mutig tat Eva es ihm nach – und schnappte nach Luft wie ein Goldfisch auf dem Trockenen. Heiße Tränen schossen ihr in die Augen, ihre Kehle brannte wie Feuer.

„Das ist ja schärfer als Fishermen`s Friend“, japste sie heiser.

„Aber der räumt auf!“, versicherte Gustl.

Einträchtig saßen sie beieinander. Kaum spürbar hatte Gustl den Arm um Evas Schultern gelegt, oder wenigstens könnte ein unbeteiligter Beobachter diesen Eindruck gewinnen. Da sein anderer Arm ebenfalls auf der Rücklehne lag, könnte es aber auch Zufall sein, wahrscheinlich dachte er sich gar nichts dabei. Überhaupt schien dieser Mann sich bei allem sehr wenig zu denken. Er hatte weder gefragt, ob sie verheiratet war, noch, wo sie herkam. Was aber auch daran liegen könnte, dass er beides längst von Gabi wusste.

Eva schloss die Augen und atmete die würzige Luft ein, die ein wenig nach frischem Gras roch. Von Gustl hingegen konnte sie keine Duftmarke wahrnehmen, obwohl er direkt neben ihr saß. Seltsam. Vorsichtig neigte Eva ihren Kopf ein wenig weiter nach links, bis er beinahe auf seiner Schulter zu liegen kam. Noch einmal schnupperte sie intensiv. Vielleicht etwas zu intensiv, denn Gustl schob die Hand in die Hosentasche und zauberte ein Taschentuch daraus hervor. Er schüttelte es, bis es sich auseinanderfaltete. Es war braunkariert und hatte ungefähr die Größe eines Geschirrtuches.

Irritiert sah Eva ihn an.

„Nicht?“, fragte er, zuckte mit den Schultern, zerknüllte das Sacktuch zu einem Knäuel und stopfte es zurück in die Hosentasche. Das alles brachte er mit nur einer Hand fertig, denn mit der anderen griff er Eva an der Schulter und zog sie behutsam näher, dazu brummte er zufrieden.

Eva nutzte die Gunst des Augenblicks und fragte: „Wer ist eigentlich diese Laurentia, die du vorhin erwähnt hast?“

Gustl gab einen abschätzenden Grunzlaut von sich, ehe er sagte: „Laurentia Leitner, die Amtsleiterin im hiesigen Bauamt. Außerdem sitzt sie auch noch im Pfarrgemeinderat und dirigiert den Kirchenchor.“

„Und du magst sie nicht, weil?“, half Eva ihm auf die Sprünge.

„Sie hat mein Baugesuch abgelehnt! Und das mit völliger Willkür und fadenscheinigen Argumenten“, ereiferte er sich. Und weil Evas Miene von Interesse zeugte, erklärte er ausholend: „Gabi wollte den Dachstock zu Ferienwohnungen ausbauen, aber ich will nicht noch mehr fremde Leut im Haus. Dafür hab ich eine Wiese, am Bach unten, die wär ideal für ein paar kleine Ferienhäuser. Bloß, dass das der lieben Laurentia nicht passt!"

„Wieso nicht?" Evas Neugier war geweckt. Sie hätte gern mehr über diese Laurentia erfahren und ihr müdes Haupt noch ein wenig länger an seiner breiten Schulter ausgeruht, aber bedauerlicherweise klingelte sein Handy.

„Moment", sagte er und griff in seine Jacke.

Eva rückte ein Stückchen von ihm ab, schlug die Beine übereinander und schaute diskret in die andere Richtung. Trotzdem fragte sie sich, wer der Anrufer wohl sein mochte. Gustls Worten war das nicht zu entnehmen, denn er telefonierte in der für ihn typischen Einsilbigkeit.

„Ja", sagte er. „Und wann?" Als nächstes „Meinetwegen" und schließlich, nach einer langen Pause des Zuhörens: „Also, bis dann." Damit schaltete er das Gerät ab.

„Was Dringendes?", konnte sich Eva nicht verkneifen zu fragen.

Er steckte das Handy ein und schüttelte den Kopf, sah dabei aber ganz und gar nicht glücklich aus. Eva spürte, dass seine Stimmung umgeschlagen hatte, die fröhliche Gelassenheit von vorhin war verschwunden.

Gustl lehnte sich zurück, machte ein verkniffenes Gesicht und verfiel in grüblerisches Schweigen. Geduldig wartete Eva ab, doch von ihm kam nichts mehr. Unbewegt starrte er ins Leere. Dieser Mann wäre ein brillanter Pokerspieler.

Wortlos nebeneinander zu sitzen war eine Weile lang ja ganz nett. Aber irgendwann verlor Eva die Lust daran, Löcher in die Landschaft zu gucken und sie begann sich zu langweilen. Dachte er nach? Oder wartete er auf irgendetwas? Eva wollte nicht unhöflich erscheinen, aber was genug war, war genug. Doch bevor sie dazu kam ihn danach zu fragen, lieferte der Himmel vor ihren Augen eine spektakuläre Antwort.

Unvermutet begann die Sonne mit ihrem allabendlichen Versteckspiel. Einen Strahl nach dem anderen ließ sie hinter dem Alpsteinmassiv verschwinden. Atemlos verfolgte Eva das Schauspiel, als wäre es ein spannender Krimi im Fernsehen. Lodernd rollten im schnellen Wechsel Farbwellen heran und vermischten sich zu einer leuchtenden Brandung. Überwog im einen Moment noch grelles Orange, entflammte die himmlische Gischt auch schon im nächsten in knalligem Rot, das zusehends dunkler wurde, bis die Gipfel den glühenden Sonnenball komplett verschluckt hatten. Zurück blieben purpurne Schattenfetzen, über die sich die schwarze Nacht herabsenkte wie eine Löschdecke, unter der ein schmaler Feuerstreif langsam verglomm.

Eva wischte sich mit dem Handrücken die Tränen von den Wangen, die sie nicht nur aus Ergriffenheit vergossen hatte. Der vergängliche Zauber machte ihr schmerzlich bewusst, wie selten sie Stunden wie diese mit Jakob geteilt hatte. Unbemerkt war ihnen der Sinn für Romantik abhandengekommen.

Diesmal legte der Gustl in voller Absicht den Arm um sie, mehr noch, er nahm Eva sanft in die Arme, bis ihr Kopf an seiner breiten Brust zu liegen kam.

Beruhigend strich er ihr übers Haar, wie er es wahrscheinlich auch bei einer seiner Kühe tun würde, kurz bevor sie kalbte.

„Weine nicht, kleine Eva“, sang er schief und leise in ihr Ohr. Und weil er nicht wusste, wie das Lied weiterging, flüsterte er ein paarmal beschwörend: „Ist ja schon gut.“

Seine Worte sollten sie trösten, bewirkten aber das Gegenteil. Wie alle Frauen, die Eva heißen, kannte sie nämlich den Text des alten Schlagers. Und heulte jetzt erst richtig los. Nichts war gut, gar nichts, und das würde es auch nie wieder sein!

Kaum war die Sonne weg, drängte Gustl zum Aufbruch. „Es wird binnen kürzester Zeit Kuhdunkelnacht“ sagte er warnend und sollte Recht behalten. Als sie im Schein seiner winzigen, aber enorm leuchtstarken Taschenlampe den Parkplatz bei der Kapelle erreichten, war es stockfinster.

Jetzt verstand Eva auch, warum er sie in ihrer Begeisterung gebremst und vor Alleingängen gewarnt hatte. In der friedlichen Allgäuer Bergwelt lauerten ungeahnte Gefahren, denen sie ohne die Kenntnisse eines Einheimischen schutzlos ausgeliefert wäre. Was vielleicht auch die erschreckend hohe Zahl der Bergtoten im vergangenen Jahr erklärte. Eva musste ihm hoch und heilig versprechen, vorsichtig zu sein und sich unbedingt auf den gekennzeichneten Wegen zu halten.

Zurück im Tal, bog Gustl nicht in die Richtung ab, aus der sie gekommen waren, sondern steuerte schnurstracks einen Dorfgasthof an, der sich bei näherer Betrachtung als urige Musikkneipe herausstellte. Dort spendierte er Eva zum guten

Schluss ein Bier und eine große Portion hausgemachter Kässpatzen. Als Schwäbin war ihr das Gericht nicht fremd, aber sie gab frei heraus zu, nie bessere Spätzle gegessen zu haben. Darüber freute der Gustl sich so sehr, als hätte er sie eigenhändig produziert.

„Das Geheimnis liegt im guten Allgäuer Bergkäs“, verriet er. Sein glühender Regionalpatriotismus schien hie und da ein wenig übertrieben, aber je mehr Eva von dieser Ecke des Freistaats kennenlernte, desto besser konnte sie ihn verstehen. Das Allgäu war schon ein ganz erstaunliches Fleckchen Erde.

Auch beim Essen erwies sich Gustl als der Schweiger, als den sie ihn kennengelernt hatte, was Eva nicht unrecht war. Sie musste laufend Gähnen und hatte daher nichts dagegen, in aller Stille das hervorragende Essen zu genießen. Aber eine Sache trieb sie dann doch um, die sie unbedingt in Erfahrung bringen wollte.

„In deiner Tüte neulich, da war doch ein Buch drin, oder?“

„Wieso fragst du, wenn du es schon weißt?“, sagte er brummig und ohne von seinem Teller aufzusehen.

„Weil mich interessiert, was es für ein Buch war“, gab sie zu.

„So.“ Seelenruhig aß er weiter seine Spatzen. Er schien keine Probleme damit zu haben, die langen Käsefäden anständig in den Mund zu bekommen.

„Ja.“ Einsilbig sein konnte sie auch!

Als Eva schon dachte, sie würde keine Antwort mehr von ihm bekommen, legte Gustl die Gabel beiseite und sagte mit verschmitztem Grinsen: „Rat doch mal!“

Eva hatte den Mund voll, deshalb rollte sie mit den Augen zum Zeichen dafür, was sie von diesem Spielchen hielt.

„Ja, dann“, gelassen begann er wieder zu essen.

„Lass uns das Genre eingrenzen“, bot sie einen Kompromiss an. „War es ein Krimi?“ Gustl schüttelte kauend den Kopf. „Ein Thriller?“ Auch nicht. Was könnte ein gestandenes Mannsbild wie er sich in den Abendstunden am Kamin zu Gemüte führen? Eva schaute ihm beim Essen zu, da kam ihr eine Eingebung. „Es war ein Kochbuch!“

Er lachte glucksend und hätte sich beinahe verschluckt. Schnell griff er nach seinem Bierglas.

Sie musterte ihn forschend. Las jemand wie er überhaupt? Ihre Augen leuchteten auf. „Es war gar nicht für dich, es war ein Geschenk!“

Doch Gustl schüttelte abermals den Kopf.

Eva war die Lust an der Raterei vergangen. Bockig stocherte sie in ihren Spatzen herum. „So ein Mist! Jetzt sag schon!“, forderte sie ihn ungeduldig auf.

„Genau!“, rief Gustl und lachte. „Es war ein Buch über organischen Dünger in der biologischen Landwirtschaft!“

VI

Milchweiß stand der Mond am Firmament, wie ein Leuchtturm, der verirrten Seefahrern den Weg in den sicheren Hafen wies. Mit einer Helligkeit, wie Eva sie bei Nacht nie zuvor erlebt hatte, tauchte er die Allgäuer Winterlandschaft in blassblaues Licht, das der Schnee funkelnd reflektierte.

Gustl kurvte um die schon vertraute Kuppe und hielt auf Haus Waldesruh zu, das im fahlen Mondlicht erst recht wie der Schauplatz eines drittklassigen Horrorfilms aussah. Doch was war das? Neben Evas Auto parkte ein zweites, eine dunkle Limousine. Wer mochte das sein?

Auch Gustl war der Besucher nicht entgangen. Er ging vom Gas und nutzte den Schwung, um den Wagen fast geräuschlos bis auf den Kiesplatz vor dem Haus rollen zu lassen. „Erwartest du Besuch?“, fragte er und runzelte misstrauisch die Stirn.

„Nicht, dass ich wüsste.“ Eva wurde mulmig, sie war heilfroh, den kräftigen Bauern an ihrer Seite zu wissen.

Der Fremde musste ihr Kommen bemerkt haben, denn die Fahrertür ging auf und eine hochgewachsene Gestalt stieg aus.

„Das gibt`s doch nicht!“, flüsterte Eva und schlug ungläubig die Hände vor den Mund.

„Du kennst den Herrn?“ Gustl klang nicht beruhigt.

Der SUV war noch nicht zum Stehen gekommen, da sprang Eva auch schon hinaus. Sie lief auf den unheimlichen Fremden zu und für den Bruchteil einer Sekunde sah es aus, als wollte sie sich ihm in die Arme werfen. Doch dann hielt sie inne und blieb auf einen knappen Meter Abstand vor ihm stehen.

Da er hier offenbar nicht mehr gebraucht wurde, setzte Gustl den Wagen zurück, um zu wenden. Aber Eva winkte aufgeregt und kam mit dem Fremden im Schlepptau auf ihn zu. Gustl ließ die Scheibe herunter.

„Darf ich vorstellen, das ist Jakob – mein Mann!"

Der Stolz in ihren Worten war nicht zu überhören. Gustl nickte dem Neuankömmling zu, der jedoch keine Reaktion zeigte. Das Gesicht des Mannes lag im Schatten, viel mehr als helles Haar und ein kantiges Kinn konnte Gustl von ihm nicht erkennen.

„Und das ist der Gustl, mein, ähm –" Eva räusperte sich, „mein Nachbar".

„Guten Abend", sagte Jakob zugeknöpft.

„Also, ich pack`s dann. Du weißt ja, wo du mich findest", machte Gustl der peinlichen Situation ein Ende.

„Ist gut", sagte Eva. „Und danke für alles!"

Gustl gab Gas und brauste davon.

Unsicher blickte Eva zu Jakob auf, der ihm nachsah. Auf seiner Stirn zeigte sich eine akkurate Längsfalte, was kein gutes Zeichen war.

„Du hast dich ja schnell getröstet!", bemerkte er trocken. „Den Weg hätte ich mir sparen können." Er machte Anstalten, zu der Limousine zurückzugehen.

„Jetzt warte doch!" Eva hielt ihn am Ärmel fest. „Wie hast du mich überhaupt gefunden?"

Jakob öffnete die Wagentür und drehte sich zu ihr um.

Eva erschrak. Das bläuliche Mondlicht ließ seine kantigen Gesichtszüge unvorteilhaft alt erscheinen. Oder war er nur übermüdet?

„Der Poststempel auf deinem Brief dich verraten."

„Aber woher wusstest du, dass ich hier bin", sie machte eine ausladende, allumfassende Geste und brach ab.

„Ramona", sagte er schlicht. Eva brauchte nicht zu erfahren, wie schwer es gewesen war, ihre beste Freundin auch nur ans Telefon zu bekommen. Erst als er es über die Zentrale des Senders versucht hatte, war es ihm gelungen, sie zu sprechen. Zuerst hatte sie sich hartnäckig geweigert, ihm Evas Adresse zu verraten, aber Jakob hatte zu einer List gegriffen.

„Bitte, Ramona, so versteh doch!", hatte er sie angefleht. „Eva hat mir ihre Kontaktdaten geschickt, aber ich Idiot habe die SMS gelöscht! Ich weiß nur noch, dass sie in Oberstaufen ist", flunkerte er schamlos, „dabei würde ich ihr so gern schreiben, du weißt schon, wie früher!" Er fand, er war ein miserabler Schauspieler, doch seine List ging auf.

Ramona war hin- und hergerissen. Den Ärmsten hatte seine Frau verlassen, jetzt wollte er Eva mit einem Liebesbrief dazu bewegen, zu ihm zurückzukehren. Wie romantisch war das denn?! Hatte sie ein Recht, das zu verhindern? Zumal Eva bestimmt nur überreagiert hatte, und nicht ernsthaft daran dachte, sich scheiden zu lassen. Außerdem, woher sollte Jakob Evas Aufenthaltsort kennen, wenn nicht von ihr selbst?

„Das ist mal wieder typisch", kommentierte Eva genervt. Bei Ramona waren Geheimnisse nur dann gut aufgehoben, wenn man sicherstellen wollte, dass sie nicht geheim blieben.

„Dein Brief war eine gelungene Überraschung", stellte er fest, „aber ich bevorzuge es trotzdem, persönlich mit dir zu sprechen. Unsere Ehe am Telefon zu beenden, hatte wirklich keinen Stil und dafür möchte ich mich bei dir in aller Form entschuldigen."

Evas Augen verengten sich zu Schlitzen. Dann war er also nicht gekommen, weil er es sich anders überlegt hatte? Sondern nur, um die Form zu wahren?

„Wenn das der einzige Grund ist, warum du hier bist, kannst du gleich wieder gehen!" Trotzig stolzierte sie an ihm vorbei zur Haustür und schloss auf. „Und was den Gustl anbelangt, der ist übrigens wirklich mein Nachbar!", rief sie und trat ins Haus. Sollte er doch bleiben wo der Pfeffer wächst!

Das lief nicht gut, das lief gar nicht gut. Jakob überschlug seine Optionen. Als er sah, dass Eva drauf und dran war, im Haus zu verschwinden, eilte er ihr nach und fing die Tür in letzter Sekunde ab, bevor sie ins Schloss fallen konnte.

„Eva!", rief er in den leeren Hausflur hinein und registrierte mit wachsender Besorgnis die vergilbte, altmodische Tapete, den abgetretenen Fußboden und die verwohnten Möbel – hatte Ramona nicht etwas von einem schnuckeligen Ferienhäuschen gesagt? Unvorstellbar, dass eine Design-verliebte, verwöhnte Städterin wie Eva sich hier wohlfühlen konnte.

Die Tür zu seiner Linken ging spaltbreit auf. „Weshalb bist du wirklich gekommen?", fragte sie forsch.

„Ich wollte dich sehen."

„Wozu?", gab sie lauernd zurück.

Er sah ihr geradewegs in die traurigen, dunklen Augen und sagte: „Ich hatte gehofft, wir könnten die ganze Angelegenheit unkompliziert regeln."

„Das ist unsere Ehe also für dich, eine Angelegenheit?“ Das war nicht, was sie hören wollte. Außerdem gab es da nichts zu regeln, denn sie hatten einen Ehevertrag.

„Bitte, Eva. Lass uns miteinander reden!“ Er wollte noch mehr sagen, aber Eva kam aus dem Schlafzimmer und trat auf den Flur. Ihr Anblick brachte ihn kurzfristig aus dem Konzept. Sie trug hautenge, schwarze Leggings und ein enganliegendes Shirt, das ihn an Skiunterwäsche erinnerte, was nicht ohne Reiz war.

„Hör zu. Ich war heute den ganzen Tag unterwegs und bin müde. Macht es dir was aus, wenn wir das Gespräch auf morgen verschieben?“

„In Ordnung“, lenkte Jakob ein, ohne den Blick von ihren sexy Kurven abwenden zu können. „Kann ich hier irgendwo übernachten?“

Sie nickte. „Sofa oder Klappbett, du hast die Wahl.“

Nachdem Eva ihm das von Stockflecken übersäte Klappbett vorgeführt hatte, war seine Wahl auf die Wohnzimmercouch gefallen, in der er versank, wie in einem billigen Hotelbett auf Sardinien. Doch nicht einmal das hatte seinen Schlaf vereiteln können. Jakob fühlte sich frisch wie der junge Morgen, ganz anders als zu Hause, wo er regelmäßig mitten in der Nacht aufwachte und nicht wieder einschlafen konnte. Meistens nutzte er die Zeit, um zu arbeiten. Wenn ihm dann die Augen zufielen, gab er sich einem qualvollen Schlaf ohne Erholung hin, der ihn müder erwachen ließ, als er zu Bett gegangen war. In dieser Nacht hingegen hatte er geschlafen wie ein

Stein. Jakob streckte die Arme aus und dehnte die steifen Muskeln. Es war eine Spontanentscheidung gewesen, den nächsten Flieger nach München zu nehmen und mit einem Mietwagen ins Allgäu zu fahren. Wobei er selbst nicht sagen könnte, ob er zu Eva hin oder von Hanne weg gefahren war. Denn seine Mutter ging ihm mächtig auf die Nerven, sie sprach von nichts anderem mehr als von dieser Seniorenresidenz.

Mehr beiläufig hatte sie die monatlichen Kosten erwähnt und Jakob war vor Schreck fast das Whiskey-Glas aus der Hand gefallen. Sie war bei Gott keine unvermögende Frau, aber für das Geld hätte sie sich der Einfachheit halber auch im Kempinski einquartieren können. Was ihn aber besonders wütend machte, war die Selbstverständlichkeit, mit der sie das Haus verkaufen wollte. Sein Haus, immerhin war er der Alleinerbe! Seit fünf Generationen war die Stadtvilla in Besitz der Familie und Jakob hätte im Leben nicht damit gerechnet, dass Hanne sich jemals davon trennen würde. Je länger er darüber nachdachte, desto mehr gelangte er zu der Überzeugung, dass es für ihren Meinungswechsel nur einen Grund geben konnte: Sie wollte ihn damit treffen! Als späte Rache dafür, dass er ihr nicht das Haus mit Enkelkindern gefüllt hatte. Dabei konnte sie das nun wirklich nicht ihm anlasten.

Jakob knipste die Stehlampe an, stand auf und ging zum Kachelofen. Er öffnete die schwere Ofentür und legte ein paar Holzscheite nach in der Hoffnung, dass sie Feuer fingen, ehe die schwach lodernde Glut vollends erlosch, denn er wüsste nicht, wie er sie wieder in Gang bringen könnte. Was man in gewisser

Weise auch von seinen Gefühlen für Eva behaupten könnte, die nur noch auf Sparflamme brannten. Beim dritten Stück Holz musste er an diesen groben Klotz namens Gustl denken. Er fragte sich, was es mit diesem Kerl auf sich haben mochte. Der war doch gar nicht Evas Typ! Aber sie seiner. Wie unverschämt der sie angeschmachtet hatte! Kopfschüttelnd ging Jakob zurück zum Sofa und streckte sich darauf aus. Es war viel zu kurz, seine Füße ragten ein gutes Stück über die Armlehne hinaus.

Ob Eva schon wach war? Wie als Antwort hörte er ein leises Klappern, dann das Knarzen der Bodendielen, gefolgt von metallischem Klacken. Eva war aufgestanden und in die Küche gegangen. Er würde ihr ein paar Minuten Vorsprung lassen, früh am Morgen war sie unausstehlich. Er war sowieso nicht allzu scharf darauf, mit ihr zu sprechen, auch wenn er vorgab, deswegen gekommen zu sein. In Wahrheit war er derjenige mit den offenen Fragen, doch die konnte er nicht stellen, ohne zu riskieren, dass sie beleidigt reagierte. Er kannte Eva, danach war an ein vernünftiges Gespräch nicht mehr zu denken.

Jakob warf sich auf der Couch herum und seufzte. Er wusste, er hatte keine Wahl. Er musste die Karten offen auf den Tisch legen und versuchen, ihr zu erklären, was ihn zu seinem radikalen Entschluss bewogen hatte. Und nachdem er das getan hatte, würde er wieder abreisen.

Der gekachelte Küchenboden war eiskalt. Auf Zehenspitzen tapste Eva zurück ins Schlafzimmer und zog sich zwei Paar dicke Socken über. Ob Jakob schon wach war? Es war seltsam, ihn so nahe zu wissen und doch unerreichbar fern. Wenn sie getrennt geschlafen hatten, dann deshalb, weil hunderte von Kilometern zwischen ihnen gelegen hatten und nicht unausgesprochene Worte. Sie wunderte sich selbst darüber, wie sehr sie sich gewünscht hätte, er wäre vergangene Nacht zu ihr gekommen. Dabei war meistens sie diejenige, die sich ihm entzogen hatte, nicht umgekehrt. Seine Gegenwart hatte stets ihren Tagesablauf durcheinandergebracht, er gab ihr das Gefühl, ihn beschäftigen zu müssen. Pflichtschuldig hatte sie anfangs vor jedem seiner Besuche die Stadtmagazine studiert, um mit ihm Vernissagen, Konzerte oder neue Restaurants zu besuchen. Doch mit der Zeit war es ihr lästig geworden, dass er überhaupt kam. Dabei war er doch ihr Ehemann!

Bedeutete das, überlegte Eva, während sie Kaffeepulver in den Porzellanfilter löffelte, dass ihre Ehe schon zu Beginn am Ende war, und sie es nur nicht hatte wahrhaben wollen? Sie wusste, dass sie mit Jakob reden sollte, fürchtete sich aber davor. Was, wenn ihr gemeinsamer Weg hier wirklich zu Ende war? Sie hatte noch nie dafür plädiert, eine festgefahrenen Beziehung auf Gedeih und Verderb aufrechtzuhalten. Und da bei ihnen keine Kinder im Spiel waren …

Eva goss heißes Wasser über das Kaffeepulver und versehentlich auch über ihren Daumen. Sie schrie auf und steckte den Finger zuerst in den Mund, dann unter den kalten Strahl aus dem Wasserhahn. Schnell verscheuchte sie den Gedanken an das unselige Kinderthema, konnte jedoch nicht verhindern, dass sich ein rundes Bubengesicht vor ihr inneres Auge schob. Es hatte glänzende Knopfaugen und einen vor

Vergnügen glucksenden Mund, der 'Brumm-Brumm' machte.

„Guten Morgen, gut geschlafen?“ Jakob erschien in der Küchentür. Sein Anblick brachte Eva zum Lachen.

„Was?“, fragte er verständnislos. Wortlos deutete sie auf seine blassen Beine. Zu gestreiften Boxershorts trug er graue Socken, die Füße steckten in braunen Budapestern. „Wenn ich geahnt hätte, worauf ich mich da einlasse, hätte ich meine Filzpantoffeln eingesteckt“, sagte er grinsend.

„Kaffee?“, entgegnete Eva, die auffallend gut gelaunt war für diese Zeit.

„Gern.“ Er nahm ihr die Tasse ab und probierte schlürfend. „Hm, köstlich!“, lobte er und fühlte sich wie der unterbezahlte Nebendarsteller in einer TV-Soap. „Wie war`s im Bett?“, fragte er. Eva sah ihn aus verträumten Augen an. Verlegen beeilte er sich zu korrigieren: „Ich meine, hattest du warm genug?“

„Alles bestens“, sagte Eva. Großzügig hatte sie eine der beiden Daunensteppdecken an ihn abgetreten. „Möchtest du etwas frühstücken?“

Aber Jakob hörte sie schon gar nicht mehr. Er stand da wie vom Blitz getroffen und starrte durch das verschmierte Fenster hinaus in den schneebedeckten Garten.

„Jakob?“ Von ganz weit weg drang ihre Stimme zu ihm durch.

„Äh, was? Entschuldige, ich war abgelenkt. Das da draußen, das ist –“ Ihm fehlte das passende Wort.

„Herrlich? Grandios? Fantastisch?“, half sie aus und lachte.

„Von allem etwas, es ist unglaublich!“ Er trat näher

an die Scheibe und nahm einen Schluck aus seiner Kaffeetasse.

Eva stellte sich neben ihn, sorgfältig darauf bedacht, ihm nicht zu nahe zu kommen. Unbeholfen legte er ihr den Arm um die Schultern. Eva konnte nichts dagegen tun, sie musste dabei an Gustl denken. Mit seiner kräftigen Statur hatte er ihr Sicherheit und Halt gegeben, Jakobs schlaksiger Arm dagegen fühlte sich an wie der dürre Ast eines Baumes.

„Eva, was tust du hier?“, wollte er nun endlich von ihr wissen. „Das passt doch überhaupt nicht zu dir!“

„Wieso passt das nicht zu mir?“ Sofort fühlte Eva sich angegriffen.

„Schau dich doch um, dieses Haus ist, entschuldige bitte den Ausdruck, total verkommen, um nicht zu sagen verwahrlost! Du kannst mir nicht weismachen, dass du dich in diesem Loch wohlfühlst!“

„Warum nicht?“ Herausfordernd sah sie ihn an. Jakob nahm den Arm von ihren Schultern. „Schon klar, für einen hanseatischen Hochwohlgeboren wie dich ist es hier nicht fein genug. Aber weißt du was, mir gefällt`s! Und ich verrate dir auch, weshalb.“ Sie deutete nach draußen.

„Wegen des Schnees?“, fragte er und verstand endgültig nichts mehr. Die Eva, die er gekannt hatte, fror ununterbrochen und hasste Kälte!

„Nein, wegen der einzigartigen Schönheit dieser Landschaft, die dir vor einer Minute noch selbst die Sprache verschlagen hat! Wo gibt es das denn noch, unberührte Natur und dazu Menschen, die unmittelbar aus der Quelle leben? Die brauchen hier keine Selbstfindungsseminare, die haben sich nämlich gar nie erst verloren!“

„So wie wir?", fragte er leise.

Eva blickte zu ihm auf, seine Augen schimmerten feucht. Sie zuckte mit den Schultern. „Vielleicht."

Wortlos sahen sie einander an, bis er als erster den Blick abwandte und ihn wieder nach draußen richtete, wo die Sonne den Schnee zum Funkeln brachte als wäre er Sternenstaub.

„Hast du festes Schuhwerk dabei?", fragte Eva unvermittelt.

„Meine Winterstiefel", sagte er, „wieso?"

„Weil ich dir gern etwas zeigen möchte."

Nur widerwillig hatte Jakob zugestimmt, Begeisterung sah anders aus. Eva wusste selbst nicht, wieso es ihr auf einmal so wichtig war, dass er sie verstand. Aber so war es.

Als sie wieder aus dem Schlafzimmer kam, starrte Jakob sie an wie eine Erscheinung. Dann hatte er das letzte Nacht also doch nicht geträumt! Staunend betrachtete er ihren dick eingepackten Körper und musste lachen, als sein Blick auf Evas Füße fiel, die in klobigen Stiefeln steckten, die er noch nie an ihr gesehen hatte. Wo war die elegante Karrierefrau abgeblieben?

„Stimmt was nicht?", fragte Eva, der seine kritische Musterung nicht entgangen war.

„Ich bin nur ein wenig überrascht."

Eva zog die wattierte Hose über die Schnürstiefel und zerrte den verstellbaren Gummi-Riemen enger um die Knöchel.

„Noch bis vor kurzem hätte mich kein Geld der Welt dazu gebracht, mich derart unvorteilhaft in Watte zu packen." Sie lachte über das unbeabsichtigte

Wortspiel. „Aber es ist einfach praktisch. Hat man sich erst mal daran gewöhnt, sind die Sachen sogar richtig bequem.“ Breitbeinig schritt sie zur Tür, ihre Hosenbeine scheuerten hörbar aneinander.

Jakob sah ihr grinsend nach. „Du siehst aus wie ein Kleinkind im Schneeanzug!“

„Dann sei mal lieber auf der Hut! Nicht, dass ich dir noch eine ordentlich Abreibung verpasse!“, drohte sie übermütig. Der Ärmste konnte ja nicht ahnen, wie gut sie sich in diesen Klamotten fühlte. „Was ist mit dir? Bist du warm genug angezogen?“

„Kommt ganz darauf an, was du vorhast.“

Prüfend besah sie seine Kleidung. „Hast du nichts Wärmeres mitgebracht?“

„Nur meine braune Winterjacke“, sagte er zweifelnd, denn der Mantel reichte ihm wenigstens bis über die Knie.

„Nimm die, und zieh besser noch einen Pulli mehr drunter. Lange Unterhosen hast du nicht zufällig im Gepäck, oder?“, neckte sie ihn.

Ungläubig schüttelte er den Kopf.

Eva lachte. „Das sollte ein Scherz sein! Wobei …“, sie zwinkerte ihm fröhlich zu.

Fasziniert sah Jakob seine Frau an, die aussah wie ein ausgestopfter Walfisch. Und plötzlich war es wieder da, das altbekannte Gefühl. Sie überraschte ihn mit einer Seite von sich, die er lange nicht gesehen hatte.

Unter Evas gestrengem Regiment musste er sich umziehen. Zum guten Schluss lieh sie ihm noch die Gamaschen, die ihr der nette junge Mann im Sportgeschäft gratis mit in die Tüte gesteckt hatte. Jakob wollte protestieren, doch Eva ließ ihn nicht zu

Wort kommen. Sie wusste, er würde ihr noch dankbar dafür sein.

Die gründliche Vorbereitung hatte Jakob misstrauisch gemacht, denn zu einer Wanderung verspürte er herzlich wenig Lust. Doch Evas Begeisterung war ansteckend, und bis er die Haustür hinter sich zuzog, hatte sich auch in ihm jene vorfreudige Erwartung breitgemacht, die er zuletzt als Junge empfunden hatte, wenn er am Elbufer auf Entdeckungstour gegangen war.

Zielsicher schritt Eva über das schneebedeckte Feld, man hätte meinen können, sie wäre in dieser Gegend aufgewachsen. Vor zwei Tagen war die Schneedecke noch glatt wie ein frisch gespanntes Leintuch, doch inzwischen hatten sich überall kleine Wellen gebildet, so dass man den Eindruck hatte, über das offene Meer zu schreiten. An der Oberfläche war der Schnee nun nicht mehr pulvrig fein, sondern rissig wie angefrorenes Zitronensorbet. Gustl hatte Eva erklärt, das komme daher, dass er tagsüber von der Sonne angetaut werde und dann über Nacht bei eisigen Minusgraden wieder festfror. Die Pulverform der Himmelsflocken hatte Eva zwar optisch ansprechender gefunden, aber dafür erleichterte seine jetzige Konsistenz erheblich das Gehen.

Sie sah besorgt zurück, doch Jakob folgte ihr dichtauf, sie kamen gut voran. Ihre Blicke kreuzten sich, da lächelte er sanft. Evas Herz machte vor Freude einen Hüpfer und sie wandte sich schnell wieder der Spur zu, die andere Wanderer vor ihnen hinterlassen hatten. Jakob sollte nicht sehen, wie glücklich sein Lächeln sie machte.

Bei der Kreuzung, von der aus das letzte Wegstück

hinauf zum Kapf abzweigte, legte sie eine kleine Pause ein. „Na, was sagst du?“, fragte sie strahlend.

„Ich bin nicht so gut in Form wie ich dachte“, stieß er stoßweise hervor und hielt sich schwer atmend an der Eisenstange des Wegweisers fest.

„Wie war das? Ich spiele Tennis, damit ich fit bleibe?“, zog sie ihn belustigt auf. Aber war es ihr neulich nicht ganz ähnlich ergangen?

„Sieh nur, ist das nicht herrlich? Die dunklen Tannen, die frische Luft, der blaue Himmel“, zählte sie schwärmerisch auf, „und dann diese Stille!“ Ihre Augen leuchteten.

„Doch, ja, ganz nett“, sagte Jakob ohne Enthusiasmus.

„Ganz nett?“ Evas Lippen verzogen sich zu einem Schmollmund. Na, warte, dachte sie. Ohne ihn weiter zu beachten, schlug sie den Pfad hinauf zum Staufner Kapf ein.

„Warte mal“, rief Jakob ihr nach. „Wieso gehen wir nicht da lang?“ Er deutete in die andere Richtung, wo der Forstweg plattgewalzt war und überdies in ein leichtes Gefälle überging, was ihm weitaus verlockender schien.

„Weil`s da lang geht“, gab Eva knapp zurück und musste über sich selbst lachen. Fürwahr, in Gustl hatte sie einen guten Lehrmeister gehabt!

Frauen, dachte Jakob resigniert. Flink wie eine Bergziege stieg Eva über Astwurzeln und wich geschickt einer rutschigen Matschpfütze aus, als hätte sie ihr Leben lang nichts anderes getan. Er kam ihr kaum hinterher, dabei war er doch die Sportskanone von ihnen beiden! Selbst für kurze Strecken nahm Eva konsequent das Auto und in ihre Wohnung führte sogar ein eigener Lift! Jakob wich einem herabhängenden Ast aus und stapfte ihr kopfschüttelnd nach. Diese Frau gab ihm immer neue Rätsel auf. Dummerweise war das einer der Gründe, warum er sich vor Jahren in sie verliebt hatte. Und warum er sie geheiratet hatte.

Die letzten Meter legte er keuchend zurück, denn die hatten es in sich. Mehr kletternd als gehend überwand Jakob die kurze Steilpassage, die ihn noch vom Ziel trennte. Aufatmend trat er aus dem Wald und auf den breiten Grat hinaus. Jetzt blieb ihm wirklich die Luft weg, die Aussicht war umwerfend! Und das ganz wörtlich, denn sowie er den Blick über das Tal schweifen ließ, wurde ihm schwindlig und er drohte, das Gleichgewicht zu verlieren. Wie ein Seekranker auf dem Schiff sah er sich hilfesuchend nach einem Gegenstand um, den er fixieren könnte, und blieb mit den Augen an Eva hängen, die sichtlich vergnügt auf einer Bank saß. Mit zitternden Beinen schleppte er sich zu ihr und ließ sich kraftlos neben sie fallen. Tat sie das mit Absicht? Sie wusste doch genau, dass er nicht besonders höhensicher war und hätte ihn ruhig vorwarnen können!

„Jetzt stell dich nicht so an“, sagte sie lachend, „das ist doch nicht der Eifelturm!“

Jakob lehnte sich zurück und atmete tief durch. Mit beiden Händen umfasste er die Kante der Sitzfläche, ehe er wagte, wieder aufzuschauen. Jenseits des Tals versperrten schroffe Berggipfel die Sicht. Was aus der Entfernung aussah wie die weiß-graue Maserung von Granitgestein, entpuppte sich bei näherem Hinsehen als eine Mischung aus Schneeflächen und Waldgebieten. Erhaben standen die Berge nebeneinander, ordentlich aufgereiht wie eine Stange Toblerone.

„Na, hab ich zu viel versprochen?“

Nein, das hatte sie nicht, es war ein phänomenaler Anblick. Was Jakob als Jung von der See aber am meisten zusagte, war die angenehme, frische Brise. Auf welcher Höhe befanden sie sich eigentlich? Kam es ihm nur so vor, oder war die Luft hier oben wirklich dünner?

Sachkundig klärte Eva ihn auf: „Das da drüben ist der Hochgrat mit einer Höhe von etwas über achtzehnhundert Metern, links daneben liegt das Rindalphorn und die Kuppe rechts davon heißt Seelekopf.“

Erstaunt hob Jakob den Blick. Wer war diese Frau? Und woher wusste sie das alles?

„Momentan sind wir nur auf etwa tausend Meter, richtig dünn wird die Luft aber erst über zweitausend. Allerdings habe ich gelesen, dass man auch schon auf dieser Höhe von einem Reizklima spricht, das sehr positive Auswirkungen auf die Gesundheit haben soll.“

„Ach ja, und welche?“, fragte Jakob, nun ehrlich interessiert.

„Anscheinend nimmt man paradoxerweise in der Höhe mehr Sauerstoff auf, was gut sein soll für Herz und Kreislauf. Dazu werden die Nerven beruhigt und das Immunsystem gestärkt.“

„Du meinst, auf einem Berggipfel herumzusitzen ist gut die Gesundheit?“, fragte er ungläubig.

„So lange du nicht abstürzt, garantiert!“ Sie lachte.

Für einige Minuten ließen sie schweigend die inspirierende Umgebung auf sich wirken. Der Wind frischte böig auf und wetteiferte mit der Märzsonne, die alles daran setzte, ihre wärmende Kraft unter Beweis zu stellen.

Jakob schloss die Augen. Er fühlte sich tatsächlich schon viel entspannter. Nach Evas Vortrag könnte das aber auch der Placebo-Effekt sein. Und wenn schon, sie hatte geschafft, dass es ihm besser ging. Plötzlich stand ihm die eigentliche Absicht seiner Reise vor Augen und er spähte zu ihr rüber.

Eva hatte die Mütze abgenommen, der leichte Wind ließ das dunkle Haar um ihr Gesicht tanzen. In ihren Augenwinkeln entdeckte er erste Fältchen, sie war älter geworden, aber auf eine schöne Weise. Ohne Vorwarnung überfiel Jakob ein brennendes Verlangen danach, sie zärtlich zu berühren, die umherwirbelnden Haarsträhnen einzufangen und ihr über die erröteten Wangen zu streicheln. Er rief seine Gedanken zur Ordnung und überlegte, wie er das heikle Thema anschneiden könnte. „Eva, ich schulde dir eine Erklärung."

Ihr Herz klopfte bis zum Hals, nervös verschränkte sie die Finger ineinander. Sie wollte keine Erklärung! Sie wollte hören, dass es ihm leidtat und alles ein entsetzlicher Irrtum war.

Als Jakob sah, wie ihre Lippen schmal wurden und ein herber Zug sich um ihren Mund legte, bereute er, dass er davon angefangen hatte. Unbewegt hielt sie den Blick starr in der Ferne gerichtet und begann, an ihren Lippen zu nagen. Er kannte diese Reaktion und wusste auch, was sie bedeutete. Eva schaltete auf stur.

„Seit du diese Radioshow moderierst, bist du nicht mehr du selbst!", platzte es ungehindert aus ihm heraus. Dabei hatte Uwe ihm ausdrücklich eingeschärft, auf keinen Fall Dinge zu sagen, die in ihren Ohren wie eine Anklage klingen könnten. Und Uwe war Anwalt, mit Anklagen kannte der sich aus.

„Sieh mal“, versuchte er zu retten, was noch zu retten war, „wann immer ich bei dir war, drehte sich alles nur um deinen Job. Ständig musstest du auf irgendwelche Termine oder hattest Verpflichtungen. Ich kam in deiner Planung doch gar nicht mehr vor!“ Er bemerkte, wie Eva sich versteifte und beeilte sich, Uwes Rat zu befolgen und von sich zu sprechen. „Da habe ich mich eben ausgegrenzt gefühlt.“ Er hob den Blick und das Rindalphorn inspirierte ihn zu sagen: „Wir beide sind doch nur noch nebeneinander hergetrieben wie zwei Eisschollen.“

Was er sagte, entsprach der traurigen Wahrheit. Trotzdem war Eva von seinen Worten tief getroffen. Denn in Summe bedeuteten sie nichts anderes, als dass ihr Job ihre Ehe zerstört hatte. Aber so war es nicht! Sie blinzelte, denn sie wollte nicht weinen, nicht vor ihm, das verbot ihr Stolz.

„Bitte, Eva, sag doch was!“

Es klang flehentlich, das rührte sie. Hätte er sich auf den weiten Weg zu ihr gemacht, wenn sie ihm nichts mehr bedeuten würde? Das hätte sie ihn gern gefragt, aber ihr fehlte der Mut.

„Muss es denn gleich eine Scheidung sein?“, fragte sie stattdessen mit tränenerstickter Stimme.

Jakob antwortete nicht. Diese Frage hatte er sich mehr als einmal gestellt, aber er wusste keinen anderen Ausweg. Die einzige Alternative wäre gewesen, ihr die Pistole auf die Brust zu setzen und zu sagen: „Dein Job oder ich!“ Aber das war nicht sein Stil. Zumal er viel zu viel Angst davor hatte, sie könnte sich tatsächlich gegen ihn und für ihre Karriere entscheiden.

„Vielleicht würde es ja schon helfen, ein bisschen mehr Zeit miteinander zu verbringen?“, schlug Eva zaghaft vor.

„So wie jetzt?“

„So wie jetzt“, bestätigte sie und wagte ein Lächeln.

Jakob legte den Arm um sie und zog sie sachte an sich. Sie ließ es geschehen, verbarg den Kopf in seiner Umarmung und schloss die Augen. Er roch so gut, so vertraut.

Liebevoll strich Jakob ihr eine Haarsträhne aus der Stirn. Sie sah zart aus, fast zerbrechlich. Wie könnte er sie allein lassen?

Langsam wie ein übermüdetes Kind hob sie den Kopf. „Meinst du, du könntest noch einen Tag länger bleiben?“, bat sie ernst. Nur das Zittern in ihrer Stimme verriet, wie sehr sie sich vor seiner Antwort fürchtete.

„Wenn du das möchtest?“

Sie nickte und kuschelte sich enger an ihn.

Eva ging allein ins Haus, Jakob wollte noch einige Telefonate erledigen. In der Zwischenzeit zog sie sich um und machte sich frisch. Sorgfältig trug sie ein dezentes Augen-Make-up auf und wählte dazu den zartrosa Lippenstift, den er so gern an ihr sah. Sie hatte um eine Chance gebeten und hier kam sie. Und Eva gedachte, sie zu nutzen.

Das erste, was Jakob sagte, als er hereinkam, war: „Hast du was zum Essen im Haus?“

Das war so typisch für ihn! Doch diesmal störte es

sie nicht, gab es ihr doch die Illusion von Normalität. Eva erzählte ihm von den Einkäufen aus Gabis Hofladen und Jakob war erleichtert zu hören, dass sie die vegane Phase offenbar hinter sich gelassen hatte. Trotzdem hatte er andere Pläne.

„Nichts gegen eine zünftige Brotzeit, aber wir könnten auch schön Essen gehen, in Oberstaufen soll es ganz hervorragende Restaurants geben."

Aber natürlich! Warum war sie nicht von selbst darauf gekommen?

Wie sich herausstellte, hatte er ein ganz bestimmtes Restaurant im Auge. Dass er sich vorab gründlich informiert hatte, war für Jakob an sich nichts Ungewöhnliches, aber es nährte Evas Hoffnung. Denn sie schloss daraus, dass er von Anfang an beabsichtigt hatte, länger zu bleiben.

VII

Das Restaurant war anders, als Eva erwartet hätte. Einmal mehr musste sie eine vorgefertigte Meinung über das Landleben über Bord werfen. Denn für den eleganten Saal, in dem sie auf Polsterstühlen am stilvoll gedeckten Tisch saßen und auf den Aperitif warteten, fiel ihr nur ein passender Ausdruck ein: Es war ein Gourmet Tempel. Die edle Einrichtung aus dunklem Holz top-modern, Sitzbezüge, Vorhänge und Tischwäsche in Schattierungen von Silber bis Schiefergrau perfekt aufeinander abgestimmt. Mit ihrer Jeans, der weißen Bluse und dem saloppen Blazer fühlte Eva sich in der schicken Umgebung fast ein bisschen deplatziert.

Sie waren spät dran und daher die einzigen Gäste. Aufgeregt knetete Eva unter dem Tisch ihre Hände. Sie fühlte sich wie damals, beim ersten Date, bloß mit dem Unterschied, dass dies ihr letztes sein könnte. Was immer sie jetzt sagte konnte falsch sein. Sie stand bei Jakob auf dem Prüfstand, wenn nicht schon auf der Abschussliste. Aber Eva hatte sich vorgenommen, nichts unversucht zu lassen, um ihren Mann zurückzuerobern. Nur, wie sollte sie das bewerkstelligen, ohne zu verstehen, was genau er an ihr bemängelte? Allein die Tatsache, dass sie berufstätig war, rechtfertigte doch noch lange keine Scheidung!

Was die Nervosität anbelangte, erging es ihrem Noch-Ehemann nicht viel besser. Wie immer, wenn er nervös war, verfiel Jakob in belanglosen Small Talk. Er lobte das Ambiente, machte eine Bemerkung über den freundlichen Service und stellte fest, dass sogar Uwe sich in diesem Lokal wohlfühlen würde, obwohl der für die Berge nicht viel übrig hatte. Er lachte jovial, als hätte er einen Scherz gemacht. Aus reiner Höflichkeit verzog Eva den Mund zu einem Lächeln, ihr war nicht nach Lachen zumute.

Der Aperitif, eine interessante Kreation aus Bratapfelsirup und Prosecco, wurde auf einem Silbertablett serviert und entband sie vorübergehend von der Notwendigkeit, sich unterhalten zu müssen. Seine fruchtig-würzige Note war vorzüglich, aber Eva nahm es kaum wahr, zu sehr beschäftigte sie die Frage, seit wann sie eigentlich einander nichts mehr zu sagen hatten. Sie kam nicht drauf. Allerdings lag der letzte Abend, den sie zu zweit allein verbracht hatten, auch schon eine halbe Ewigkeit zurück. Jakob war zwar jedes zweite Wochenende in München gewesen, aber in der Früh war sie meistens schon auf dem Sprung, und wenn sie spät abends nach Hause kam, fiel sie todmüde ins Bett. Und ihr letztes freies Wochenende lag mehr als anderthalb Jahr zurück. Sie konnte daher verstehen, dass es für ihn aussehen musste, als wäre sie nicht mehr sonderlich an ihm interessiert. Umso wichtiger war es jetzt, Jakob das Gegenteil zu beweisen.

Die Servicekraft, eine unauffällige Dame in blütenweißer Bluse und schwarzem Stiftrock, nahm ihre Bestellungen entgegen. Zu Evas Verwunderung wollte Jakob nur eine Gersten-Suppe, also schwenkte sie um und bestellte statt des Tagesmenüs eine Portion Winterliche Marktsalate.

„Ich bin dir wirklich dankbar, dass du geblieben bist“, unternahm Eva einen zaghaften Versuch, das Gespräch zu eröffnen, und legte zur Unterstreichung ihrer Worte eine Hand auf seine. Er nahm sie und hielt sie fest. Die Geste versetzte ihrem Herzen einen Stich, denn es war nicht das Händchenhalten zweier Liebender.

„Geht mir genauso", sagte er und sah sie ernst an. „Leider muss ich morgen zurück, du weißt, die Geschäfte."

Eva nickte verständnisvoll, sie glaubte echtes Bedauern aus seinen Worten herausgehört zu haben.

„Und du?", fragte er. „Wirst du hierbleiben?"

„Vorerst, ja." Sie nippte nervös an ihrem Glas.

„Hör zu, wir machen das so. Du meldest dich bei mir, sobald du zurück bist, dann vereinbaren wir einen Termin, um die Formalitäten zu besprechen", schlug er vor und war sich voll darüber bewusst, was für ein erbärmlicher Feigling er doch war.

„Hast du die Scheidung schon eingereicht?", wagte Eva zu fragen, doch zu ihrer Erleichterung schüttelte er den Kopf.

„Dazu bin ich noch nicht gekommen, wir müssen ja nichts überstürzen."

Wir? Er war doch derjenige, der die Dinge überstürzte! Der gleich von Scheidung sprach und davonlief, anstatt sich den Problemen zu stellen!

„Tu, was du nicht lassen kannst", sagte sie verbittert, „ist jetzt auch schon egal, meine Show verliere ich sowieso!" Denn ob nun geschieden oder getrennt, der Imageschaden wäre in jedem Fall beträchtlich.

Jakob lehnte sich zurück, verschränkte die Arme vor der Brust und sah sie argwöhnisch an. „Verstehe ich das jetzt richtig? Du willst unsere Ehe nur deshalb aufrechterhalten, weil du andernfalls deine Sendung verlieren würdest?“

Erschrocken riss Eva die Augen auf. „Aber nein! So habe ich das doch gar nicht gemeint!“

„Schon gut, ich habe verstanden!“ Er nahm sein Glas, leerte es in einem Zug, stellte es ab und stand auf. Wohlerzogen schob er den Stuhl unter den Tisch, drehte sich wortlos um und ging.

Ohnmächtig musste Eva dabei zusehen, wie er seinen Mantel vom Haken riss und im Hinauslaufen beinahe die Serviererin über den Haufen rannte, die soeben mit zwei Tellern aus der Küche kam. Unfähig, sich zu rühren, wollte sie ihm hinterherrufen, doch es hatte ihr die Sprache verschlagen. Entsetzt und beschämt schlug Eva die Hände vors Gesicht.

„Einmal die Suppe und der Salat, bitteschön“, sagte die Servicekraft und stellte diskret die beiden Teller auf den Tisch, als wäre nichts geschehen.

„Danke“, entgegnete Eva schwach und rief ihr nach: „Und bitte bringen Sie mir die Rechnung!“ Ihr war der Appetit vergangen.

Sie bezahlte und lief eilig hinaus in der Hoffnung, dass Jakob sich inzwischen wieder abgeregt hatte und im Auto auf sie wartete. Doch die Parklücke war leer. Und Eva blieb nichts anderes übrig, als zurück ins Restaurant zu gehen und ein Taxi zu rufen.

Seine französische Verabschiedung lag eine halbe Stunde zurück, als Jakob mit überhöhter Geschwindigkeit über die Autobahnauffahrt schlingerte. Er hatte eine Mordswut im Bauch. Da nahm er den weiten Weg in den hintersten Winkel der Republik auf sich, um sich von seiner Mutter nicht Stillosigkeit vorwerfen lassen zu müssen, und brachte es dann fertig, seine Frau ganz und gar stillos in einem Restaurant abzuservieren! Wie hatte er sich zu einem derartigen Fauxpas hinreißen lassen können? Er war doch sonst nicht der emotionale Typ! Aber Evas unbedachte Worte hatten ihn zutiefst getroffen. Und dass sie diesen gefühlvollen Brief, der sein Herz berührt hatte wie lange nichts, aus eiskalter Berechnung geschrieben haben musste, gab ihm den Rest. Er fragte sich, wie weit sie noch bereit wäre zu gehen, nur um ihre geliebte Radioshow nicht zu verlieren.

Dabei hatte er den Tag mit ihr in vollen Zügen genossen und sich gefreut, Eva so gelöst und heiter zu erleben wie in den Anfangstagen ihrer Beziehung. Beinahe wäre es ihr gelungen, ihn damit um den Finger zu wickeln. Doch dann war ihr dieser eine, verräterische Satz herausgerutscht. Jakob hatte an ihrem Gesicht ablesen können, dass ihr unfreiwilliges Geständnis der Wahrheit entsprach. Eva ging es weder um ihn, noch um ihre Ehe, sondern einzig und allein um ihre Karriere!

Obwohl sein Rückflug nach Hamburg erst für den nächsten Abend gebucht war, fuhr Jakob nach München. Erst auf dem Mittleren Ring fiel ihm auf, dass er gar kein Nachtquartier hatte. Zum Glück trug er noch immer Evas Schlüssel bei sich und er beschloss, der Einfachheit halber in ihrer Wohnung zu übernachten. Aber dort zu sein im Wissen, dass sie nicht da war und auch nicht kommen würde, sollte sich als schwieriger erweisen, als gedacht.

Das erste, was er wahrnahm, als er aus dem Lift stieg, war ihr Parfum. Nur ein schwacher Hauch lag noch in der Luft, süßlich, aber nicht zu schwer, doch er reichte aus, um glühende Sehnsucht in ihm zu entfachen. Sarkastisch gratulierte er sich selbst zu der grandiosen Idee, eine Frau zu verlassen, deren bloßer Geruch derlei Gefühlsregungen in ihm auszulösen vermochte. Es war verzwickt. Miteinander ging es nicht, aber ohne sie zu leben war erst recht unvorstellbar.

Kaum hatte er den Mantel abgelegt, klingelte sein Handy. Hoffnungsvoll nahm er den Anruf entgegen, doch es war nur seine Mutter, die er bereits mehrfach weggedrückt hatte.

„Gut, dass ich dich endlich erreiche! Ida sagt, du musstest dringend nach München? Das trifft sich gut! Du denkst doch an den Verlobungsring? Du weißt, das ist ein Familienerbstück! Den bringst du mir zurück, hörst du, mein Sohn? Das geht nicht an, dass Eva den behält!"

Jakob war entrüstet, am liebsten hätte er auf der Stelle wiederaufgelegt. War dieser olle Ring wirklich das einzige, was sie interessierte? Aber wie üblich fehlte ihm die Courage, sich gegen seine resolute Mutter durchzusetzen. Also versprach er, den Ring mitzubringen, und beendete zügig das Gespräch.

Jetzt hätte er sich gern einen Drink genehmigt, aber viel mehr als Martini gab Evas Barschrank leider nicht her. Jakob goss ein Glas davon ein und sah sich in dem weitläufigen Appartement um. Eva trug selten Schmuck, er wusste daher nicht, wo sie die wenigen Stücke, die sie besaß, aufbewahrte. Eine Schmuckschatulle zumindest hatte er bei ihr noch nie gesehen. Er leerte das Glas in einem Zug, dann machte er sich daran, die Schränke zu durchsuchen. Mit dem Wohnbereich fing er an und wechselte, als er dort nicht fündig wurde, ins Schlafzimmer. Schmuck fand er dort keinen, aber dafür etwas anderes.

In der hintersten Ecke eines Schubfaches mit verführerischen Wäschestücken, nach deren Begutachtung sein Kopfkino endgültig nicht mehr jugendfrei war, stieß er auf Evas Tagebücher. Jakob hatte sie lange nicht mehr in eines schreiben sehen, erinnerte sich aber noch lebhaft daran, wie sie früher allabendlich im Bett gesessen und einen Eintrag verfasst hatte. Es war ein festes Ritual in ihrem Tagesablauf gewesen.

Er konnte der Versuchung, einen Blick hineinzuwerfen, nicht wiederstehen. Wahllos griff er nach einem blauen Buch, dessen Einträge wenige Wochen vor ihrer Eheschließung begannen. In heiterem Plauderton erzählte Eva von Ausflügen mit den Fahrrädern, wie sie sie damals häufig gemeinsam unternommen hatten. Der Gedanke an diese Zeit ließ ein Lächeln über Jakobs Lippen tanzen. Er wusste, dass es ungehörig war, in fremden Tagebüchern zu lesen, aber da er selbst mit von der Partie war, sprach in seinen Augen nichts dagegen, in den Aufzeichnungen zu schmökern. Jede Seite brachte neue Erinnerungen zurück an unbeschwerte Tage voller Verliebtsein und Glück. Evas Schreibstil war erfrischend und vergnüglich, hier und da musste Jakob sogar herzhaft lachen – kein Wunder war ihr Beziehungsratgeber so erfolgreich!

Die übersprudelnde Begeisterung, mit der sie von seinem Heiratsantrag berichtete, rührte ihn. Er sah sie noch vor sich stehen in ihrem rosa Kleidchen, wie sie ihn groß angesehen hatte, zuerst ungläubig, dann überglücklich, bevor sie ihm jubelnd um den Hals gefallen war. Das war der Moment, in dem er mit unumstößlicher Sicherheit gewusst hatte, dass sie zu heiraten die einzig richtige Entscheidung war. Auch wenn seine Frau Mutter entschieden anderer Meinung gewesen war.

Doch schon wenige Tage später veränderten sich Evas Worte, wurden ernster, das Schriftbild fahrig. Sie schien sich schreckliche Sorgen gemacht zu haben, ihre Beziehung könnte an der Distanz zerbrechen. Mit Tränen in den Augen las Jakob, wie sehr sie ihn vermisst hatte – und wieso es ihr bei aller Liebe dennoch unmöglich gewesen war, zu ihm nach Hamburg zu ziehen. Denn dort wartete ein riesiges, kaltes Haus mit einer ebenso kalten Schwiegermutter auf sie, von der Eva bei jedem Besuch schmerzhaft zu spüren bekam, wie wenig sie ihres einzigen Sohnes würdig war. Es folgten einige Zitate von spitzen Bemerkungen, die Hanne Eva gegenüber gemacht haben musste, ohne dass Jakob jemals etwas davon mitbekommen hätte. Betroffen klappte er die Kladde zu, er hat genug gelesen.

Aber die Verzweiflung in ihren Worten wollte ihn nicht mehr loslassen. Warum hatte sie nie mit ihm darüber gesprochen? Er ließ den Blick über die leere Wohnung schweifen, die ohne Eva wirkte wie ein verlassenes Vogelnest. War er gestern noch zuversichtlich gewesen, das einzig Richtige zu tun, so hatte ihn heute wieder der Zweifel gepackt. Und überhaupt – wer sagte denn, dass man immer „das einzig Richtige“ tun musste? Noch so eine Formulierung, die er aus dem unerbittlichen Vokabular seiner Mutter übernommen hatte, die immer genau zu wissen schien, was es war, dieses einzig Richtige. Doch wenn er an ihr Leben dachte und daran, was für einen Menschen es aus ihr gemacht hatte, war er geneigt zu glauben, dass ihr einzig Richtiges nie und nimmer auch das seine sein konnte!

Jakob verscheuchte die betrüblichen Gedanken, indem er seinen Laptop startete. Er hoffte auf die Bestätigungen einiger wichtiger Geschäftstermine und freute sich, als er sah, dass ein Email seiner zuverlässigen Assistentin Ida eingegangen war. Erwartungsvoll klickte er es an, musste den Text aber zweimal lesen, ehe er begriff, was sie ihm da mit wenigen Worten mitzuteilen versuchte.

„Guten Morgen, Herr Schilling, ich dachte, Sie sollten es als erster erfahren, es hat geklappt! Termin ist am 15. September, also bleibe ich Ihnen auf jeden Fall noch bis Ende Juli erhalten. Die Details besprechen wir dann nach Ihrer Rückkehr. Viele Grüße, Ida."

Fassungslos fuhr Jakob sich mit beiden Händen durchs Haar. Es war zum Haareraufen! Erst verließ er seine Frau, jetzt verließ ihn seine Assistentin. Was sollte das werden, ausgleichende Gerechtigkeit?

Obwohl sie nach Jakobs plötzlicher Abreise wieder eine Bettdecke mehr hatte, zitterte Eva am ganzen Leib, aber nicht vor Kälte. Der modrige Geschmack im Mund und das Pochen in den Schläfen erinnerten sie daran, dass sie gestern Abend ein Glas zu viel erwischt hatte. Oder auch zwei. Das war die Rache dafür, im Supermarkt Wein gekauft zu haben. Dabei war es nicht einmal der billigste gewesen. Sie hatte sich ausgemalt, gemütlich auf der Ofenbank zu lümmeln und ein schönes Glas Roten zu genießen.

Wie hätte sie auch ahnen sollen, dass sie aus Frust fast die ganze Pulle hinunterkippen würde? Siedend heiß fiel Eva ein, welch fatale Folgen ihr kleiner Exzess haben könnte – nicht auszudenken, wenn sie doch schwanger wäre!

Ein Klopfen riss sie aus ihren trüben Gedanken. Eva hob den Kopf und lauschte. Da, schon wieder! Es klang, als käme es vom Fenster. Sie sprang aus dem Bett, stolperte über den leeren Koffer, der davor stand, schlug sich den Zeh an und ging zu Boden. „Autsch!"

Abermals klopfte es und eine Stimme rief: „Eva? Bist du da?" Eva erstarrte, dann rappelte sie sich auf. „Hallo? Jemand zu Hause?"

Sie hechtete zum Fenster, machte es auf, klappte die Läden nach außen und streckte ihren verschlafenen Kopf mit dem zerzausten Haar hinaus.

„Da bist du ja!", sagte Ramona, sichtlich erfreut.

Eva musste zweimal hinsehen, ob sie es auch wirklich war. Denn sie hatte ihre bunten Hippie-Klamotten und die unsägliche Zottelfelljacke gegen einen todschicken, schwarzen Schneeoverall mit glitzernden Applikationen eingetauscht.

„Zur Skipiste geht's da lang!", konnte Eva sich nicht verkneifen zu sagen und zeigte zum Wald.

„Haha, sehr witzig!" Breitbeinig stand Ramona einen halben Meter tiefer und schaute herausfordernd zu ihr hoch. „Komm schon, mach die Tür auf!"

Widerwillig schloss Eva das Fenster, zog sich eine Strickjacke über und tapste barfuß hinaus auf den eiskalten Flur. Sie öffnete die Tür gerade weit genug, dass Ramona hindurchschlüpfen konnte. „Wieso klingelst du nicht?"

„Hab ich doch!“, hielt Ramona entrüstet dagegen. „Und du? Wieso liegst du um diese Zeit noch in den Federn?“

Ohne ihre Frage zu beantworten ging Eva in die Küche, Ramona blieb ihr dicht auf den Fersen.

„Kaffee?“, fragte Eva und fuhr sich mit den Händen durch das ungekämmte Haar.

„Immer, kennst mich doch“, sagte Ramona und nahm auf der Eckbank Platz. Von ihrem Beobachtungsposten aus sah sie zu, wie Eva zuerst den Wasserkessel auf den Herd setzte, dann einen Porzellanfilter auf eine geblümte Kaffeekanne. Wie, keine Kaffeemaschine? Verwirrt schaute Ramona sich um und blieb mit den Augen an einem hellen Quadrat an der Wand hängen. An dieser Stelle hatte früher ein Ölgemälde von einem Strauß Gladiolen gehangen. Wo das wohl abgeblieben war? Mit Schrecken bemerkte sie, in welch katastrophalem Zustand sich die Küche befand. Du liebe Güte, so hatte sie Hedwigs Häuschen aber nicht in Erinnerung gehabt! Sofort überfiel sie das schlechte Gewissen.

„Hoffentlich bist du nicht sauer auf mich, Eva, ehrlich, wenn ich geahnt hätte, wie das hier aussieht!“

Abrupt drehte Eva sich um. „Sauer? Auf dich? Weshalb sollte ich sauer auf dich sein?“, fragte sie zynisch. „Doch nicht etwa wegen dieser verlotterten Bruchbude, die du mir als idyllisches Ferienhaus angepriesen hast?“ Sie stemmte die Hände in die Hüfte.

„Eva, bitte, ich wusste doch nicht …“

„Oder vielleicht, weil du meinem Noch-Ehemann – entgegen unserer Abmachung – verraten hast, wo er mich finden kann?“ Evas Stimme wurde lauter, der

Ton schärfer.

„Jakob war hier? Komisch, ich dachte …"

„Das mit dem Denken überlass mal lieber anderen, dazu fehlt dir eindeutig das Talent!" Das war unfair und Eva wusste es, aber sie konnte nicht wiederstehen. Was bildete sich Ramona eigentlich ein, hier aufzutauchen wie die Unschuld vom Lande und so zu tun, als hätte sie von allem nichts gewusst? „Aber weißt du, was der Gipfel ist? Dass du mich unter einem billigen Vorwand in die Berge schickst, damit du dir in aller Ruhe meine Show unter den Nagel reißen kannst! Das ist doch die Höhe!"

Das schrille Pfeifen des Wasserkessels übertönte sie. Eva nahm ihn vom Herd und goss das kochende Wasser über das Kaffeepulver. Aber vor lauter Ärger war sie zu schwungvoll, so dass die braune Brühe überschwappte und auf die Resopalplatte floss. Hilflos musste sie dabei zusehen, wie das Rinnsal am Unterschrank hinunter auf den Fußboden rann, wo es sich in einer Pfütze sammelte. Und kein Küchenpapier zur Hand, um es aufzuwischen.

Evas Seele lief über wie die Kaffeepantsche. Entkräftet ließ sie sich auf einen Stuhl sinken, legte die Unterarme auf den Tisch, bettete den Kopf darauf und heulte los.

Für gewöhnlich würde Ramona in einer Situation wie dieser zu ihr stürzen und sie in die Arme schließen. Aber nachdem Evas Standpauke ihr gegolten hatte, war sie verunsichert, ob ihre Anteilnahme momentan erwünscht wäre. Stattdessen stand sie auf und machte sich daran, mit Papiertaschentüchern die Sauerei aufzuwischen. Als sie damit fertig war, schluchzte Eva immer noch, wenn auch leiser.

Ramona fasste sich ein Herz, trat neben sie und strich ihr behutsam übers Haar.

„Eva, es tut mir ja so leid", sagte sie betroffen, da sie an ihrem Kummer offenbar nicht ganz unschuldig war. Dabei hatte sie es doch nur gut gemeint! Eva hob den Kopf und Ramona reichte ihr das letzte Taschentuch aus dem Päckchen.

Nachdem sie sich geschnäuzt hatte, fragte Eva: „Ramona, was willst du hier? Warst nicht du diejenige, die mir erklärt hat, ich bräuchte meine Ruhe?"

Ramona zog einen altersschwachen Stuhl unter dem Tisch hervor und schob vorsichtig ihren Allerwertesten auf die Sitzfläche. Sie hoffte, er würde unter ihren gut zehn Kilo Übergewicht nicht gleich in die Knie gehen.

„Stimmt, das hab ich gesagt. Aber nachdem du nicht wie vereinbart zur Redaktionskonferenz zurück warst und ich dich auch telefonisch nicht erreichen konnte, wollte ich mich lieber selbst davon überzeugen, dass es dir gut geht!"

Eva lachte heiser auf. „Und, geht es mir gut?", fragte sie und schenkte Ramona aus geröteten Augen einen tragischen Blick.

„Sagen wir mal so, einen Schönheitswettbewerb würdest du heute nicht gewinnen." Grinsend legte Ramona einen Arm um ihre Freundin. Eva tupfte sich die Wimpern ab ohne daran zu denken, dass sie sich noch gar nicht geschminkt hatte.

„Aber jetzt erzähl doch mal, was wollte Jakob denn hier?" Ramona platzte fast vor Neugierde. „Habt ihr euch wieder versöhnt?"

Resigniert schüttelte Eva den Kopf. „Er will mich

nicht mehr." Erneut traten Tränen in ihre Augen.

„Was soll das heißen – er will dich nicht mehr? Ich dachte, du bist diejenige, die sich scheiden lassen will?"

Eva schwieg. Ertappt! An diese kleine Notlüge hatte sie gar nicht mehr gedacht.

„Dann hat also Jakob sich von dir getrennt?", brachte Ramona die unangenehme Wahrheit auf den Punkt.

Eva nickte betrübt.

Grüblerisch zog Ramona die Nase kraus, sie musste die veränderte Situation erstmal gründlich überdenken. Aber wenn Jakob derjenige war, der die Scheidung wollte – wieso hatte er Eva dann besucht? Das ergab doch überhaupt keinen Sinn!

„Ich glaube, er wollte es mir nur nochmal persönlich sagen, du kennst ihn doch! Er meinte, eine telefonische Trennung habe keinen Stil", äffte Eva ihn nach und verzog angeekelt das Gesicht. „Eine Scheidung ist in seinen Kreisen kein Drama, aber ein Verstoß gegen die guten Sitten wäre absolut unverzeihlich!", sagte sie mit Verbitterung in der Stimme.

„Und dafür ist er extra von Hamburg eingeflogen?", fragte Ramona zweifelnd.

Darauf wusste Eva nichts zu sagen.

Eine Weile hing jede ihren Gedanken nach, bis Ramona vorwurfsvoll meinte: „Du hast jedes Recht, auf mich sauer zu sein, aber eines wollen wir dabei nicht vergessen." Eva sah sie fragend an. „Dass du mich angelogen hast!"

„Es war mir eben peinlich, verlassen zu werden", gab Eva kleinlaut zu. „Aber belogen habe ich dich deswegen noch lange nicht! Ich habe dir bloß nicht alles erzählt, das ist ein Unterschied!"

Ramona musterte ihre Freundin so lange, bis die es merkte, den Kopf hob und ihren Blick erwiderte. Gleichzeitig fingen sie beide an zu lachen.

„Was ist nun mit dem Kaffee? Ich bin nämlich nicht mit leeren Händen gekommen!" Ramona griff in ihre gelbe Beuteltasche und zauberte eine weiße Bäckertüte hervor. „Echte Allgäuer Zwiebelseelen! Ich hoffe, du hast Butter im Haus!"

Die Seelen waren noch warm und mit Gabis hausgemachter Kräuterbutter ein Hochgenuss. Während sie die Allgäuer Spezialität verzehrten, sprachen sie über alles Mögliche, waren aber peinlich darauf bedacht, Themen mit Konfliktpotential zu meiden. Dabei hätte Eva brennend interessiert, was es mit dieser Frau Dr. Werner auf sich hatte, auch wenn sie nicht sicher war, ob sie noch mehr schlechte Nachrichten verkraften würde. Umgekehrt brannte auch Ramona eine Frage auf dem Herzen, sie hätte zu gern gewusst, wie Eva das Haus gefiel. Es war vielleicht nicht im allerbesten Zustand, aber Eva wurde nicht müde zu betonen, wie unglaublich wohl sie sich im Allgäu fühlte. Mit ein bisschen Glück würde sie ganz von allein auf die Idee kommen, ihr das Häuschen abzukaufen. Es müsste allerdings schnell gehen, viel Zeit blieb ihr nicht mehr.

Nur mit halbem Ohr hörte Ramona zu, wie Eva von ihrem Missgeschick am ersten Tag erzählte, das ihr eine unfreiwillige Winterwanderung zu Gabis Hof beschert hatte. Aber als in ihrer Erzählung ein gewisser Gustl auf der Bildfläche erschien, horchte sie interessiert auf. Leider wurde Eva in ihrer

Berichterstattung vom penetranten Surren der Türklingel unterbrochen. Sie ging nach draußen und staunte nicht schlecht. Vor ihr stand kein Geringerer als der Gustl in Person!

„Wenn man vom Teufel spricht…“, murmelte sie. Laut sagte sie jedoch in bester Allgäuer Manier: „Griaß di, komm doch rein!“

„Komm du doch raus!“, entgegnete er lachend.

„Hallo, Gustl“, sagte Ramona, die hinter Eva im Türrahmen erschienen war, mit belegter Stimme.

„Hallo, Ramona.“ Gustl schien plötzlich verlegen.

„Ihr kennt euch?“ Irritiert sah Eva vom einen zum andern. Gustl und Ramona wechselten einen aufschlussreichen Blick. Da die Situation drohte, unangenehm zu werden, sagte Eva an Gustl gewandt: „Komm, trink einen Kaffee mit uns!“

Das ließ der sich nicht zweimal sagen, er trottete hinter Ramona her in die Küche.

Eva schloss die Haustür und lehnte sich rücklings dagegen. Sieh an, sieh an, der Gustl und die Ramona! Das war ja hochinteressant. Aber etwas anderes war noch viel interessanter, sie verspürte keinen Funken Eifersucht! Eva horchte tief in sich hinein, aber da war – nichts. Und dafür konnte es nur eine logische Erklärung geben: Sie liebt einen anderen Mann. Ihren Mann!

Als Eva in die Küche zurückkam, saßen Ramona und Gustl harmonisch beim Kaffee und beratschlagten, was man mit dem angebrochen Tag Sinnvolles anfangen könnte.

„Ramona wollte runter zu den Buchenegger Wasserfällen, aber ich hab ihr abgeraten, weil das Wetter garantiert nicht hält“, brachte Gustl Eva auf den neuesten Stand.

„Woher willst du das wissen?“, fragte Eva, die sich eben noch über den strahlendblauen Himmel gefreut hatte, ungläubig.

Er grinste frech. „Mei, das weiß ich halt! Glaubt mir, keine zwei Stunden und es wird regnen, was runter kann.“

„Also, was schlägst du vor?“, fragte Ramona.

„Ich an eurer Stelle würd in die Sauna gehen, bei einem rechten Sauwetter ist das genau das Richtige.“

„In Oberstaufen soll es ein schönes Hallenbad geben“, warf Ramona ein.

Gustl fing Evas skeptischen Blick auf und korrigierte: „Nicht das, was du jetzt denkst. Es ist kein normales Hallenbad!“

„Aber bitte nicht so ein Spaßbad!“ Eva erinnerte sich mit Grausen daran, wie Jakob und sie vor Urzeiten in einem solchen vergeblich versucht hatten, inmitten junger Familien Entspannung zu finden. Nein, danke, einmal und nie wieder!

„Also, Spaß macht es schon, aber es ist eher – wie soll ich sagen?“ Dem wortkargen Gustl fiel es schwer, seine Gedanken so auszudrücken, dass andere sie verstanden. Abwartend sahen die beiden Frauen ihn an und er wurde rot. „Es nennt sich Erlebnisbad und ist mehr was für Genießer. Und das seid ihr zwei doch, oder?“ Seinem Grinsen war unschwer abzulesen, woran er dachte. „Besonders der Ausblick wird euch gefallen, von der Gipfelsauna aus schaut man direkt auf den Hochgrat!“

„Also mir würde der Ausblick noch besser gefallen, wenn du mitkommst“, sagte Ramona mit einem aufreizenden Lächeln.

Gustl sah flüchtig zu Eva, dann sagte er: „Ich glaub, ich lass euch lieber allein, da störe ich ja doch nur." Er zwinkerte verschwörerisch, stand auf und bedankte sich für den Kaffee.

Nachdem Eva ihn zur Tür gebracht hatte, beschlossen sie, seinen Rat zu befolgen. Wenn Gustl als Einheimischer das Bad in den höchsten Tönen lobte, war es allemal ein Versuch wert.

Gepeinigt von einer schlaflosen Nacht bereute Jakob es an diesem Morgen zutiefst, nicht auf dem durchgesessenen Sofa eines heruntergekommenen Allgäuer Ferienhauses aufgewacht zu sein. Er hasste es, wenn unvorhergesehene Ereignisse seine Pläne durchkreuzten, und dass er einen Teil davon diesmal selbst verursacht hatte, machte die Sache nicht besser.

Schon kurz nach dem Aufstehen hielt er es in Evas Wohnung nicht mehr aus. Ziellos flanierte er durch den frühlingshaften Englischen Garten und gönnte sich einen Abstecher zu Dallmayr, aber nicht einmal der Champagner vermochte seine düstere Stimmung aufzuhellen, zu sehr erinnerte ihn alles in dieser Stadt an Eva. Den halben Tag verbummelte er mit süßem Nichtstun, das einen bitteren Nachgeschmack hatte.

Weil ihm sonst nichts einfiel, womit er sich die Zeit vertreiben könnte, suchte Jakob eine Buchhandlung auf. Zielstrebig stieg er die Treppen ins zweite Stockwerk hinauf, wo sich die Designabteilung befand, in der er sich bald darauf in einem roten Clubsessel sitzend zwischen Haptik und Bionik verlor. Ein großformatiger Bildband hatte es ihm besonders angetan und er entschied, das Buch zu kaufen.

Ordentlich, wie Jakob nun einmal war, stellte er die anderen Bücher zurück ins Regal, wofür er von einer blassen, stupsnasigen Frau mit blondem Dutt und Hornbrille, die aussah wie der Prototyp einer Bibliothekarin, ein anerkennendes Lächeln erntete. Fast entschuldigend nickte er ihr zu. Er war gerade dabei, das letzte der Buch an seinen Platz zu stellen, da hörte er hinter sich eine rauchige Stimme sagen: „Und die Schilling nehmen wir aus dem Programm! Kannst du bitte dafür sorgen, dass sie sowohl bei den Ratgebern, als auch in der Medienecke rausfliegt? Sonst steht die nirgends mehr, oder?“

Bei der Nennung seines Namens horchte Jakob auf. Er tat, als studiere er die Buchrücken vor seiner Nase und verfolgte interessiert den weiteren Dialog.

Eine dünne Stimme, vermutlich die der Stupsnasigen, antwortete: „Wird erledigt, Frau Meier. Aber unten bei den Bestsellern liegt sie auch noch.“

„Richtig, daran hab ich gar nicht mehr gedacht! Die gute Frau wird sich deppert ärgern, dass ihr das ausgerechnet jetzt passiert, wo sie so gut im Geschäft war. Aber ich sag`s ja immer, so ist das im Leben, einmal geht's schief und einmal daneben!“ Die Frau lachte scheppernd.

„Also, ich mochte ihre Show“, meinte die andere. „Schon verrückt, dass sie die jetzt wegen so einer blöden Geschichte verloren hat!“

Darauf wusste Frau Meier offenbar nichts mehr zu sagen. Unauffällig drehte Jakob sich um und sah, wie eine dickliche Frau mit kurzem, grauem Haar zwischen den Regalreihen verschwand, während die mit dem Dutt einen Stapel Bücher vom Tisch aufnahm und davontrug. Viel mehr als den knallig gelben Einband konnte er zwar nicht erkennen, doch der war ihm Beweis genug, dass es sich um Evas Buch handeln musste.

Bestürzt sank er in den Clubsessel. Dann war Evas Befürchtung, die Scheidung würde sie ihren Job kosten, also nicht übertrieben. Aber dass es so schnell gehen und derart dramatische Konsequenzen nach sich ziehen würde, das hätte wahrscheinlich nicht einmal sie erwartet.

Zurück in Evas Wohnung versuchte Jakob verzweifelt, seinen Freund und engsten Vertrauten Uwe zu erreichen. Die Schuldgefühle erdrückten ihn fast, er brauchte dringend jemanden zum Reden. Doch Uwes Assistentin informierte ihn, er sitze in einem wichtigen Meeting und dürfe keinesfalls gestört werden.

Jakob hielt das Handy noch in der Hand, als es piepend den Eingang einer neuen Textnachricht ankündigte. Er drückte ein paar Tasten und las: „Achtung, hiermit informieren wir Sie, dass Ihr Flug mit der Nummer LH 2086 von München nach Hamburg aufgrund eines Fluglotsenstreiks gecancelt wurde. Für weitere Informationen kontaktieren Sie bitte die Hotline unter …"

Zuerst warf er das Handy auf den Tisch, dann sich selbst der Länge nach aufs Sofa. Er war kein schicksalsgläubiger Mensch, aber seit er den Entschluss gefasst hatte, sich von seiner Frau zu trennen, schien sich die ganze Welt gegen ihn verschworen zu haben. Ida würde sagen: „Das ist ein Zeichen." Und er war geneigt, diese Möglichkeit erstmals ernsthaft in Betracht zu ziehen.

VIII

Der Gustl sollte wieder mal Recht behalten, und das gleich doppelt. Sowie Eva und Ramona die Eingangstür zum Schwimmbad erreichten, erfüllte sich seine Wettervorhersage und ein heftiger Regen setzte ein. Aber auch seine zweite Prognose traf vollumfänglich zu, denn das Erlebnisbad machte seinem Namen alle Ehre, es war wirklich eines! Eva verliebte sich auf Anhieb in das Solebecken, aus dem sie gar nicht mehr herauswollte, und auch die Saunalandschaft hielt, was der Gustl versprochen hatte: Finnisch, Bio, Dampfbad, für jeden war das Passende dabei. Ramona bevorzugte die hohen Temperaturen, während Eva sich in einem Sprudelbecken aufwärmte. Und endlich trat ein, worauf sie schon nicht mehr zu hoffen gewagt hatte, sie entspannte sich.

An einem gewöhnlichen Wochentag wie diesem war die Anzahl der Badegäste überschaubar, und so fand Eva Ramona mutterseelenallein auf einer gelben Liege in der Ruhezone wieder, wo sie träge vor sich hin dämmerte. Auf dem Kopf trug sie einen Handtuchturban, ihre üppigen Rundungen umhüllte ein geliehener Bademantel. Eva breitete ihr Badelaken auf der Liege neben ihr aus und ließ sich darauf nieder.

„Und der Gustl und du – ihr kennt euch woher?“, stellte sie endlich die Frage, die sie schon seit Stunden umtrieb, denn Ramona hatte diesen Mann nie zuvor erwähnt. Vielleicht, weil er verheiratet war?

„Ach, der Gustl“, sagte Ramona schläfrig und gähnte. „Du weißt doch sicher noch, dass ich damals öfters ins Allgäu gefahren bin, um nach Tante Hedwig zu sehen. Und bei meinem letzten Besuch hab ich dann zufällig den Gustl kennengelernt." Sie verschränkte die Arme vor der Brust, ein unmissverständliches Zeichen dafür, dass die Geschichte zu Ende erzählt war.

Trotzdem bohrte Eva nach. „War da was zwischen euch?"

„Nicht der Rede wert", wiegelte Ramona ab. Es war ihr deutlich anzumerken, dass sie nicht darüber reden wollte, was für jemand wie sie, der immer alles in die Welt hinausposaunen musste, bemerkenswert war. „Wieso fragst du? Gefällt er dir etwa?" Sie grinste anzüglich.

„Gott bewahre, der ist doch überhaupt nicht mein Typ!", entgegnete Eva mit einer Heftigkeit, die Ramona erstaunt die Augenbrauen heben ließ.

„Bitte, bedien dich, meinen Segen hast du", sagte sie großzügig und zupfte den Ausschnitt ihres Bademantels zurecht, was vergebliche Liebesmüh war, denn niemand nahm von ihr Notiz. Verstohlen spähte Ramona zu Eva rüber. Ihre Augen waren geschlossen, die Gesichtszüge entspannt, sie sah aus, als wollte sie jeden Moment einschlafen. Der Zeitpunkt schien günstig, jetzt oder nie!

„Gefällt`s dir eigentlich im Allgäu?", fragte Ramona unverbindlich und merkte zu spät, dass Eva ihr die Antwort darauf bereits beim Frühstück in epischer Breite gegeben hatte.

„Weißt du doch", murmelte sie denn auch prompt ohne sich zu rühren.

So ging es nicht, sie musste die Sache anders angehen. „So ein Ferienhaus ist doch praktisch", fing

Ramona unverfänglich an, „da kannst du jederzeit die laute Stadt hinter dir lassen und in Ruhe ausspannen. Wenn man bedenkt, dass es kaum zwei Stunden bis nach München sind, ist das schon toll, oder?“

„Findest du? Warum warst du dann in den letzten Jahren nie hier?“, konterte Eva mit bestechend scharfer Logik.

Gute Frage. Ramona kaute auf ihrer Unterlippe und dachte nach. „Ach, weißt du, wenn man allein ist, macht das keinen rechten Spaß, da fühlt man sich höchstens noch einsamer. Du dagegen …“ Sie erkannte den Fettnapf erst, nachdem sie bereits mit Anlauf hineingesprungen war.

„Du meinst also, ein Neu-Single wie ich sollte sich besser ins Nachtleben stürzen, anstatt in einem halbverfallenen Ferienhaus irgendwo im Nirgendwo zu vereinsamen?“, sagte Eva spöttisch. Sie stützte sich auf den Ellbogen ab und durchbohrte Ramona mit verächtlichen Blicken. „Aber wenn du das schon vorher gewusst hast, wieso sollte ich dann unbedingt hierherfahren?“

Betreten sah Ramona zur Seite. Wie dämlich konnte man sein? Wütend auf ihre eigene Dummheit brach es aus ihr heraus: „Weil ich gedacht habe, das Haus würde dir gefallen!“

„Das tut es auch“, versicherte Eva, „allerdings musst du eine Menge daran machen lassen, so kann es unmöglich bleiben!“

„Ich weiß! Deshalb ja! Mir fehlt dazu leider das nötige Kleingeld, aber du …“ Ramona brach ab.

Ruckartig setzte Eva sich auf und sah sie entgeistert an. „Ach, so ist das? Du denkst, ich kann mir das locker leisten, besonders jetzt, da ich von meinem Mann eine dicke Abfindung zu erwarten habe?" Plötzlich ergab alles einen Sinn. „Du hast darauf spekuliert, dass mir dein Haus so gut gefällt, dass ich die Renovierungskosten übernehme?" Verärgert stand Eva auf und riss ihr Handtuch von der Liege. „Weißt du, was du bist? Ein Egoist!"

Sie war mit jedem Wort lauter geworden und hatte ungewollt die Aufmerksamkeit zweier älterer Damen auf sich gezogen, die aufgeregt miteinander tuschelten. Eva bemerkte es, kam zwei Schritte näher und zischte Ramona halblaut zu: „Und sowas will meine beste Freundin sein! Dass ich nicht lache!"

Zerknirscht guckte Ramona unter ihrem gelben Turban hervor. „Bitte, Eva, versteh doch!"

„Ist es das, was du unter Freundschaft verstehst? Nicht eine Sekunde hast du an mich gedacht! Alles dreht sich immer nur um dich! Ramona Santos, hör auf, um dich selbst zu kreisen und werd endlich erwachsen!"

Ramona schoss hoch. „Jetzt bist du aber unfair! Wem verdankst du denn deine Bilderbuchkarriere? Und die dicke Kohle? Ohne mich wärst du doch immer noch die kleine Lektorin im Schulbuchverlag!", giftete sie zurück.

„Du spinnst ja komplett!" Eva stieg die Zornesröte ins Gesicht. „Hast du etwa schon vergessen, was damals für dich auf dem Spiel stand? Wenn ich mich nicht auf diesen Irrsinn eingelassen hätte, wärst du doch längste Zeit Producerin gewesen! Und dass meine Show erfolgreich läuft, verdankt ihr einzig und allein mir!"

„Wie kannst du nur so undankbar sein!", erwiderte Ramona und stand auf. Schwungvoll warf sie das

Saunatuch über die Schulter, schlüpfte in die Badelatschen und schlappte kopfschüttelnd von dannen.

Frustriert warf Eva sich auf die Liege. Das war ja mal wieder typisch, bei Schwierigkeiten einfach das Handtuch zu werfen und abzutauchen! „Grrr!“, machte Eva genervt, war aber zuversichtlich, dass Ramona schon bald wieder auftauchen würde. Doch dann hatte sie ein Déjà-vu. Denn sie traf sie weder unter der Dusche an, noch bei den Umkleidekabinen oder im Restaurant. Ramona war wie vom Erdboden verschluckt.

Ratlos ging Eva hinunter zum Parkplatz und fand ihr Auto dort, wo sie es abgestellt hatte, doch von Ramona keine Spur. Es war nicht das erste Mal, dass es zwischen ihnen gekracht hatte. Ramona war ein Hitzkopf und leicht in Rage zu bringen, Eva hingegen neigte dazu, schnell beleidigt zu sein. Aber für gewöhnlich regten sie sich beide auch genauso schnell wieder ab. Eva beschloss zu warten. Sie setzte sich ins Auto und begann, die am Boden herumliegenden Knöpfe von Gabis Kissen einzusammeln. Wie immer würde sie diese in die alte Hutschachtel werfen – alle, bis auf einen. Denn von allen Knöpfen, die sie entfernte, kam jeweils einer in ihre Kiste der Erinnerung. Von Zeit zu Zeit holte sie diese hervor und besah sich die kostbaren Stücke, von denen jeder eine Geschichte erzählen konnte.

Nachdem sie eine geschlagene Stunde lang vergeblich gewartet hatte, gab Eva auf und fuhr zurück zum Ferienhaus. Aber der morastige Kiesplatz, auf dem Ramonas roter MINI gestanden hatte, war leer.

Ungewöhnlich ausgeruht sprang Eva aus dem Bett und stellte verwundert fest, dass dies bereits ihr fünfter Morgen im Allgäu war. Wenn sie an den Abend ihrer Ankunft zurückdachte, war es schon erstaunlich, dass sie es in diesem unwirtlichen Haus so lange ausgehalten hatte. Sie begab sich in die Küche, wo sie mit routinierten Handgriffen das Kaffeewasser aufsetzte. Sogar das umständliche Prozedere, das vonnöten war, um an eine Tasse Kaffee zu gelangen, machte ihr nichts mehr aus. Sie hatte begonnen, das kleine Ritual zu genießen, denn es erlaubte ihr einen herrlich entspannten Start in den Tag.

Evas gute Laune hielt aber nur so lange an, bis der Wasserkessel zu Pfeifen begann. In diesem Moment fiel ihr wieder ein, dass sie binnen weniger Tage nicht nur ihren Mann, sondern auch ihre beste Freundin verloren hatte! Wobei sie geneigt war, letzteres als den größeren Verlust anzusehen. Jakob kannte sie kaum zehn Jahre, mit Ramona Kiefner hingegen, wie sie bis zu ihrer kurzen Ehe mit einem gewissen Juan Santos geheißen hatte, verband sie eine langjährige Freundschaft, die noch von gemeinsamen Grundschulzeiten herrührte.

Während Eva ihre Kaffee-Zeremonie vollzog, überdachte sie ihre Lage. Was Ramona anbelangte, war sie trotz allem optimistisch gestimmt, die würde sich schon wieder einkriegen. Aber dass sie allen Ernstes geglaubt hatte, sie würde ihr diese abbruchreife Bude auf eigene Kosten sanieren, das war absurd! Selbst wenn sie es gewollte hätte, Eva hatte gar nicht das Geld dazu. Bei ihrem Job sprang zwar ein schöner, monatlicher Obolus heraus und auch das Buch hatte ihr ein nettes Honorar in die

Kasse gespült, aber nach Jahren am Existenzminimum besaß Eva so gut wie keine Rücklagen. Dazu kam, dass sie einen aufwändigen Lebensstil pflegte. Wenn sie allein an die Unsummen dachte, die ihr Penthouse Monat für Monat verschlang, wurde ihr ganz anders. Gut möglich, dass sie nach der Scheidung den Gürtel enger schnallen musste. Auf ihr Appartement allerdings würde sie nur ungern verzichten. Und wenn zu allem Unglück nun auch noch ihr geregeltes Einkommen wegbrechen sollte, wären die fetten Jahre ganz schnell vorbei.

Eva gab einen ordentlichen Schwups Milch in den Kaffee und nahm die Tasse mit auf die Ofenbank, die zu ihrem Lieblingsplatz geworden war. Um ein Haar wäre ihr gestern Abend das Feuer ausgegangen und sie war schon drauf und dran, den Gustl anzurufen, der ihr für diesen Fall netterweise seine Handynummer dagelassen hatte. Aber dank der alten Tageszeitung, die Ramona auf der Küchenbank vergessen hatte, war es Eva gelungen, die Glut neu zu entfachen und das Feuer wieder in Gang zu bringen. Ach, wenn das mit ihrer Ehe doch nur auch so einfach wäre!

Behaglich lehnte sie sich gegen die warme Kachelwand und nippte an ihrem Kaffee. Die Sonne blinzelte durch das Stubenfenster und Eva hatte zwei Gedanken gleichzeitig. Zum einen überfiel sie ein unbändiger Heißhunger auf etwas Süßes, zum andern bekam sie beim Anblick der Staubflöckchen, die von der Sonne angestrahlt wie Nebel durch den Raum tanzten, plötzlich Lust, den Besen zu schwingen. Wenn sie schon dazu verdonnert war hierzublieben, wollte sie es wenigstens sauber haben! Sie würde sich das Haus gründlich vorknöpfen, aber vorher musste sie dringend zum Bäcker.

Eva nahm nicht den Weg, über den das Navi sie geleitet hätte, sondern entschied sich für die von Gustl empfohlene Strecke, die am Skilift vorbeiführte und durch hübsche Weiler mit schönen, alten Bauernhäusern. Allgäu-Idylle pur!

Der Lift stand still, das milde Tauwetter hatte auf der Piste zahlreiche grüne Flecken freigelegt. Es sah aus, als hätte der Hang aufgeschlagene Knie. Eva fuhr bewusst langsam, die Straße war beängstigend schmal. Sie hoffte inständig, dass ihr in den unübersichtlichen Kurven keiner entgegenkam, denn die Allgäuer waren furchtlos und schossen mit Karacho um die Ecke. Das letzte Stück des Weges versetzte sie mitten hinein in ein kitschiges Postkartenmotiv. Verschlafen lag der Kurort mit seinem spitzen Kirchturm vor ihr, dahinter erhob sich die Nagelfluhkette, über der ein Strahl der Morgensonne müde durch die Wolken blinzelte.

Trotz der frühen Stunde herrschte im Dorfzentrum munteres Treiben. Bergurlauber waren dafür bekannt, zeitig aus den Federn zu kriechen, um nur ja keine der kostbaren Minuten an der frischen Luft zu verpassen. Eine Haltung, für die Eva bislang kaum mehr als ein müdes Lächeln übrig gehabt hätte, doch jetzt, da sie in der Bäckerei hinter einer Wand aus Menschen in Skianzügen und Funktionskleidung anstand, fühlte sie sich als eine von ihnen. Gutgelaunt, naturverbunden, bodenständig – und auf eine nie gekannte Weise lebendig.

Frisch gestärkt machte sie sich auf den Weg zurück

zum Auto, dabei kam sie zufällig an einer Apotheke vorbei. Im Schaufenster hing das Bild einer stillenden Mutter, das für ein Vitamin-Präparat für Schwangere warb. Obwohl sie ziemlich sicher war, nicht schwanger zu sein, schaffte das Plakat, Eva zu beunruhigen. Sie konnte nicht leugnen, dass sie in letzter Zeit an unerklärlichen Fressattacken litt, auch war ihr öfters schwindlig oder schlecht. Wahrscheinlich kam das alles nur vom Stress, aber es konnte nicht schaden, letzte Gewissheit zu haben. Kurzentschlossen betrat Eva die Apotheke und kam gleich darauf mit dem Schlüssel zur Wahrheit in der Handtasche wieder heraus.

An einem Kiosk fiel ihr Blick zufällig auf eine Schlagzeile und das Nusshörnchen in ihrem Magen schlug vor Schreck einen Salto. Dick und fett prangten die Lettern auf der Titelseite des Boulevardblatts: „Beziehungsexpertin als Hochstaplerin entlarvt! Schilling schleicht sich mit falschem Doktortitel in Münchner Privatsender ein!“. Das Foto von ihr war denkbar unvorteilhaft, ein Schnappschuss von schräg oben. Eva kannte das Bild, es war auf einer Signierstunde bei Hugendubel entstanden. Mit weit aufgerissenen Augen starrte sie direkt in die Kamera, was im Hinblick auf die reißerische Headline gut gewählt war, denn sie wirkte überrascht, vielleicht ertappt.

Unter ihrem Daunenanorak wurde Eva abwechselnd heiß und kalt. Hastig riss sie ein Exemplar aus dem Zeitungsständer. Die Frau hinter der Kasse blickte von ihrer Lektüre auf und unterzog sie über ihre rahmenlose Brille hinweg einer durchdringenden Musterung. Eva wagte kaum, sie anzusehen. Die

Hitzewallungen verstärkten sich, mit zitterten Händen nahm sie das Wechselgeld entgegen. Gesenkten Blickes steuerte Eva das kleine Café zwei Häuser weiter an, sie hatte das Gefühl, ihr könnten jeden Moment die Beine versagen. Kraftlos sank sie in den erstbesten Sessel, holte tief Luft und begann zu lesen.

Der Artikel war hochdramatisch – und eindeutig. Man warf ihr nichts weniger vor als Betrug! Fassungslos schnappte Eva nach Luft. Ein pickliger, junger Mann stand plötzlich wie aus dem Boden gewachsen vor ihr. Geistesabwesend bestellte Eva einen Espresso, dann vertiefte sie sich abermals in den Bericht. So, wie der Sachverhalt geschildert wurde, mussten die Leser zwangsläufig zu dem Schluss kommen, dass sie gar nicht promoviert hatte. Hatte sie aber! Nur eben nicht in Psychologie.

Schockiert ließ Eva die Zeitung sinken, jetzt war alles aus! Sie bemühte sich gar nicht erst, gegen die aufsteigenden Tränen anzukämpfen. Spätestens jetzt spielte es wirklich keine Rolle mehr, ob Jakob zu ihr zurückkam oder nicht, denn nach dieser peinlichen Enthüllung war sie ihren Job garantiert los!

Der Espresso wurde serviert. Eva schüttete ihn in einem Zug hinunter und wünschte, sie hätte etwas Härteres bestellt. Sie stellte das Tässchen auf dem dreibeinigen Beistelltisch ab und sah sich unauffällig um. Der elegante Herr am Fenstertisch wandte demonstrativ uninteressiert den Blick ab, und auch die junge Frau weiter hinten im Raum gab sich auffällig unauffällig und tippte auf ihrem Smartphone herum. Beobachteten die sie alle oder bildete sie sich das nur ein?

Eva beeilte sich, vier Euro auf die Untertasse zu

zählen – mehr konnte der Kaffee nicht einmal in einem teuren Kurort wie diesem kosten – setzte die Sonnenbrille auf, griff nach ihrer Tasche und verließ im Laufschritt das Café. Doch schon vor der Tür stolperte sie über den nächsten Aufreger.

Selbst aus dieser Entfernung konnte Eva das Buch, das auf dem Krabbeltisch vor der Buchhandlung schräg gegenüber auslag, zweifelsfrei identifizieren – es war ihr Ratgeber! Das knallige Cover stach leuchtend gelb aus den anderen Büchern heraus, ein cleverer Schachzug des Verlagsmarketings, der sich jetzt jedoch gnadenlos gegen sie wendete. Denn obendrüber hing ein oranges Schild mit der Aufschrift: Sonderpreis 50%. Eva glaubte, ihren Augen nicht zu trauen. Panisch presste sie ihre Tasche an sich und lief zurück zu ihrem Wagen.

Tränen verschleierten ihr die Sicht, so dass sie ein ums andere Mal dem Bankett gefährlich nahe kam. Eva blinzelte ein paarmal, das fehlte gerade noch, dass sie wegen dieser Geschichte im Graben landete! Wie sie es auch drehte und wendete, sie konnte sich keinen Reim darauf machen. Wer kam auf die Idee, nach ihrer Doktorarbeit zu fahnden? Zwar war diese im Katalog der Universitätsbibliothek frei zugänglich, aber man musste sich die Mühe machen, sie dort einzusehen. Fragte sich nur, wer so etwas tat und weshalb. Und warum ausgerechnet jetzt? Etwas in ihr weigerte sich, an einen dummen Zufall zu glauben.

Wer könnte ein Interesse daran haben, dass sie ihren Job verlor? Raoul? Wohl kaum. Jakob? Diese Vorstellung war trotz allem erheiternd, denn ihr werter Gatte besaß nicht einmal genügend kriminelle Energie, um einen im Einkaufswagen vergessenen

Euro einzustecken. Nein, für eine derart hinterhältige Verleumdungskampagne kam er nicht in Frage. Der Gedanke schmerzte, aber – was war mit Ramona? Hatte sie nicht soeben unter Beweis gestellt, wie berechnend sie sein konnte? Was, wenn sie es doch nur auf ihren Job abgesehen hatte? Einiges sprach dafür, aber zu vieles dagegen. Allem voran, dass Raoul ihr niemals die Sendung überlassen würde, schon deshalb nicht, weil er sie als Mädchen für alles dringender brauchte. Aber wenn sie es nicht war, wer war es dann?

Sein Gesicht hatte denselben Rotton angenommen wie sein Hemd. Rote Hemden waren das Markenzeichen von Raoul da Silva, er besaß sie in diversen Ausführungen. Die Version, die heute unter dem Kragen seines schwarzen, maßgeschneiderten Sakkos hervorlugte, war blutrot wie die Muleta eines Toreros. Und er so wütend wie ein Stier in der Arena.

Nichtsahnend war er kurz vor acht ins Büro gekommen, aber schon als er aus dem Aufzug trat, hatte er es gespürt: Ärger lag in der Luft! Sein Gruß blieb unbeantwortet, alle waren in ihren Büros verschwunden wie Mäuse beim Anblick des Katers in ihren Löchern. Ganz allein hatte Raoul sich an der Kaffeetheke wiedergefunden und mit unumstößlicher Sicherheit gewusst, dass dies ein Scheißtag werden würde. Normalerweise fing ihn immer jemand beim Kaffeeholen ab und quatschte ihn schräg von der Seite an, wohl wissend, dass Raoul später am Tag kaum mehr ansprechbar sein würde. Aber nicht heute.

Mangels Gesellschaft hatte er den blauen Kaffeebecher mit dem sternförmigen, gelben Logo mit in sein Büro genommen, wo wie jeden Morgen schon eine Auswahl Tageszeitungen auf ihn wartete. Das Corpus Delicti lag ganz zuoberst. Ein flüchtiger Blick, und ihm war die Galle übergegangen. Warum hatte es in diesem Scheißladen niemand für nötig gehalten, ihn darüber zu informieren, dass Eva Schilling keine promovierte Psychologin war? Er hätte sie doch niemals ans Mikro gelassen!

Raoul stieß eine Salve portugiesischer Schimpfwörter aus und trat ans Fenster. Friedlich lag seine Wahlheimat ihm zu Füßen, sie konnte ja nicht ahnen, welcher Heimsuchung einer ihrer Söhne ausgesetzt war. Er spuckte einen weiteren Fluch aus, der so saftig war, dass er Tröpfchen an der Scheibe hinterließ. Dabei wusste er nicht einmal, an wen er seine wüsten Verwünschungen adressieren sollte. An Eva? Hatte sie ihn vorsätzlich getäuscht? Er kannte sie als korrekte, aufrichtige Person, daher fiel es ihm schwer, das zu glauben. Zwar konnte er sich nicht daran erinnern, einen Lebenslauf von ihr zu Gesicht bekommen zu haben, aber er könnte auch nicht beschwören, dass er sie jemals danach gefragt hatte.

Was war mit ihrer Busenfreundin Ramona? Sie musste die Hintergründe gekannt haben. Verdankte er ihr diese peinliche Enthüllung, die seinem Sender einen wirtschaftlichen Schaden in mindestens sechsstelliger, ach was, in Millionenhöhe zufügen würde?

Er ging zurück an den überdimensionierten, schwarzen Schreibtisch und drückte eine Kurzwahltaste am Telefon. Dann stellte er den Lautsprecher an, aber es klingelte ins Leere.

„Fodes!“, schrie er aufgebracht und unterbrach die Verbindung, um es umgehend erneut zu versuchen.

Diesmal hatte er mehr Glück, Herta ging sofort ran.

„Raoul, was gibt`s?“, fragte sie freundlich.

„Schick Ramona rein!“, bellte er.

„Aber selbstverständlich, Raoul, sehr gern“, flötete Herta.

Er knurrte. Wenn er etwas hasste, dann war es Heuchelei. Raoul warf sich in seinen Chefsessel und drehtc ihn zum Fenster. Er legte die dicht behaarten Hände an die Stirn und dachte nach. Eine Pose, dic er für intellektuell hielt, und die er ursprünglich für Momente einstudiert hatte, in denen er Publikum hatte. Doch sie war ihm längst in Fleisch und Blut übergegangen. Ganz ruhig, befahl er sich selbst. Jeder Zug wollte jetzt genau überlegt sein, er durfte nichts überstürzen.

Es hätte keinen unpassenderen Zeitpunkt für einen Skandal geben können, denn er stand unmittelbar davor, offiziell als der benannt zu werden, der er inoffiziell in den Augen vieler bereits war, der Kronprinz des Verlags! Nicht auszudenken, welche Konsequenzen dieser Skandal auf seine Karriere haben würde! Wenn der König in Gefahr war, gab es nur eine Strategie, die ihn retten konnte. Er brauchte ein Bauernopfer, und zwar schnell!

Wieder einmal stand Ramona unentschlossen vor Raouls Bürotür und trat von einem Bein aufs andere. Sie konnte sich unschwer vorstellen, was sie da drin erwarten würde. Sie war diejenige, die Eva dazu ermutigt hatte, eine Auszeit zu nehmen, womit sie in Raouls Augen den Ruf des Senders aufs Spiel gesetzt hatte. Aber wie hätte sie vorhersehen sollen, dass Eva entgegen ihrer Abmachung zuerst die Redaktionskonferenz schwänzen und dann ihre eigene Sendung verpassen würde? Sie wünschte, sie stünde jetzt neben ihr, doch leider war die Mission, Eva zurückzuholen, auf ganzer Linie gescheitert. Schlimmer noch, sie hatte es gar nicht erst versucht! Und warum nicht? Weil ihr das Wasser bis zum Hals stand! Aber das würde einen Raoul natürlich herzlich wenig interessieren.

Diesmal wollte ihr beim besten Willen keine kreative Ausrede für ihr Versagen einfallen, deshalb beschloss Ramona, es ausnahmsweise mit der Wahrheit zu versuchen. Sie seufzte schicksalsergeben, hob die Hand, klopfte zweimal und trat, ohne eine Antwort abzuwarten, ein.

„Na endlich!", empfing Raoul sie ungehalten. Für eine Rechtfertigung ließ er ihr keine Zeit, sondern donnerte sofort los: „Kannst du mir das hier erklären?" Mit dem Handrücken wischte er über die Zeitung, die vor ihm auf dem Schreibtisch lag.

Ramona erkannte das reißerische Boulevardblatt am Logo und wackelte verwundert mit dem Kopf. Er gab doch sonst nichts auf Klatschgeschichten. Neugierig trat sie einen Schritt näher und versuchte, einen Blick auf den Aufmacher zu erhaschen.

Raoul zog ein Taschentuch aus seiner Hose und tupfte sich den Schweiß von der Stirn – ein sicheres Anzeichen dafür, dass es sich nicht um eine Bagatelle handeln dürfte.

„Darf ich?", fragte Ramona mutig und drehte die Zeitung so, dass sie die Schlagzeile entziffern konnte. Sie wurde bleich.

Raoul, der sie genau beobachtet hatte, fragte geradeheraus: „Hast du das gewusst?"

„Was? Dass das heute in der Zeitung steht?“

„Nein! Dass Eva uns alle verarscht hat!“, schob er den schwarzen Peter zu Eva und lockte Ramona damit in die Falle.

Schuldbewusst sah sie auf.

„Du hast es gewusst!“, schlussfolgerte Raoul, sank auf seinen Sessel und sackte in sich zusammen. „Du hast mir dieses Kuckucksei untergejubelt?“

„Was hätte ich denn tun sollen?“, rechtfertigte sich Ramona. „Auf die Schnelle war keine ausgebildete Psychologin zu kriegen! Hätte ich mir eine backen sollen? Und, mal ehrlich, besser als Eva hätte die olle Werner den Job auch nicht machen können!“

„Was noch zu beweisen wäre“, murmelte er und drehte seinen Sessel in Ramonas Richtung.

„Hast du eine Ahnung, was hier los ist? Die gesamte deutsche Presse fällt über uns her wie die Aasgeier! Und die Konkurrenz allen voran, auf so eine Gelegenheit haben die doch nur gewartet!“ Er faltete die Hände wie zum Gebet. Trotz seines beträchtlichen Bäuchleins war Raoul ein agiler Typ, doch jetzt wirkte er behäbig. „Ich kann dir gar nicht sagen, wie sehr du mich enttäuscht hast.“

Sein vernichtender Blick ließ Ramona das wahre Ausmaß der Katastrophe erkennen und auch, dass diese nicht ohne Konsequenzen für sie bleiben würde.

„Raoul, bitte! Das konnte doch niemand ahnen!“, flehte sie verzweifelt. „Vielleicht könnte man ja eine Gegendarstellung erwirken?“, versuchte sie sich in konstruktiver Schadensbegrenzung.

Raoul lachte trocken auf. „Und was, bitte, sollte da drin stehen? Dass Frau Dr. Eva Schilling doch die ist, als die sie sich ausgegeben hat? An welcher Fakultät will sie denn promoviert haben? In der Schule des Lebens?“

„Aber sie hat doch promoviert! Nur eben nicht in Psychologie!“

„Sondern?“, gab er mürrisch zurück.

„Vergleichende Literaturwissenschaften“, gestand Ramona kleinlaut.

Raoul verdrehte die Augen. „Womit sie bestens für die Rolle als Beziehungsexpertin qualifiziert ist! Und ihre Doktorarbeit hat sie worüber geschrieben? Romeo und Julia? Tristan und Isolde? Max und Moritz?“ Er schüttelte den Kopf über so viel Naivität. Dann reckte er den Zeigefinger in die Luft und sagte: „In einem Punkt hast du allerdings Recht.“

Hoffnungsvoll sah Ramona ihn an.

„Wir müssen sofort eine Presseinformation herausgeben. Würdest du das bitte mit Philipp koordinieren?“

Sie beeilte sich zu nicken.

„Schreibt: Als Reaktion auf die jüngsten Enthüllungen trennt sich Radio Isarstar mit sofortiger Wirkung von Eva Schilling.“ Er stutzte und korrigierte sich: „Oder meinetwegen auch Dr. Eva Schilling.“

Bestürzt rief sie: „Das kannst du nicht von mir verlangen!“

Doch Raoul sagte kalt: „Wenn du es nicht tust, wird sich eben Herta darum kümmern.“

Mit weinerlicher Stimme fragte Ramona: „Du willst Eva allen Ernstes rauswerfen?“

„Mir bleibt keine andere Wahl.“ Er verschränkte die Arme vor der Brust und erinnert sie: „Woran du im Übrigen nicht ganz unschuldig bist!“

„Wenn Eva gehen muss“, sagte Ramona und straffte trotzig die Schultern, „dann gehe ich auch!“

„Tu, was du nicht lassen kannst!“, entgegnete Raoul emotionslos. „Da ist die Tür!“

Damit war sie entlassen. Und das im doppelten Sinne.

Ramona trat hinaus vor das hohe Bürogebäude im Norden Schwabings und hatte das Gefühl, in einem bösen Traum gelandet zu sein. Jeden Moment würde sie aufwachen und alles wäre gut. Aber der kalte Wind, der ihr unbarmherzig entgegenblies, ließ keinen Zweifel daran, dass gar nichts gut war. Die Realität hatte sie mit unerbittlicher Härte getroffen, sie war gefeuert!

Sie drückte die Pappschachtel an die Brust, überquerte die Straße und ging zum Firmenparkplatz. Ein letztes Mal würde sie zur Schranke fahren und darauf warten, dass sie hochging. Zurückkommen konnte sie nicht, denn ihre Berechtigungskarte lag oben auf Hertas Schreibtisch. Das hatte sie jetzt davon, dass sie ständig allen helfen musste! Aber weder Eva, noch Raoul hatte ihre Hilfe nicht zu schätzen gewusst. Und wenn schon! Sollten sie doch zusehen, wie sie allein klarkämen!

Vorsichtig balancierte Ramona den Karton mit der einen Hand und betätigte den Türöffner mit der anderen. Sie hievte die Schachtel, die ihre persönlichen Gegenstände enthielt, die den Arbeitsplatz am Fenster als den ihren gekennzeichnet hatten, auf den Beifahrersitz, anschließend sich selbst auf den Fahrersitz. Mit tränenumflorten Augen blickte sie hinauf zum siebten Stock, wo ihr Büro gewesen war.

Sie wollte hier nicht weg, der Sender war doch viel mehr als nur ein Job, er war ihre Familie!

Kraftlos hielt sie sich am Lenkrad fest, als wäre es ein Rettungsring. So was Dummes aber auch! Jetzt hatte nicht nur Eva ihren Job verloren, sondern sie ihren gleich mit! Gegen Evas Rauswurf war sie machtlos gewesen, aber ihren eigenen hätte sie mühelos verhindern können! Warum konnte sie auch nie die Klappe halten, wenn es darauf ankam? In die Enttäuschung mischte sich Wut, allem voran auf sich selbst. Ramona konnte nicht mehr mitzählen, wie oft ihr vorschnelles Mundwerk sie schon in Schwierigkeiten gebracht hatte. Der heutige Tag allerdings markierte den traurigen Höhepunkt.

Seufzend startete sie den Wagen. Die Schranke öffnete sich und ließ sie passieren. Ein letztes Mal fuhr sie den vertrauten Weg heim nach Moosach, wo sich ihre kleine, aber kuschelige Zweizimmerwohnung befand. Neben dem kurzen Weg zur Arbeit hatte vor allem der dazugehörige Gartenanteil den Ausschlag dafür gegeben, die Parterre-Wohnung anzumieten. Der bot zwar kaum genug Platz für ein paar Radieschen und Möhren, aber Ramona hatte im hintersten Winkel eine kleine Gartenlaube errichtet und liebte es, auf dem Sitzplatz davor in der Sonne zu braten. Dass sie dabei von fünf der sieben Mietparteien des Mehrfamilienhauses beobachtet werden konnte, störte sie nicht. Wozu gab es Sonnenschirme?

Sie setzte den Blinker, drosselte die Geschwindigkeit und bog in die verkehrsberuhigte Zone ein. Im Schritttempo näherte sie sich dem grauen Haus mit der Nummer 48. Ramona hatte die Tiefgarageneinfahrt fast schon erreicht, da bemerkte sie den

Mann, der vor dem Eingang stand. Er kam ihr irgendwoher bekannt vor. Neugierig ließ sie die Einfahrt links liegen und fuhr langsam an ihm vorbei. Die Erkenntnis traf sie wie der Blitz: Das war doch der Radewitz!

Hoffentlich hatte der Gerichtsvollzieher sie nicht gesehen! Erschrocken trat sie das Gaspedal durch und brauste rasant um die nächste Hausecke. Der hatte ihr gerade noch gefehlt! Mit Unbehagen dachte sie an die unbezahlten Rechnungen, die sich auf ihrem Esstisch stapelten. Schon vor Wochen hatte Ramona aufgehört, die Kuverts zu öffnen, denn bezahlen konnte sie keine einzige davon.

Panikartig wurde ihr bewusst, wie dramatisch sich ihre Situation mit dem heutigen Tag verschlechtert hatte. Sie bekam kaum noch Luft, röchelnd rang sie um Atem, der Schweiß brach ihr aus allen Poren. Aber Ramona wagte nicht, anzuhalten. Was, wenn er sie gesehen hatte, ihr nachgefahren war und jede Sekunde drohte, sie einzuholen? Oder sogar schon die Polizei alarmiert hatte?

Wie ein Bankräuber auf der Flucht fuhr sie weiter, beachtete weder rote Ampeln, noch Geschwindigkeitslimits. Als sie ungebremst über einen Fußgängerüberweg raste, hätte sie um ein Haar einen Dackel überfahren, der hinter seinem Frauchen auf die andere Straßenseite wechselte. Gehetzt jagte Ramona durch die Stadt, bis unversehens der Mittlere Ring vor ihr auftauchte. Ohne zu Überlegen nahm sie die mehrspurige Umgehungsstraße, die sie forttragen würde, weg von dem Elend, das sich ihr Leben nannte, hinaus aus der Stadt und auf die Autobahn Richtung Westen.

Erst auf der Höhe von Germering kam Ramona wieder zu sich. Und wusste, dass es jetzt nur eine Person gab, die ihr helfen konnte.

IX

Eva hatte sich felsenfest vorgenommen, nicht mehr zu heulen, wenigstens so lange nicht, bis sie auf der Ofenbank von Haus Waldesruh in Sicherheit war. Aber die Tränenflut ließ sich nicht länger zurückhalten. Im Blindflug nahm sie die langgezogene Kurve, auf deren Scheitelpunkt sich ein Parkplatz auftat wie eine Rettungsinsel im Ozean. Eva bremste scharf ab und der Wagen kam exakt in einer freien Parklücke zum Stehen. Erschöpft legte sie die Stirn auf das Lenkrad und flennte los wie ein Kleinkind, das Zähne bekommt.

Ungebremst wie ein Tornado fegte das Unheil über ihr Leben hinweg und drohte alles mitzureißen, was ihr heilig war. Womit hatte sie das verdient? Sie hatte doch keinem was getan! Wie viele Menschen hatte sie ermutigt und aufgebaut? Wie viel Trost gespendet, wie viele Tränen getrocknet? Sie war es doch, die sie bestärkt hatte, die Vergangenheit hinter sich zu lassen und nach vorn zu sehen! War das jetzt der Dank dafür?

Eva weinte als wollte sie nie mehr aufhören, aber auch der ärgste Schmerz war irgendwann abgeweint. Schwerfällig hob sie den Kopf, doch sie sah alles verschwommen. Eva rieb sich die Augen, aber der Schleier vor der Landschaft blieb. Mit dem Ärmel wischte sie die beschlagene Frontscheibe frei, dennoch blieb der Blick getrübt. Milchige Nebelschwaden krochen aus den feuchten Niederungen den Hang herauf und schienen wie Finger nach ihr zu greifen. Die Szene erinnerte Eva schaudernd an einen grauenvollen Horrorfilm, den sie vor Urzeiten gesehen hatte. Sie klappte die Sonnenblende herunter und warf einen Blick in den Spiegel. Eine schöne Leiche würde sie abgeben! Notdürftig beseitigte sie die Spuren ihrer Heul-Arie und bemerkte nicht, dass sie dabei beobachtet wurde.

Das Klopfen am Fenster der Fahrertür ließ sie erschrocken zusammenfahren. Draußen stand ein Mann, von dem sie jedoch nicht viel mehr sehen konnte als seine Bauchregion, die in einem dunkelroten Skianorak steckte.

„Ist ja gut, ich fahr ja schon weg!“, rief sie, in der Annahme, seinen Parkplatz blockiert zu haben.

„Eva? Bist du das?“

Verwirrt tastete Eva nach dem Fensterheber. Die Scheibe versank in der Türfassung und in der Fensteröffnung erschien ein gebräuntes Männergesicht.

„Sie ist es!“, rief der Fremde einer zweiten Person zu. „Kennst du mich nicht mehr? Ich bin`s doch, der Klaus!“

Für den Bruchteil einer Sekunde war Eva versucht, so zu tun, als kenne sie die aufdringliche Zufallsbekanntschaft aus dem Dorf-Café tatsächlich nicht. Aber ihre gute Erziehung ließ sie freundlich sagen: „Hallo, Klaus, was machst du denn hier?“ Wobei sie sich fragte, wo ‘hier’ in diesem Falle sein mochte, denn sie hatte keinen blassen Schimmer, wo sie sich befand.

„Man hat uns gesagt, das sei der ideale Ort für Anfänger, also hatten wir für heute einen Skikurs gebucht. Aber wegen des Tauwetters musste er leider ausfallen. Komm, steig aus, wir trinken einen zusammen! Unser Wiedersehen muss doch gefeiert werden!“ Er öffnete ihr die Wagentür.

Das fand Eva zwar ganz und gar nicht, trotzdem ließ sie sich breitschlagen. Denn die einzige Alternative wäre, sich allein zwischen dem Gerümpel ihres Ferienhauses zu vergraben und Trübsal zu blasen. Die beiden Clowns würden wenigstens für Ablenkung sorgen.

„Grüß dich, Eva“, sagte der andere förmlich und half ihr aus dem Wagen. Er wirkte verlegen.

„Hallo“, wie hieß der noch gleich?

„Ich hätte dich gar nicht gesehen, aber Rolf, der alte Fuchs,“, Klaus klopfte seinem Kumpel gönnerhaft auf die Schulter, do dass der einen Schritt nach vorn stolperte, „hat sofort gesagt, das ist doch die Eva! Und du bist es wirklich, na sowas!“ Er grinste verschlagen.

Ja, sie war es wirklich, aber im Moment wäre sie lieber jemand anderes. Vielleicht sogar so eine peinliche Figur wie dieser Klaus, der die gute Laune anscheinend mit der Muttermilch aufgesogen hatte und das Leben für eine einzige, nie enden wollende Party hielt.

„Da drüben ist eine gemütliche Kneipe, da können wir uns aufwärmen.“ Ungeniert legte Klaus den Arm um Eva und führte sie auf die Gastwirtschaft am Fuße des Skilifts zu. „Zu schade, dass du beim letzten Mal so schnell weg musstest“, umschrieb er charmant ihre Flucht, „aber seinem Schicksal entkommt man nicht!“ Er zwinkerte ihr vielsagend zu.

Schon bedauerte Eva mitgegangen zu sein.

Die Kneipe war ein rustikales, in die Jahre gekommenes Gasthaus mit einem groben Holzboden, robust genug, um nassen Skistiefeln standzuhalten.

Am Stammtisch saßen drei gemütlich aussehende Männer hinter ihren Bierkrügen und spielten Karten. Von den Neuankömmlingen nahmen sie keine Notiz. Klaus ging an ihnen vorbei zum Nachbartisch und wählte den Kopfplatz auf der Eckbank, während sich Rolf auf einem der Stühle niederließ. Eva wollte es ihm gleichtun, doch da bat Klaus: „Komm zu mir rüber, auf der Bank ist genug Platz für uns zwei!“ Und wieder dieses dämliche Grinsen.

Zögerlich stand Eva wieder auf. Sie setzte sich zu ihm, peinlich darauf bedacht, einen Mindestabstand einzuhalten, die Nähe dieses Mannes war ihr unangenehm.

Als alle saßen, eröffnete Klaus großzügig: „Die erste Runde geht auf mich! Ein frisches Allgäuer für alle?“

Die Wirtin im schwarzen Dirndl, die soeben mit Block und Stift in der Hand hinzutrat, hatte ihn gehört. Sie nickte flüchtig und ging. Klaus war hier anscheinend kein Unbekannter.

„Und, Eva, was treibt dich hierher? Hattest du Sehnsucht nach uns? Oder bloß Lust auf einen Einkehrschwung?“ Klaus lachte, als hätte er einen Wahnsinnswitz gerissen.

„Nein, ich war auf dem Rückweg von Staufen“, begann Eva stockend, ohne den Satz zu vollenden. So weit kommt`s noch, diesen beiden Typen zu verraten, wo sie wohnte!

Die Wirtin kam mit drei Bier zurück. Kaum hatte sie einen der Glaskrüge vor Klaus abgestellt, nahm der ihn auch schon wieder auf und rief, als sei er einer der drei Musketiere: „Auf uns, Freunde!“

Dumpf knallten die Krüge aneinander. Eva nippte

an ihrem, erwischte aber nur Schaum, worüber sie nicht unglücklich war, sie war absolut keine Biertrinkerin.

„Ihr entschuldigt mich?“, bat Klaus und stand auf.

Eva nutzte die Pause im Unterhaltungsprogramm, um sich seinen Kumpel Rolf etwas näher anzusehen. Er war eindeutig der attraktivere von den beiden, wenn auch ein wenig schüchtern. Umso erstaunter war sie, als er jetzt sagte: „Du darfst das bitte nicht persönlich nehmen, er ist sonst nicht so.“

Eva war beschämt und wusste nicht, was sie darauf erwidern sollte. War es ihr so deutlich anzumerken, wie unsympathisch sie den Mann fand?

Rolf besann sich einen Moment, dann erklärte er: „Klaus ist vor sechs Wochen von seiner Frau verlassen worden. Sie ist zur Kur gefahren und nicht mehr wiedergekommen.“ Er zuckte bedauernd mit den Schultern und es war ihm anzumerken, wie aufrichtig leid ihm das für seinen Freund tat. „Seitdem ist er ein bisschen – naja, überdreht. Er denkt, er braucht sie sowieso nicht und will es ihr heimzahlen, indem er sich schnellstmöglich Ersatz sucht.“

Betroffen senkte Eva den Blick und streich geistesabwesend eine Falte im Tischtuch glatt. Was sollte sie dazu sagen? Verstehe ich gut, geht mir genauso? Wenigstens war bei ihr keine andere Frau im Spiel. Wobei ihr das, wenn sie es sich recht überlegte, fast lieber wäre, als selbst der Trennungsgrund zu sein.

„Und du? Was ist mit dir?“, fragte sie in der Hoffnung, Rolf möge ihre plumpe Neugier nicht fehlinterpretieren.

„Du meinst, ob ich verheiratet bin?“ Er lachte trocken auf. „Das war ich, aber meine Scheidung liegt schon fünf Jahre zurück.“

„Das muss schlimm sein“, sagte Eva scheinbar unbeteiligt.

„Du kannst dir gar nicht vorstellen, wie schlimm“, bestätigte er. „Jeder, der heiratet, denkt doch, es wäre für immer. Aber wenn man sich auseinandergelebt hat, kann ewig ziemlich lang sein. Also haben wir uns getrennt. Einvernehmlich, wenn man das so sagen kann, aber weh tat es trotzdem.“

Eva betrachtete den feinfühligen Mann mit den sanften, dunklen Augen und sah auf einmal Jakob dort sitzen. Würde er in ein paar Jahren auch so über ihre Ehe reden?

„Habt ihr euch denn nicht mehr geliebt?“, fragte sie, wohl wissend, wie unangemessen diese Frage einem Fremden gegenüber war.

„Geliebt? Um ehrlich zu sein, das mit der Liebe war schon ziemlich bald nach der Hochzeit vorbei. Aber wir haben uns gut verstanden und viel gemeinsam unternommen. Von mir aus hätte es ruhig noch einige Zeit so weitergehen können, aber ihr war das irgendwann zu wenig, verständlicherweise. Also haben wir einen Schlussstrich gezogen.“

„Und jetzt? Ich meine, habt ihr noch Kontakt?“

„Wenig. Da wir keine Kinder hatten, ist das auch nicht notwendig. Ich freue mich, wenn ich sie sehe, aber sie fehlt mir nicht. Nicht mehr.“ Er sah an ihr vorbei aus dem Fenster und setzte hinzu: „Außerdem hat sie längst einen andern.“

Die Bank unter ihr begann plötzlich zu schwanken, als säße sie auf einem Schiff. Daran hatte sie noch gar nicht gedacht, dass Jakob vielleicht bald mit einer anderen Frau …

„Eva, was ist, geht`s dir nicht gut? Du warst vorhin schon so blass." Besorgt griff Rolf nach ihrer Hand. Er hatte schöne Hände, groß und warm.

„Das ist nur der Kreislauf, kein Grund zur Beunruhigung."

Vorsorglich ließ er seine Hand dort, wo sie war, was Klaus, der soeben zurückkam, stirnrunzelnd zur Kenntnis nahm.

„Wie`s aussieht, habe ich was verpasst", kommentierte er mit unüberhörbarer Enttäuschung in der Stimme und bedachte seinen Freund mit einem vorwurfsvollen Blick.

Schuldbewusst ließ Rolf Evas Hand los und sie zog sie schnell unter den Tisch.

„Können wir dich dazu überreden, heute Abend mit uns um die Häuser zu ziehen?", wandte Klaus sich an Eva. So schnell war er nicht bereit, aufzugeben.

Aber bevor Eva etwas sagen konnte, nahm Rolf ihr die Antwort ab: „Das habe ich sie auch gefragt, aber sie hat leider schon was vor", erwies er sich als echter Gentleman.

Dankbar lächelte Eva ihn an und bestätigte: „Ja, stimmt. Zu schade aber auch!" Hoffentlich trug sie nicht zu dick auf.

Das Klingeln ihres Handys erlöste sie davon, eine weitere Kostprobe ihrer Schauspielkunst geben zu müssen. Dankbar für die Unterbrechung griff sie nach ihrer Tasche und stand auf. „Bitte entschuldigt." Sie wollte zum Ausgang, aber im Flur stieß sie auf ein Schild mit der Aufschrift Toiletten. Allemal besser, als frierend in der Kälte zu stehen.

„Ramona?“ Keine Antwort. „Hallo?“

„Eva? Bist du dran?“ Es rauschte und knackte in der Leitung. „Oh, Shit, mein Akku ist alle! Du, pass auf, ich wollte dir nur schnell sagen, dass –“ Die Verbindung brach ab.

Verwirrt steckte Eva ihr Handy ein. Was hatte sie sagen wollen? Dass es ihr leidtat? Menno! Wieso hatte diese verstrahlte Nudel auch nie ihr Ladegerät dabei? Einmal mehr fand Eva es höchst eigenartig, dass jemand, der von Berufs wegen ein organisatorisches Ass sein musste, privat derart chaotisch sein konnte. Es hatte geklungen, als säße sie im Auto, vielleicht war sie in einem Tunnel und würde sich gleich nochmal melden? Eva nutzte die Gelegenheit, um sich ein wenig frisch zu machen, aber Ramona rief nicht wieder an. Also ging sie zurück an den Tisch, wo ein dampfender Teller Gulaschsuppe auf sie wartete.

„Wir dachten, ein Süppchen kann nicht schaden“, sagte Klaus beinahe entschuldigend.

Beim Anblick des köstlich duftenden Essens merkte Eva erst, wie hungrig sie war. Bis eben hatte sie vorgehabt, sich unauffällig aus dem Staub zu machen, aber diese Einladung konnte sie unmöglich abschlagen. Gierig fiel sie über die Suppe her und könnte beschwören, nie eine bessere gegessen zu haben!

Der vielleicht doch nicht ganz so schreckliche Klaus hatte es sich nicht nehmen lassen, Eva nach der Suppe noch ein Stück Apfelkuchen zu spendieren, so dass es bereits später Nachmittag war, als sie um die heimatliche Kurve auf ihr Häuschen zufuhr. Dort wartete eine Überraschung auf sie: Der rote MINI stand wieder vor der Tür!

Evas Freude hielt sich in Grenzen. Es ging ihr mächtig auf den Zeiger, dass anscheinender jeder glaubte, hier kommen und gehen zu können, wie es ihm gefiel. Kein Mensch scherte sich darum, wie es ihr dabei ging!

Mit einer gehörigen Portion Wut im Bauch stellte Eva ihren Wagen ab, stieg aus und stapfte auf das Haus zu. Ein leises Rumpeln ließ sie innehalten, es schien von oben zu kommen. Sie blieb stehen und legte den Kopf in den Nacken, da fiel ihr krachend eine Dachplatte direkt vor die Füße und zerbrach. Erschrocken sprang Eva einen Schritt zurück und sah abermals zum Dach hinauf, doch alles war wieder still. Schockiert betrachtete sie die kaputte Dachplatte. Wäre sie eine Millisekunde schneller gewesen, hätte dieses Ding sie voll am Kopf erwischt! Ein gezielter Anschlag?

Eva marschierte an ihrem Wagen vorbei ein Stück die Auffahrt hoch, von wo aus sie besser auf das Dach blicken konnte. Aber das war in so einem erbärmlichen Zustand, dass es sich nur um einen unglücklichen Zufall handeln konnte – zumal weit und breit keine Menschenseele zu sehen war. Wo steckte eigentlich Ramona? Ihr Auto war da, weit konnte sie also nicht sein. Aber Ramona – eine Attentäterin?

Eva fixierte das altersschwache Haus wie ein wildes Tier, das sie zu bändigen gedachte. Entschlossen schritt sie auf den Eingang zu, steckte den Schlüssel ins Schloss und – was war das? Die Haustür war nicht abgeschlossen! Was zu viel war,

war zu viel!

Aufgebracht stiefelte Eva durch den Flur, trat mit dem Fuß die Tür zur Wohnstube auf und wetterte los: „Ramona, das eine sage ich dir“, der Rest des Satzes blieb unausgesprochen in der Luft hängen, denn der gut geheizte Raum war leer. Eva machte kehrt und probierte es in der Küche, aber auch dort traf sie niemand an. Sie runzelte die Stirn. Was hatte das zu bedeuten?

Da vernahm sie ein gedehntes Stöhnen. Eva schlich zurück auf den Flur und lauschte. Es schien aus dem Schlafzimmer zu kommen. Wie in Zeitlupe drückte sie die Klinke nach unten und schob leise die Tür auf. Das nächste, was sie sah, war Ramonas verzücktes Grinsen. Sie lag auf dem Bett, die wilden Locken umrahmten ihr Gesicht wie ein Heiligenschein. Evas Blick wanderte tiefer und erfasste die Ursache für Ramonas dümmlichen Gesichtsausdruck. Zwar konnte sie nicht mehr als den Hinterkopf der Person sehen, die sich da an Ramonas Dekolletee zu schaffen machte, doch der genügte. Denn es war der zweifellos der – „Gustl!“

Das war ihr vor Schreck laut herausgerutscht. Die beiden hielten abrupt in ihrem Liebesspiel inne und sahen Eva an, der Gustl anzüglich grinsend, Ramona mit einem schiefen Lächeln.

„Du warst nicht da und da dachten wir …“

„Da habt ihr gedacht, prima! Nutzen wir die Zeit doch für ein Schäferstündchen?! Sagt mal, geht's noch?!“ Eva bebte vor Wut. „Raus mit euch! Auf der Stelle, alle beide!“, brüllte sie.

„Jetzt hab dich mal nicht so“, sagte Ramona gelassen. „Und wenn ich dich daran erinnern darf:

Das ist immer noch mein Haus!“

Eva war drauf und dran, die Beherrschung zu verlieren. Sie stürzte sich auf Ramona und wollte sie an den krausen Locken ziehen, doch Gustl war schneller. Mit seinem nackten, stählernen Oberkörper fing er Eva ab. Sie wollte sich losreißen, doch zwei starke Hände umschlossen sie wie Handschellen.

„Lass mich los!“, schrie Eva. Er tat ihr den Gefallen, packte sie dafür aber an den Schultern und hielt sie fest. Sie trommelte mit den Fäusten auf seiner Brust herum. „Schlampe!“, rief sie Ramona zu, während Gustl sie langsam rückwärts durch die Tür hinausschob, bevor er selbige ihr vor der Nase zuschlug.

Eva japste entrüstet nach Luft. Ein letztes Mal donnerte sie wütend gegen die Tür, dann rannte sie kopflos aus dem Haus.

Ziellos starkste sie im Zickzack über die aufgeweichte, matschige Wiese, Tränen rannen in Strömen über ihre Wangen. Zu viel, es war einfach alles zu viel! Wie aus dem Nichts tauchte ein halber Baumstamm vor ihr auf, eine provisorische Bank, die sie bei ihrem Erkundungsgang übersehen haben musste. Ungeachtet der schmelzenden Schneereste, die wie weiße Kissen die Sitzfläche bedeckten, setzte Eva sich hin und ließ schluchzend den Kopf in die Hände fallen.

Wie hatte sie sich in Ramona so täuschen können? Hätte sie sich nur niemals auf dieses Schmierentheater eingelassen! Von Anfang an war Eva dagegen gewesen, die Hörer über ihren Werdegang im Unklaren zu lassen. Man hätte es ja nicht hinausposaunen müssen, eine biographische Randnotiz auf der Homepage des Senders hätte vollkommen ausgereicht. Aber nein, mit Frau Dr. Werner hatte man eine Psychologin angekündigt, also sollten die Hörer auch eine bekommen! Da sieht man es mal wieder, Lügen haben kurze Beine. Und ganz bestimmt zu kurze, um vor der Wahrheit davonzulaufen. Denn die holt einen früher oder später immer ein!

Eva putzte sich die Nase und bemerkte jetzt erst, wo sie gelandet war. Die Bank stand unmittelbar am Waldrand, am äußersten Ende des Gartens. Vor ihr streckten kahle Obstbäume ihre knorrigen Zweige wie Arme in den Himmel, ein Stückchen dahinter kauerte sich das Haus windschief an den sanft abfallenden Hügel. Aus dieser Perspektive sah es richtig romantisch aus, fast wie ein englisches Cottage. Es brauchte nicht viel Fantasie, sich vorzustellen, wie zauberhaft es einst gewesen sein musste. Eva malte sich einen vanillegelben Anstrich aus und natürlich musste das Dach repariert werden. Die alten Sprossenfenster sollte man auch erneuern und in der Küche würde sie eine Glastür einsetzen lassen, durch die man bequem in den Garten gelangte. Davor könnte man eine Terrasse bauen, vielleicht aus Holzplanken oder Naturstein? In Gedanken pflanzte Eva ein paar Rosen dazu, legte einen Teich mit Steg an und stellte einen Pavillon auf – halt, nein, eine Orangerie, in der man an lauen Sommerabenden gemütlich bei einem Glas Wein sitzen bleiben konnte. Alles schön und gut, bloß dass es in ihrem Leben niemanden mehr gab, mit dem sie dort hätte sitzen können.

Jakob haderte mit seinem Schicksal. Es fiel ihm seit jeher schwer, sich mit Veränderungen abzufinden. Dass er dazu gezwungen war, länger in München zu bleiben als geplant, war noch vergleichsweise erträglich. Schwerer wog da schon der Umstand, oder besser die anderen Umstände, die ihn seiner Ida beraubten. Damit brach die zweite, tragende Säule seines Lebens weg. Die erste war Eva gewesen, aber daran, dass die umgestürzt war, trug er selbst Schuld.

Er stützte den Kopf auf die Hände und fragte sich, wie er ohne Ida auskommen sollte. Sofort hörte er die gestrenge Stimme seiner Mutter, die ihn ermahnte, er solle sich gefälligst zusammenzureißen. Die bevorstehende Geburt eines Kindes war trotz allem ein Grund zur Freude! Vielleicht hätte er sich sogar gefreut, wenn das Gefühl, von Gott und der Welt verlassen zu sein, nicht so übermächtig gewesen wäre. Hanne hatte ihm sowieso nichts mehr zu sagen, war sie doch ebenfalls drauf und dran, sich aus seinem Leben zu verabschieden, wenn auch nur in eine Seniorenresidenz. Trotzdem weigerte er sich zu glauben, die Trennung von Eva könnte all diese Verwicklungen ausgelöst haben. Das war lächerlich, das eine hatte mit dem anderen nichts zu tun!

Aber als er darüber nachdachte, wurde ihm plötzlich klar, dass es nicht so einfach war, wie er es sich gern gemacht hätte. Denn es bestand sehr wohl ein Zusammenhang. Wäre nämlich Eva wie geplant zu ihm nach Hamburg gezogen, dann würde Hanne jetzt keinen Gedanken daran verschwenden, das Haus zu verkaufen. Denn wäre Eva Inhaberin eines Antiquariats und hätte keine Radio-Show – und er keinen Grund, sich scheiden zu lassen! Weshalb es auch nur noch halb so schlimm wäre, dass Ida ein Kind bekam. Aber so?

Er rieb sich die Schläfen, um die pochenden Kopfschmerzen zu lindern, die ihn plagten, seitdem er von einer weiteren unruhigen Nacht erwacht war, die er diesmal versuchsweise auf der unbequemen Designercouch verbracht hatte. Jakob stand auf, um sich nach einer Schmerztablette umzusehen, wurde im Medizinschrank aber nicht fündig. Dabei meinte er sich noch genau daran zu erinnern, dass Eva am Morgen nach dem unseligen Valentinsball ihren Brummschädel mit Aspirin bekämpft hatte. Also mussten die Dinger ja irgendwo hier sein.

Er begab sich ins Schlafzimmer, um in Evas Nachttisch nachzusehen, wo sie hinter Schlafmasken und Ohrenstöpseln auch einige Medikamente aufbewahrte. Eine Schachtel nach der anderen legte er auf die Kommode, darunter auch das gesuchte Schmerzmittel. Erleichtert warf er die restlichen Packungen wieder in die Schublade, eine davon musste jedoch nicht richtig verschlossen gewesen sein, denn die Tabletten rutschten heraus. Jakob wollte die rosafarbenen Briefchen zurück in die Schachtel stecken, da stutzte er. Sie waren mit Wochentagen beschriftet. Mit einer düsteren Vorahnung griff Jakob nach der Verpackung und zog den Beipackzettel heraus. Er musste nur die ersten Zeilen überfliegen, um seinen Verdacht bestätigt zu sehen: Eva nahm die Pille!

Schockiert sank er auf das Bett und studierte den Zettel in seiner Hand, doch es bestand kein Zweifel. Jakob wurde schwindlig, in seinem Inneren breitete sich eine schmerzhafte Kälte aus. Wie konnte sie ihm das antun? Sehnlichst hatten sie sich Kinder gewünscht, aber Eva war nicht schwanger geworden. Jetzt kannte er den Grund dafür! Da durchzuckte ihn ein weiterer Gedanke, der so schrecklich war, dass er sein Herz umschlang wie die Fangarme einer Qualle. Seit wann nahm sie diese Dinger? Oder anders gefragt: für wen?

Ruckartig setzte er sich auf. Es war Jakob vollkommen egal, dass er das, was er im Begriff war zu tun, eines Tages bitter bereuen könnte. Er ging hinüber zum Kleiderschrank, kniete sich auf den Fußboden und räumte Evas Tagebücher aus dem Wäschefach. Stapel um Stapel brachte er ins Wohnzimmer. Dann begab er sich in die Küche, warf eine Schmerztablette in ein Wasserglas und wartete, bis sie sich aufgelöst hatte. Die Mischung spülte er mit Martini hinunter. Er schüttelte sich. Wie konnte James Bond dieses grässliche Zeug trinken? Aber da auch er eine geheime Mission zu erfüllen hatte, nahm er die Flasche mit und deponierte sie auf dem Couchtisch, vor ihm lag eine lange Nacht.

Durchgefroren und traurig verließ Eva die einsame Bank und schlenderte zurück zum Haus. Wie es schien, waren die beiden da drin immer noch zugange, also schlug sie die andere Richtung ein und lief die Zufahrtsstraße hoch. Die laue Märzsonne hatte es geschafft, sich durch die dichten Wolken zu schieben und die Straße vollständig vom Schnee befreit. Laufen ordnet die Gedanken, sagt man, vielleicht ja auch ein ganzes Leben? Ihres jedenfalls war hoffnungslos in Unordnung geraten.

Eva folgte dem schmalen Sträßchen, bis sie zu

Gabis Ferienhof gelangte. Schon an der Hofeinfahrt bot sich ein farbenfroher Anblick und sie blieb überrascht stehen. Seit ihrem letzten Besuch hatte der Frühling Einzug gehalten. Blumentröge mit bunten Frühlingsblühern und Weidenzweigen zierten den Hauseingang, und vor der Ladentür stand ein mit Tulpen und Narzissen bepflanzter, alter Handwagen. Sehnsüchtig wanderte Evas Blick zu den tiefen Fenstern hinüber, hinter denen sie das gemütliche Café wusste. Eine schöne Tasse Kaffee wäre jetzt genau das richtige, barg aber das Risiko, dass die sympathische Bäuerin sie nach ihrem abtrünnigen Gatten fragen könnte. Eva beschloss, es darauf ankommen zu lassen. Sie öffnete die Ladentür und trat in Begleitung eines melodischen Vielklangs ein.

„Ja, griaß di, Eva!", wurde sie von Gabi freudig begrüßt. Sie stellte einen Sandeimer mit Karotten ab und kam auf Eva zu. „Schön, dass du auch mal wieder den Weg zu mir findest! Trinkst du einen Kaffee mit mir?"

„Sehr gern!", bekräftigte Eva und ließ sich von ihr herzhaft umarmen, als wären sie uralte Freundinnen. Was sie irgendwie auch waren.

„Komm, wir setzen uns rüber ins Café. Momentan ist nicht viel los, und wenn jemand kommt, kann meine Mutter mich holen."

Eva folgte ihrem Blick und sah eine hagere, ältere Dame im Nebenraum stehen, die gewissenhaft Flaschen etikettierte. Das weiße Haar hatte sie zu einem langen Zopf geflochten, was ihr trotz ihres Alters eine mädchenhafte Anmutung verlieh. Lächelnd hob sie eine Hand und Eva winkte zurück.

„Da bekommt das Wort Familienunternehmen eine

ganz neue Bedeutung“, bemerkte sie.

„Du solltest erst mal sehen, wie mein Jüngster mir beim Backen hilft! Also wenn einer das Zeug dazu hat, den Laden eines Tages zu übernehmen, dann der“, erzählte Gabi mit Mutterstolz. „Setz dich, ich mach uns rasch einen Kaffee – mit Schuss! Für dich aber nur ein klitzekleiner!“ Sie zwinkerte Eva zu, der der Schuss sehr gelegen kam, es durfte gern auch ein großer sein.

„Hast du meinen Karton gefunden? Entschuldige, dass ich den einfach vor die Tür gestellt hab, aber nachdem Gustl meinte, du würdest bleiben, dacht ich: Komm, bring die Sachen rasch rüber!“

„Oh, ja! Vielen Dank, die Stoffe sind toll! Besonders die Zierkissen finde ich traumhaft schön und viel zu schade, um sie auf dem Dachboden verschwinden zu lassen!“

Gabi nickte zufrieden. „Mir ging das nicht runter, wie es in dem Haus aussieht, da kann sich doch kein Mensch erholen!“, wetterte sie. Auch wenn sie damit indirekt Ramona angriff, musste Eva ihr im Stillen beipflichten. „Und, sag, wie ist es dir inzwischen ergangen? Was hast du Schönes gemacht?“

Schönes? Beinahe hätte Eva gequält aufgestöhnt. Sie konnte Gabi ja schlecht erzählen, dass ihre bislang schönsten Stunden im Allgäu die mit ihrem Angetrauten waren!

„Eigentlich nichts Besonderes“, sagte sie daher ausweichend und sah Gabi dabei zu, wie sie mit geübten Handgriffen die italienische Kaffeemaschine bediente wie ein professioneller Barista. Es fehlte nicht viel, und Eva hätte der freundlichen Bauersfrau ihr Herz ausgeschüttet, aber dazu hätte sie ihre prominente Identität preisgeben müssen. Dabei fand Eva es gerade gut, dass Gabi nicht wusste, wer sie war. Auf diese Weise konnte sie sich wie eine ganz normale Frau fühlen, mit ganz normalen Problemen.

„Ursprünglich bin ich ins Allgäu gefahren, weil ich in aller Ruhe über ein paar Dinge nachdenken wollte. Aber meinst du, ich komme dazu? Erst taucht mein Noch-Ehemann hier auf, und dann steht einen Tag später auch noch Ramona vor der Tür!“, fasste Eva die jüngsten Ereignisse zusammen.

Gabi kam mit zwei Tassen zurück und gesellte sich zu ihr. Durchdringend sah sie Eva an. „Und das lässt du dir gefallen?“

Eva leckte ihren Löffel ab und sah überrascht auf. Diese Bäuerin war nicht zu unterschätzen.

„Eva, es ist dein Leben! Du darfst nicht zulassen, dass andere über deinen Kopf hinweg entscheiden!“ Gabi lehnte sich zurück und verschränkte die Arme vor der Brust. „Schau, als ich damals die Milchwirtschaft verkleinert und mit allem hier angefangen habe, da meinte auch jeder, mir dreinreden zu müssen. Vor allem der Gustl hat mich regelrecht bearbeitet. Aber es war mir egal, ob ich einen Fehler mache, ich musste es einfach versuchen! Und heute sind sie mir alle dankbar“, sagte sie triumphierend „sogar der Gustl hat sich dran gewöhnt.“

Da war sich Eva nach allem, was sie gehört hatte, zwar nicht so sicher, aber das Thema Gustl wollte sie sowieso aussparen.

„So bewundernswert das auch ist, was du hier aufgebaut hast, mit meiner Situation lässt sich das doch überhaupt nicht vergleichen! Mir geht es ja nicht darum, einen Lebenstraum zu verwirklichen, ich will bloß meine Ehe retten!"

„Aber was, wenn deine Ehe Teil deines Traumes ist?"

Gabis Worte trafen Eva mitten ins Herz. Sie kniff die Lippen fest zusammen, um nicht schon wieder losheulen zu müssen. Verständnisvoll legte Gabi ihr eine Hand auf den Arm.

„Du bist eine starke Frau, Eva, das hab ich auf den ersten Blick gesehen. Es ist verständlich, dass du das Gefühl hast, den Herausforderungen nicht gewachsen zu sein. Aber soll ich dir was verraten? Das verschwindet, sobald du aufhörst, dich als Opfer deiner Umstände zu betrachten! Falls es wirklich zur Scheidung kommt, wirst du auch das überstehen. Aber bis dahin darfst du nichts unversucht lassen – oder willst du etwa, dass der kleine Wurm ohne Vater aufwachsen muss?"

Wider Willen musste Eva lachen. Gabi war durch nichts von der fixen Idee abzubringen, sie könnte schwanger sein. Aber sie sah es ihr nach, die Gute konnte ja nicht ahnen, wie unwahrscheinlich das war. Abgesehen davon hatte sie doch schon alles zu ihrer Eherettung versucht! Sogar einen hingebungsvollen Brief hatte sie geschrieben! Dennoch hielt Jakob unverrückbar an seiner Entscheidung fest.

„Hat er das wörtlich so gesagt?", gab Gabi zu bedenken.

„Das muss er nicht! Er hat mich allein im Restaurant sitzen gelassen und ist gegangen!", entgegnet Eva aufgebracht. „Das sagt doch alles!"

„Vielleicht, vielleicht aber auch nicht. Könnte das nicht auch eine Kurzschlussreaktion gewesen sein?"

Eva wünschte, dem wäre so. „Du kennst meinen Mann nicht“, sagte sie geknickt. „Was soll ich denn jetzt machen?“

„Nix!“, erwiderte Gabi und grinste schelmisch.

„Nichts?“ Jetzt war Eva vollends verwirrt. Hatte sie ihr nicht eben erst erklärt, sie müsse aktiv werden? Wie passte das zusammen?

„Wenn der Kampf erfolglos bleibt, wird es Zeit, die Strategie zu ändern!“, befahl General Gabi resolut. „Manchmal ist Stillhalten die stärkste Waffe, die man als Frau hat.“ Mit gesenkter Stimme, als wolle sie Eva in eine Geheimwissenschaft einweihen, fuhr sie fort: „Männer sind viel besser im Agieren, als im Reagieren, deshalb ist es klug, abzuwarten und dem Mann zu signalisieren, dass er am Zug ist.“ Offenbar sprach sie aus Erfahrung.

Gabi winkte ab. „Wenn du mit einem Mann wie dem Gustl jahrelang unter einem Hausdach lebst, dann weißt du, wie die Männer ticken!“

Eva war skeptisch, ob eine Strategie, die beim Gustl aufgegangen war, auch bei Jakob der richtige Ansatz sein könnte, die beiden waren doch grundverschieden!

„Ach was, die Männer sind alle gleich!“

„Und der Gustl und du?“, konnte Eva sich nicht verkneifen zu fragen, „ihr versteht euch wohl ziemlich gut, oder?“

„Blind!“, bestätigte Gabi. „Ich wüsste gar nicht, was ich ohne ihn anfangen würde. Zugegeben, er ist ein jenseits Hallodri und kann zwischendurch furchtbar grantig sein, aber dafür versteht er sich prima mit den Kindern, das ist auch viel wert. Nur manchmal ...“ Sie bekam einen verklärten Blick.

„Ach, was soll's. Man muss die Dinge nehmen, wie sie sind!", sagte sie und es klang, als hätte sie den letzten Satz mehr zu sich selbst gesprochen.

Die hübsche Melodie der Ladenglocke ließ Gabi aufhorchen und schon im nächsten Augenblick rief ihre Mutter nach ihr, sie hatte Kundschaft. Eva nutzte die Unterbrechung, um sich von ihr zu verabschieden und den Heimweg anzutreten, zurück in ihr Häuschen, das sie nun hoffentlich wieder für sich hatte.

Draußen lief sie Gabis drei Rackern über den Weg, die mit anderen Kindern ausgelassen herumtollten. Gabis mittleres Kind, ein Mädchen, wie Eva jetzt erkannte, hielt ein Katzenbaby auf dem Arm. Fasziniert blieb sie stehen und sah zu, wie die Kleine der Mieze etwas ins Ohr flüsterte und sie zärtlich kraulte. Unwillkürlich fragte sich Eva, ob Jakob sie auch verlassen würde, wenn sie Kinder hätten.

Vom ersten Tag an hatte er keinen Zweifel daran gelassen, wie sehr er sich ein Kind von ihr wünschte. Damals hatte sie ihn lachend auf später vertröstet, aber später war nie gekommen. Denn obwohl sich Eva an die Ehe auf Distanz gewöhnt hatte – ein Familienleben an zwei Orten käme für sie nicht in Frage. Und da Jakob an Hamburg ebenso gebunden war wie sie an München, hatte sie das Kinderthema auf unbestimmte Zeit verschoben. Eine Entscheidung, die ihr beim Anblick von Gabis Tochter mit ihren blonden Zöpfchen und lustigen Sommersprossen schwer wie Blei im Magen lag. Schnell wandte Eva sich ab und ließ den Ferienhof hinter sich, doch das fröhliche Kinderlachen sollte sie noch lange begleiten.

Auf halbem Wege kam ihr der Gustl entgegen. Zu

Fuß! Mit jedem Schritt, den er näher kam, schaute er noch verlegener aus der Wäsche. Geschah ihm ganz recht, dachte Eva, er hatte wahrlich allen Grund, sich zu schämen! Beim Gedanken an die klasse Frau, die er eiskalt betrog, ging Eva der Hut hoch. Dass sie unfreiwillige Mitwisserin seines Ehebruchs war, machte das Ganze nur noch schlimmer.

„Gut dass ich dich treffe“, sagte er atemlos.

Abwartend blieb Eva stehen und hätte beinahe laut losgelacht, als sie erkannte, dass sie damit unbeabsichtigt Gabis Schweigestrategie verfolgte.

„Ich muss dir was erklären“, holte er aus, aber Eva schnitt ihm das Wort ab.

„Lass mich raten: Es war nicht das, wonach es aussah?“

„Ja, genau!“, sagte er und sah sie verwundert an. „Dann weißt du also …?“

Abwehrend hob sie die Hände. „Stopp! Ich will es gar nicht wissen! Mach`s gut, Gustl, schönen Tag noch!“ Ohne ihn eines weiteren Blickes zu würdigen, schritt sie erhobenen Hauptes an ihm vorbei.

Gustl hob an, etwas einzuwenden, doch Eva war schon um die nächste Kurve verschwunden. Achselzuckend wandte er sich um und ging weiter.

Und Eva bemerkte, wie egal ihr das war. Ja, dass ihr der ganze Gustl auf eine sehr angenehme Art vollkommen egal war. Denn sie wollte keinen anderen Mann, sie wollte ihren Mann!

X

Warnend wie eine Signallampe stand der rote MINI neben ihrem silbernen SLK. Eva widerstand der Versuchung, den Spaziergang noch ein klein wenig auszudehnen und überlegte, weshalb Ramona zurückgekommen sein mochte. Ihretwegen? Oder war Gustl der Grund für ihren Sinneswandel?

Kämpferisch ballte sie die Hände zu Fäusten und hielt festen Schrittes auf den Eingang zu. Diesmal würde sie nicht zulassen, dass Ramona erst auf die Tränendrüse drückte und dann beleidigt davonlief! Eva hatte kaum das Haus betreten, da stand das Objekt ihres Zorns auch schon vor ihr und legte ohne Vorwarnung los. Ausschweifend begann Ramona, sich bei Eva zu entschuldigen, doch die ignorierte das Lamento und behandelte sie wie Luft.

In aller Seelengemütsruhe zog Eva ihre Jacke aus, hängte sie an die Garderobe und schlüpfte aus ihren Stiefeln. Unterdessen quasselte Ramona unentwegt weiter. Davon gänzlich unbeeindruckt trat Eva vor den Spiegel und strich sich eine widerspenstige Strähne hinters Ohr.

„Sag mal, hörst du mir überhaupt zu?“, unterbrach Ramona sich selbst in ihrem Redeschwall.

„Nein, ich glaube nicht“, gab Eva gleichmütig zu und ging ins Schlafzimmer, um sich ihres dicken Pullis zu entledigen. Draußen auf dem Flur hörte sie Ramona weitersprechen, verstand aber kein Wort von dem, was sie sagte. Es war grotesk, Eva musste lachen. Aber wenn sie nicht den Rest des Tages im Schlafzimmer verbringen wollte, musste sie sich das Klagelied wohl oder übel anhören. Also machte sie die Tür wieder auf, gerade rechtzeitig, um das Ende ihres letzten Satzes mitzubekommen.

„… deshalb kann ich nicht zurück nach Hause!“, jammerte Ramona und schlug in komischer Verzweiflung die Hände über dem Kopf zusammen.

Verwirrt sah Eva ihre einstmals beste Freundin an, und erschrak. Ramonas Haut hatte einen unnatürlichen Grauton angenommen und das lockige Haar stand starr vom Kopf ab, als hätte sie in eine Steckdose gefasst. Ihr besorgniserregender Zustand ließ Eva beinahe vergessen, dass sie immer noch sauer auf sie sein wollte.

„Wie war das, warum kannst du nicht nach Hause?“, hakte sie nach.

„Das hab ich dir doch eben erzählt!“, stieß Ramona aus.

Eva betrachtete das jämmerliche Häufchen Elend vor sich und sah aus Mitleid davon ab, ihr tüchtig den Marsch zu blasen. „Komm mit in die Küche“, sagte sie ergeben, „ich koche uns einen Tee und du erzählst mir, was passiert ist.“

Nach dem ereignisreichen Tag war Eva wie erschlagen und es fiel ihr schwer, Ramonas Schilderung, wie sie in das Fiasko hineingeraten war, zu folgen. Sie nahm die volle Teekanne, stellte sie auf dem wackeligen Küchentisch ab und unterbrach. „Aber wieso hast du denn nie etwas gesagt?“

Ramona zuckte mit den Schultern und senkte beschämt das Haupt. Eva musste an die teuren Hippieklamotten denken, die aussahen wie vom Flohmarkt, in Wahrheit aber aus der Hand einer namhaften Designerin stammten. Schon öfters hatte sie sich gefragt, wie Ramona sich das bei ihrem

Gehalt leisten konnte. Nun kannte sie die Antwort, sie konnte es nicht! Eva versprach, ihr zu helfen, was jedoch leichter gesagt war, als getan. Denn auf die paar Groschen, die sie auf der hohen Kante hatte, würde sie möglicherweise schon bald selbst dringend angewiesen sein.

Ramona schluckte schwer, nickte dann aber verständnisvoll, denn, was Eva nicht ahnen konnte, der von ihr befürchtete Supergau war längst eingetroffen! Sie musste es so bald wie möglich erfahren, aber Ramona brachte noch nicht Mut auf, Eva die Wahrheit zu sagen. Warum musste auch immer sie der Überbringer schlechter Nachrichten sein?

„Gibt es denn sonst niemand, der dir vorübergehend mit einem Darlehen aushelfen könnte?“, fragte Eva teilnahmsvoll.

Betrübt schüttelte Ramona den Kopf. Zwar kannte sie eine Menge Leute, aber beim Geld hört die Freundschaft bekanntlich auf.

Eva zählte jeden Namen auf, der ihr einfiel. Als sie „Raoul?“ sagte, musste Ramona trotz allem lachen.

„Ok, schlechter Vorschlag“, gab Eva grinsend zu. „Aber warum eigentlich nicht? Dem täten ein paar Tausender weniger bestimmt nicht weh!“

„Unter gar keinen Umständen wird der mir Geld leihen“, versicherte Ramona ihr glaubhaft – und verpasste eine weitere Chance, Eva die doppelte Kündigung zu beichten.

„Was ist mit Jakob?“, traute Ramona sich leise zu fragen.

Doch diesmal war es an Eva, entschieden den Kopf zu schütteln. „Ganz sicher nicht!“, sagte sie im Brustton der Überzeugung. „Aber vielleicht ein reicher

Verwandter?“

Ramonas Augenverdreher beantwortete auch diese Frage negativ, denn mit Tante Hedwig war ihre letzte lebende Verwandte gestorben.

„Und sie hat dir wirklich nichts als dieses Haus hinterlassen?“, fragte Eva ungläubig.

„Nur das Haus“, bestätigte Ramona. „Obwohl sie immer behauptet hat, wenn sie mal stirbt, hätte ich ausgesorgt. Aber sieh dich um“, Ramonas Blick wanderte unglücklich durch die Küche. „Sieht so das Haus einer reichen Frau aus?“

Nein, dachte Eva. So sieht das Haus einer Frau aus, die von der Gesellschaft zuerst aussortiert und dann vergessen worden war, von einer mittellosen Person, die ihre letzten Jahre damit zugebracht hatte, auf den erlösenden Tod zu warten. Bei dem Gedanken drehte sich Evas Magen um. Schnell sprang sie auf und flitzte zur Toilette. Ihr Körper schien alles loswerden zu wollen, was sie an diesem Tag zu sich genommen hatte.

„Eva, alles in Ordnung?“, fragte Ramona besorgt auf der anderen Seite der Toilettentür.

„Geht schon!“, antwortete Eva, bevor ein erneuter Würgreiz sie erfasste. Sie kniete vor der Toilettenschüssel und zitterte vor Angst. Im Geiste sah sie sich trostlos enden wie Tante Hedwig. Verarmt, vereinsamt, vergessen – und schwanger!

Die Sorge um Eva ließen Ramonas eigene Probleme in den Hintergrund treten. Sie hatte ihrer liebeskranken Freundin Kamillentee gekocht und sie dann ins Bett gescheucht, die Ärmste war ja völlig durch den Wind. Ramona war der Meinung, dass Eva noch früh genug von ihrer Entlassung erfahren würde, aber jetzt brauchte ihre sie ihre Ruhe.

Daher begann der neue Tag für Eva, wie der vorige geendet hatte, mit Kamillentee.

„Geht's dir besser?“, fragte Ramona mitfühlend und setzte sich auf ihren angestammten Platz auf der Küchenbank.

„Ich glaube, ja“, sagte Eva unsicher, die noch nicht wach genug war, um diese Frage abschließend beantworten zu können. „Ich hab nachgedacht, vielleicht gibt es ja doch jemand, den du um Hilfe bitten könntest.“

„Ja? Wen denn?“, fragte Ramona erwartungsvoll.

„Gustl! Ich meine, der scheint dich immerhin zu mögen.“

„Kann schon sein“, entgegnete Ramona ablehnend, „aber den kann ich unmöglich um Geld anbetteln, ich müsste vor Scham im Erdboden versinken!“

Während sie ihren Tee trank, suchte Eva fieberhaft nach einer Möglichkeit, wie sie Ramona aus der Klemme helfen könnte, aber so langsam gingen auch ihr die Ideen aus.

Das sonore Surren der Türklingel unterbrach sie in ihren Überlegungen. Ramona machte Anstalten, aufzustehen, doch Eva war schneller.

„Hallo Eva.“ Verlegen kratzte Gustl sich am Hinterkopf.

Der Mann hatte aber auch ein Timing, dachte Eva, und sah ihn fragend an.

„Da sind ein paar Dachplatten runtergefallen.“ Er deutete nach oben.

Eva nickte.

„Eine davon hätte mich beinahe erwischt!“

„Siehst du, deshalb muss das gemacht werden! Außerdem regnet es sonst beizeiten rein“, stellte er fest. „Ich hab Verstärkung mitgebracht“, er wies mit dem Daumen hinter sich, „wir erledigen das, wenn`s recht ist.“

Eva streckte den Kopf aus der Tür und sah einen weißen Lieferwagen mit der roten Aufschrift ‘Dach- und Fassadenbau Wiesinger’ in der Einfahrt stehen. Im Fahrerhaus saß ein langhaariger Typ, der augenscheinlich auf Gustl wartete.

„Das ist der Dirk, ein alter Spezl von mir und ein Mann vom Fach!“

Alles schön und gut, dachte Eva, aber: „Wer soll das bezahlen?“

„Das kostet nix“, winkte Gustl ab. „Betrachte es als Nachbarschaftshilfe. Und beim Dirk hatte ich eh noch einen gut!“, sagte er und grinste gerissen.

Wie könnte sie dazu Nein sagen? Wozu das schlechte Gewissen eines Mannes doch nicht alles gut war! Sie bedankte sich und ging zurück zu Ramona, die ihr Handy in der Hand hielt.

„Hast du zufällig ein Ladegerät da?“

Eva seufzte gottergeben. Es war immer dasselbe mit ihr. Trotzdem ging sie ins Schlafzimmer, um das Gewünschte zu holen.

„War das der Gustl?“, wollte Ramona neugierig wissen, als Eva mit dem Kabel wiederkam.

„Ja, wieso?“, gab sie säuselnd mit einem unschuldigen Augenaufschlag zurück.

„Du bist echt doof!“, maulte Ramona.

„Jetzt sei nicht gleich eingeschnappt! Er ist bloß hier, um das Dach zu reparieren, dein Dach, wenn ich dich daran erinnern darf!“

„Echt? Das ist aber nett von ihm", sagte Ramona leichthin. Auf den Gedanken, dass solche Dienste für gewöhnlich nicht umsonst zu haben waren, schien sie nicht zu kommen.

„Nett? Ich finde, das ist weit mehr als nur nett! Der hätte bestimmt was Besseres zu tun. Er hat sogar extra einen Kumpel mitgebracht, der, wenn ich das richtig verstanden habe, von Beruf Dachdecker ist!"

Überrascht blickte Ramona auf. „Warum tut er das?"

„Vielleicht, weil er dich mag?!" Ein anderer Grund wollte Eva auch nicht einfallen, wenngleich sie über diese Erklärung nicht besonders glücklich war. Ihr stand das heitere, aber ahnungslose Gesicht von Gabi vor Augen.

Ramonas Augen leuchteten auf. „Meinst du wirklich?"

Eva nickte schmunzelnd.

„Vielleicht kommt er ja später auf einen Kaffee herein", sagte Ramona mit verträumtem Gesichtsausdruck.

„Darauf kannst du wetten!", sagte Eva lachend. „Und ich weiß auch schon, was wir zwei Hübschen bis dahin machen!" Sie stand auf und ging zum Spültisch.

„Ui, was denn?", fragte Ramona unternehmungslustig. Doch als sie sah, wie Eva die Tür des Unterschranks aufschob, hinter der ein kleines Arsenal an Putzmitteln sichtbar wurde, stöhnte sie entsetzt auf. „Das ist jetzt nicht dein Ernst!"

Lächelnd nahm Eva einen Reiniger nach dem anderen aus dem Schrank und stellte die Flaschen auf die Küchenplatte, dazu Wischlappen und Schwämme.

Nachdem sie es Ramona verdankte, in dieser Bruchbude hausen zu müssen, war es bestimmt nicht zu viel verlangt, wenn sie ihr zum Ausgleich beim Großputz half!

Anderthalb Stunden später hörte das Geklopfe und Gehämmere auf dem Dach auf und Eva entschied, dass es an der Zeit war, eine Kaffeepause einzulegen. Wie von ihr vorhergesehen, stand Minuten später der Gustl vor der Tür.

„So, das hält erstmal. Lang kann man es aber nicht mehr so lassen, Dirk sagt, das Dach muss schleunigst gemacht werden!"

„Wo ist er denn, dein Freund? Wollt ihr nicht hereinkommen und einen Kaffee mit uns trinken?"

„Der musste weg, er hat noch einen Kundentermin, aber ich nehm gern eine Tasse." Er grinste verschmitzt.

Schmutzig und verschwitzt wie er war, schlürfte Gustl in die Küche, setzte sich auf einen Stuhl und ließ sich von Eva bedienen. Von ihm war sie das Schweigen ja gewöhnt, aber seit er den Raum betreten hatte, war auch Ramona verstummt wie ein Goldfisch im Glas. Als gäbe es nichts Interessanteres, betrachtete sie ihre pink lackierten Fingernägel.

„Ah, das tut gut", sagte Gustl und stellte die Tasse ab. Dann wandte er sich an Ramona. „Aber das Dach musst du reparieren lassen, damit ist nicht zu spaßen! Und hier im Haus", er schaute zu der mit Stockflecken übersäten Decke hinauf, „muss auch einiges gemacht werden!"

Ramona nickte unglücklich.

„Was denkst du, wie groß der Aufwand wäre, das

Häuschen wieder in Schuss zu bringen?", wollte Eva von ihm wissen.

„Oh, mei, nach dem Dach kommt die Fassade, die blättert auch schon ab, da ist es nur eine Frage der Zeit, bis sich Schimmel bildet. Und hier drinnen muss man sowieso alles generalüberholen, angefangen bei den Wasserrohren und der Heizung über die Elektrik bis hin zu Türen und Fenstern. Aber das meiste davon könnt ich wahrscheinlich selber machen", versuchte er Ramona zu beruhigen, der das Entsetzen ins Gesicht geschrieben stand.

„Du kannst das alles?" Bewundernd sah sie ihn an.

„Schon", sagte er nach bester Gustl-Manier, um gleich als nächstes festzustellen: „Aber es ist ja nicht mein Haus."

Ramona und Eva wechselten einen einverständnisvollen Blick, bevor Eva erläuterte: „Die Sache ist die: Ramona muss das Haus schnellstmöglich verkaufen!" Als sie sah, wie Gustl ihre Freundin nach diesem Geständnis kritisch musterte, half Eva ihr aus der Verlegenheit, indem sie hinzufügte: „Wegen einer dringenden Familienangelegenheit!"

„Das kommt davon, wenn man den Wohltäter spielen will", bemerkte er abfällig.

Eva sah Ramona fragend an, doch die wusste ebenso wenig wie sie, worauf er anspielte. „Wohltäter? Wieso Wohltäter?", fragte sie ihn verständnislos.

„Weil wir uns damals alle darüber gewundert haben, wie du dem Herrn Pfarrer das großzügige Angebot gemacht hast", erklärte Gustl.

„Was für ein Angebot denn?", fragte Eva an

Ramonas Stelle, der es anscheinend die Sprache verschlagen hatte. Reglos saß sie da und starrte die Wand an.

„Nach Hedwigs Beerdigung hat sie dem Pfarrer erlaubt, das Haus zu plündern und alles, was noch brauchbar ist, Bedürftigen zukommen zu lassen."

Eva ging ein Licht auf. „Das erklärt dann wohl auch, warum der Haushalt so miserabel ausgestattet ist!"

Gustl nickte. „Der Pfarrer war ganz aus dem Häuschen! Es müssen ein paar schöne Dinge dabei gewesen sein, soweit ich mich erinnern kann, vor allem Geschirr und alte Vasen."

„Und die Gladiolen", sagte Ramona tonlos und wurde blass.

„Welche Gladiolen?", fragten Gustl und Eva wie aus einem Mund.

Sie deutete an die Wand, wo ein helles Quadrat davon zeugte, dass an dieser Stelle einst ein Gemälde gehangen hatte. „Großer Gott, daran hab ich gar nicht mehr gedacht! Das ist es!" Aufgeregt sprang Ramona auf. „Tante Hedwig hat doch immer behauptet, wenn sie mal stirbt, hätte ich ausgesorgt!"

„Dann hat jetzt die Kirche ausgesorgt", sagte der Gustl lakonisch.

„Die Kirche?" Ramona sah ihn bestürzt an.

„Moment mal, du denkst doch nicht etwa, das Bild war wertvoll?", fragte Eva und hob zweifelnd eine Augenbraue.

„Nichts Genaues weiß man nicht", wiegelte Gustl ab. „Auf alle Fälle hat der Pfarrer ein paar Wochen nach der Beerdigung die Gabi nach dem Gottesdienst beiseite genommen und zu ihr gesagt, sie soll

Ramona einen schönen Gruß ausrichten und danke für die großzügige Spende!"

Kraftlos sank Ramona zurück auf die Bank. „Das darf doch nicht wahr sein!", rief sie verzweifelt aus.

„Weißt du, was mit den Sachen passiert ist? Vielleicht hat der Pfarrer das Bild ja noch?", meinte Eva.

Aber Gustl schüttelte den Kopf. „Die Wertgegenstände sind alle versteigert worden, der Erlös ging, glaub ich, an ein Waisenhaus."

„Dann hast du wenigstens ein gutes Werk getan", versuchte Eva Ramona zu trösten. Doch die war untröstlich.

„Aber ich brauch doch das Geld!", sagte sie leise.

„Wenigstens bleibt dir noch das Haus", warf Gustl ein. „Obwohl du für den alten Kasten wahrscheinlich nicht allzu viel bekommen wirst."

„Wieviel?", platzte Ramona heraus, die sich selbst schon gefragt hatte, was das Haus wohl wert sein mochte. Denn nach allem, was sie gehört hatte, wurden Immobilien in dieser Region hoch gehandelt.

Gustl kratzte sich am Kopf und überlegte. „Das Austraghaus vom Huberbauer war in einem ähnlichen Zustand, der hat keine 400.000 dafür gekriegt".

„400.000 Euro?", wiederholte Ramona atemlos. Mit so viel hätte sie niemals gerechnet, schon mit der Hälfte wäre sie auf einen Schlag alle Sorgen los!

„Kennst du vielleicht jemand, der Interesse daran haben könnte?", wandte sich Eva an Gustl.

„Könnt schon sein", sagte er zögernd. Er versprach, sich umzuhören, verabschiedete sich und ließ die beiden Frauen wieder allein.

Was für eine Tragödie! Eva setzte sich zu Ramona, legte den Arm um sie und wollte sie trösten, doch die schien sich bereits mit der Unabänderlichkeit der Situation abgefunden zu haben.

„Ich bin doch selbst schuld! Das kommt davon, wenn man unbekümmert in den Tag hinein lebt und die Dinge schleifen lässt. Vielleicht wird mir das ja eine Lehre sein!“ Sie schniefte.

Eva war schwer beeindruckt, mit welcher Größe Ramona ihren Fehler einsah und zugab.

„Aber sag mal“, nutzte sie den vertrauten Moment, „ich verstehe ja, dass du nicht nach Hause willst, weil du Angst vor dem Gerichtsvollzieher hast, aber – musst du heute nicht ins Büro?“

Da war sie, die Frage, vor der Ramona sich gefürchtet hatte. Unbehaglich rückte sie ein Stück von Eva ab und sagte aufmüpfig: „Die werden doch wohl mal ein paar Tage ohne mich auskommen!“

„Du hast dir freigenommen?“, fragte Eva ungläubig. „Wie hast du denn Raoul dazu gebracht, dir so kurzfristig Urlaub zu geben? Das hat er doch noch nie getan!“

„Ach, war gar nicht so schwer!“, sagte Ramona wegwerfend.

Plötzlich glaubte Eva, den Grund zu kennen: „Doch nicht etwa wegen mir? Du bist zurückkommen, weil du dich bei mir entschuldigen wolltest?“

„Na, hör mal, das ist doch das Mindeste!“, sagte Ramona. Aber weil ihr das Thema zu brenzlig wurde, sprang sie auf und schlug zu Evas Verwunderung vor, sich wieder an die Arbeit zu machen. „Ich nehm mir das Wohnzimmer vor, du könntest derweil in der Küche weitermachen“, verteilte sie tatendurstig die Aufgaben.

Könnte es sein, dass da noch jemand ein schlechtes Gewissen hatte? Misstrauisch beobachtete Eva, wie Ramona angriffslustig die Ärmel ihrer Tunika hochrollte und ihre Locken mit einem Haargummi bändigte, bevor sie zum Buffet ging und den größten Kochtopf herausnahm, den sie finden konnte.

„Mein Eimerersatz", erklärte sie lachend. „Du hast nicht zufällig Gummihandschuhe eingekauft?"

Eva schüttelte den Kopf.

„Macht nichts, geht auch so!" Unbekümmert griff Ramona nach dem Glasreiniger und verließ pfeifend die Küche.

Argwöhnisch sah Eva ihr nach. Sie kannte Ramona. Wenn das bequeme Fräulein sich freiwillig zum Dienst meldete, war irgendwas oberfaul. Eva wurde den Eindruck nicht los, dass sie ihr etwas verheimlichte. Aber was? Den unsäglichen Zeitungsartikel jedenfalls hatte sie noch mit keiner Silbe erwähnt. Ob sie davon noch gar nichts mitbekommen hatte? Urlaub hin oder her, Raoul müsste sie doch längst angerufen haben! Mit dem festen Vorsatz, Ramona gleich nach der Putzaktion darauf anzusprechen, machte Eva sich daran, die Küche vom Staub der Jahrhunderte zu befreien.

In der Wohnstube wienerte Ramona die Sprossenfenster, als ginge es um ihr Leben. Fensterputzen war eine Tätigkeit, die sie mochte. Sie fand, eine spiegelklare, blitzblanke Scheibe hatte etwas zutiefst Befriedigendes. Mit Nachdruck scheuerte sie minutenlang an einem Fleck herum, bis ihr aufging, dass das alte Fenster an dieser Stelle blind war. Sie ließ den Lappen sinken und sah nachdenklich den Tautropfen zu, die wie Tränen von den Blüten einer

Haselnuss im Vorgarten rannen. Wahrscheinlich hatte der Strauch ihr Unglück gesehen und weinte um sie. Es fehlte nicht viel, und sie hätte mitgeweint. Aber Ramona kniff tapfer die Lippen zusammen und wandte sich dem nächsten Fenster zu.

Bis jetzt war es ihr gelungen, Evas Fragen abzublocken, aber lang würde sie nicht mehr damit durchkommen. Eva würde keine Ruhe geben, bis sie ihr alles haarklein erzählt hatte. Aber wie sollte sie ihr schonend beizubringen, dass ihr kleiner Schwindel aufgeflogen war? Und man sie beide gefeuert hatte?

Ramona seufzte. Sie wusste, allzu lang würde sie die Stunde der Wahrheit nicht mehr hinausschieben können. Und todsicher würde auch diesmal Eva ihr die Schuld in die Schuhe schieben. Es war so ungerecht!

Lange hatte Jakob wachgelegen und auf Uwes Rückruf gewartet, doch ganz gegen dessen Gewohnheit hatte er sich nicht bei ihm gemeldet. Jetzt hielt er es keine Minute mehr länger aus, er musste unbedingt mit ihm reden. War es nicht Scheidungsgrund genug, wenn seine Frau hinter seinem Rücken die Pille nahm? Dass er mit seiner Entscheidung zugleich Evas Karriere beendet hatte, war ein bedauerlicher Kollateralschaden, den Jakob billigend in Kauf nahm. Denn das hatte sie sich selbst zuzuschreiben.

Ungeduldig wählte er Uwes Nummer und atmete erleichtert auf, als sein alter Freund nach dem zweiten Klingeln ranging.

„Jakob! Schön, dass du anrufst, ich hätte mich heute auch noch bei dir gemeldet“, eröffnete Uwe das fröhlich Gespräch.

„Das trifft sich gut", erwiderte Jakob, „es gibt da nämlich so einiges, was wir dringend besprechen müssen!"

Aber Uwe hörte ihm nicht zu. „Du sollst es als erster erfahren!", platzte er heraus. „Stell dir vor, Gerda und ich waren im Reisebüro und - wir haben gebucht!"

„Schön für euch, wohin soll`s denn gehen?", fragte Jakob mäßig interessiert, denn es war ihm einerlei, ob Uwe und seine Frau ihren Jahresurlaub auf den Malediven, den Kanaren oder den Äußeren Hebriden verbrachten.

„Haha, der war gut!", entgegnete Uwe lachend.

Schlagartig dämmerte Jakob, was ihm sein Freund hatte mitteilen wollen. „Jetzt sag bitte nicht, ihr geht auf Weltreise!", bat er ahnungsvoll.

„Genau das, mein Freund, genau das! Gerda hat endlich ja gesagt! Ein ganzes Jahr werden wir unterwegs sein, einmal rund um den Erdball! Ist das nicht großartig?"

Das kannst du mir nicht antun, wollte Jakob ausrufen. Aber weil er wusste, wie albern das wäre, fragte er stattdessen scheinbar besorgt: „Was wird dann aus deiner Kanzlei?"

„Die läuft mir schon nicht davon", erklärte Uwe gutgelaunt. „Ich wollte ohnehin kürzer treten".

„Und was ist mit meiner Scheidung?"

„Eben darüber wollte ich mit dir sprechen. Ich kann dir gern einen fähigen Kollegen vermitteln", schlug Uwe vor.

Jakob ließ sich auf die Couch fallen. „Das kannst du mir nicht antun!", stieß er nun doch hervor.

Uwe lachte. „Ich bitte dich, ihr habt doch einen Ehevertrag, da ist das eine glasklare Sache! Das Scheidungsverfahren wird völlig unkompliziert ablaufen – vorausgesetzt natürlich, Eva macht keine Schwierigkeiten. Und das wird sie doch nicht, oder?"

„Ich glaube nicht", räumte Jakob zögerlich ein. „Aber wer spielt mit mir Tennis, während du über die sieben Weltmeere schipperst?"

„Bedaure, dafür habe ich keinen Ersatz", musste Uwe zugeben. „Aber vielleicht verlegst du dich in der Zwischenzeit aufs Golfen, dafür brauchst du keinen Partner. Geschäftlich gesehen ist das sowieso viel interessanter. Außerdem war ich für dich doch nie ein echter Gegner! Es wird höchste Zeit, dass du mit den großen Jungs spielst!"

Aber Jakob war nicht nach Scherzen zumute, verzweifelt rief er: „Uwe, bitte, du musst mir helfen! Meine Scheidung muss schnellstmöglich über die Bühne gehen!"

„Also gut", lenkte Uwe ein, „ich mache die Papiere fertig. Die Adresse von meinem Kollegen schick ich Dir per Mail. Du,", unterbrach er sich selbst, „ich kriege einen Anruf rein, wir hören uns!"

Bevor Jakob etwas erwidern konnte, hatte er aufgelegt.

Das konnte doch alles nicht wahr sein! Erst Ida, dann Uwe – hatten denn plötzlich alle den Verstand verloren?

Jakobs Kopf sank nach hinten auf die Rücklehne der Couch, mit leerem Blick starrte er an die Decke. Sein einstmals stabiles Leben drohte in sich zusammenzufallen wie ein Kartenhaus. Und er stand dabei wie ein unbeteiligter Zuschauer bei der

Sprengung eines Hochhauses und war dazu verdammt, tatenlos zusehen zu müssen, wie alles, was er sich über Jahrzehnte aufgebaut hatte, in die Luft flog. Dummerweise wurde er das dumpfe Gefühl nicht los, dass er selbst derjenige war, der mit seiner Entscheidung, Eva zu verlassen, den Sprengknopf gedrückt hatte.

Das Handy auf dem Couchtisch vibrierte und Jakobs Stimmung fiel unter den Nullpunkt, denn es war seine Mutter.

„Nein, ich habe den Ring noch nicht gefunden", informierte er sie verärgert und war versucht, sofort wieder aufzulegen.

Hanne wies ihn nachdrücklich auf die Unersetzbarkeit des antiken Schmuckstückes hin und betonte seinen ideellen Wert, indem sie ihm zum hundertsten Mal die alte Geschichte von der romantischen Verlobung ihrer Mutter auf hoher See erzählte. Aber irgendwann merkte sie von selbst, dass Jakob ihr nicht zuhörte.

„Aber da ist noch etwas, das ich dir erzählen wollte", änderte sie den Kurs. „Eigentlich hatte ich gehofft, dir das persönlich sagen zu können, aber du scheinst den Weg nach Hause ja nicht mehr zu finden", sagte sie pikiert. Aber Jakob schwieg, also sprach sie weiter: „Es gibt gute Neuigkeiten, wir haben einen Interessenten für die Villa!"

„Wer ist wir?", wollte Jakob wissen.

„Herr Sperling und ich!"

„Was ist das nun wieder für ein komischer Vogel?"

„Das ist der Makler, den ich beauftragt habe. Der ist mir sehr empfohlen worden und er scheint sein Geschäft wirklich zu verstehen. Ich habe ihm aber auch detailliert geschildert, was für ein Käufer mir vorschwebt.“

Jakob schnaubte, daran hatte er keinen Zweifel.

„Und du wirst es nicht glauben, der Kaufinteressent ist eine Stiftung, die das Haus zu einem Kinderheim umfunktionieren will! Ist das nicht fabelhaft?“, rief sie freudig aus. „Damit wird sich mein sehnlichster Wunsch, Kinderlachen in diesen Mauern zu hören, auf meine alten Tage doch noch erfüllen!“

Jakob glaubte, sich verhört zu haben, war er doch in seiner Kindheit regelmäßig von Hanne und den häufig wechselnden Kindermädchen dazu angehalten worden, sich im Haus mucksmäuschenstill zu verhalten. Schon lautes Sprechen war absolut verpönt gewesen, an Lachen gar nicht erst zu denken!

„Das trifft sich gut, Mutter, zumal es auch bei mir eine Veränderung gibt. Ich werde Hamburg verlassen!“, verkündete er seinen soeben gefassten Entschluss und legte grußlos auf.

XI

Gegen Abend war Ramonas Schonfrist endgültig abgelaufen. Sie hatten geputzt wie die Verrückten, nur unterbrochen von einem rustikalen Vesper, das Ramona am Boden hockend verzehrt hatte, während sie gleichzeitig die Holzleisten mit einer Handbürste bearbeitet hatte.

„Du hast nicht zufällig einen Drink im Haus?“, rief sie und schloss die Tür zur Toilette, die eine ausgiebige Reinigung dringend nötig gehabt hatte.

„Nein, leider nicht“, antwortete Eva aus dem Schlafzimmer. Sie streckte den Kopf zur Tür heraus. „Wieso fragst du?“

„Ich finde, wir hätten uns einen verdient!“, sagte Ramona und begann, die Putzutensilien in den Küchenschrank zurück zu räumen, womit sie unübersehbar klarstellte, dass sie für heute genug hatte.

Der dünne Schein der Flurlampe spiegelte sich glänzend im Fußboden wider und auch der Lampenschirm war von Staub und Spinnweben befreit. Ramona hatte ganze Arbeit geleistet.

„Wir könnten nach Staufen reinfahren und etwas trinken gehen“, ging Eva auf ihren Vorschlag ein.

Ramona trat aus der Küche. „Ich hatte gehofft, du würdest das sagen.“ Sie grinste. „Aber so können wir nicht los!“

Eva verzog widerwillig das Gesicht, auf die Ausgehuniform hatte sie jetzt wirklich keine Lust. Sie war müde, außerdem war ihr immer noch flau im Magen. Alles was sie wollte, war ein Schluck zu trinken und eine Kleinigkeit zu essen.

„Kommt gar nicht in Frage!“, widersprach Ramona energisch. „Wenn schon, dann richtig!“ Unerbittlich schob sie Eva zurück ins Schlafzimmer, um ein passendes Outfit für sie auszusuchen.

Wenig später steuerte Ramona zielsicher den Parkplatz beim Staufner Bahnhof an. Jubelnd setzte sie das Auto in eine soeben freiwerdende Parklücke.

„Heute ist unser Glückstag!“, rief sie aufgekratzt. Sie schien wild entschlossen, ihre desolate finanzielle Situation für die nächsten paar Stunden zu vergessen.

Eva lächelte nachsichtig. Sie konnte sie gut verstehen, erging es ihr doch ganz ähnlich. Ein Ehemann, der mehr an der Form ihrer Scheidung, als am Funktionieren ihrer Ehe interessiert war, der drohende Verlust ihrer Radio-Show und dazu eine mediale Hetzkampagne – da gab es so einiges, das sie liebend gern vergessen hätte, am besten für immer. Aber im Gegensatz zu Ramona war sie nunmal nicht der Typ dafür, unangenehme Begleiterscheinungen ihres Lebens zu verdrängen, bis sie groß genug waren, um nicht länger übersehen werden zu können.

Auf ihren hohen Stiefeln stöckelte Eva neben Ramona her, die sich für schwarze Overknees und ein weinrotes Strickkleid entschieden hatte. Darüber trug sie Evas schwarzen Mantel. An jeder anderen Frau hätte das Outfit nuttig gewirkt, aber nicht an Ramona. Vielleicht, weil sie mit ihrer wilden Naturkrause und dem runden Madonnengesicht immer ein wenig wie eine harmlose Kindergartentante aussah. Eva war nicht dazu zu bewegen gewesen, sich in den Mini-Rock zu quetschen, den Ramona für sie ausgesucht hatte. Stattdessen war ihre Wahl auf eine schwarze

Skinny-Jeans gefallen, zu der sie einen noch schwärzeren, langen Kaschmirpulli mit Rückenausschnitt trug und darüber einen kobaltblauen Steppblazer.

Gespannt betraten sie die Bar, die, wenn man Ramonas Ortskenntnissen Glauben schenken durfte, der In-Treff im Dorf war. Das erste, was Eva wahrnahm, waren die vielen Fotos an den Wänden, auf denen mehr oder weniger prominente Gäste zu sehen waren. Achtung, jetzt komm ich, dachte sie in einem Anflug von Sarkasmus, denn trotz ihrer Popularität war es derzeit eher unwahrscheinlich, dass der Besitzer sie um eine Aufnahme als Andenken bitten würde.

Zu dieser frühen Stunde war noch wenig los, bis auf ein älteres Ehepaar waren sie die einzigen Gäste.

„Wir können uns ja schon mal warmtrinken." Ramona wollte sich auf einen Barhocker schieben, doch Eva hielt sie am Ärmel davon ab.

„Lass uns lieber einen Tisch nehmen." Ohne eine Antwort abzuwarten verzog Eva sich in die hinterste Ecke.

Ramona folgte ihr widerstrebend. „Wozu brezeln wir uns stundenlang auf, wenn du dich dann verstecken willst?", maulte sie.

Du ahnst ja gar nicht, wie richtig du damit liegst, dachte Eva. Laut aber sagte sie: „Quatsch! Aber wenn das da drüben die Tanzfläche sein soll, dann wird es dort sicher laut."

Ramona verzichtete darauf, in die Getränkekarte zu sehen, und bestellte: „Sex on the Beach". Dabei probierte sie einen Augenaufschlag, der sexy hätte sein sollen, an ihr aber drollig wirkte. Das musste der junge Mann, der ihren Getränkewunsch entgegennahm, sich auch gedacht haben, denn er lachte laut auf. Beleidigt schob Ramona die Unterlippe vor.

Eva ignorierte die Ulknudel an ihrer Seite und orderte ebenfalls einen Cocktail, allerdings die alkoholfreie Variante, nur für alle Fälle. Außerdem musste einer von ihnen sie nach Hause chauffieren.

„Gibt`s hier auch was zu essen?“, erkundigte sie sich.

„Aber sicher“, sagte der hübsche Servierknabe, „wie wäre es mit überbackenen Seelen?“

„Hervorragend! Zweimal, bitte!“, entschied Eva.

„He!“, beschwerte sich Ramona, nachdem der knackige Jungspund verschwunden war. „Seit wann bestimmst du, was ich esse?“

„Seitdem du unter Beweis gestellt hast, dass man auf dich aufpassen muss!“, konterte Eva gelassen und klappte die Karte zu.

„Jetzt lass aber mal die Kirche im Dorf!“ Ramona hasste es, bevormundet zu werden. Aber noch mehr hasste sie, dass Eva immer so schrecklich vernünftig sein musste. Sie würde garantiert nie in die Verlegenheit kommen, dass ihr das Geld ausging, Mrs. Perfect hatte immer alles im Griff!

„Mit Ausnahme meines Ehemannes!“ bemerkte Eva trocken.

Ihre eigene Taktlosigkeit ließ Ramona verstummen.

Zum Glück wurden in diesem Moment die Drinks serviert. Sie stießen auf einen schönen Abend an, nippten an ihren Gläsern – und verfielen erneut in Schwiegen. Dass die Musik inzwischen ein paar Dezibel lauter geworden war, vereinfachte das

Nichtreden. Eva hing ihren Gedanken nach und Ramona begutachtete die neu eintreffenden Gäste.

Den meisten konnte man schon aus der Ferne ansehen, dass sie finanziell auf Rosen gebettet waren. Wie dieser stattliche, ältere Herr beispielsweise, der soeben mit einer Was-kostet-die-Welt-Attitüde durch die Tür trat. Weltmännisch legte er seinen Seidenschal ab und winkte dem Mann hinter der Bar zu, der wahrscheinlich der Inhaber war. Es folgte eine herzliche Begrüßung mit Schulterklopfen, man kannte sich.

So einen, überlegte Ramona, müsste sie sich auch angeln. Der Typ sah nicht mal schlecht aus, aber um von einem wie dem wahrgenommen zu werden, hatte sie zweimal zehn zu viel: Kilos und Jahre! Kaum anzunehmen, dass sie in sein Beuteschema passte. Wie zur Bestätigung kam eine spindeldürre Frau auf Highheels herein, die sich gestelzt neben ihn setzte. Besitzergreifend legte der Mann den Arm um sie.

Ramona schmeckte salzig aufsteigende Tränen und griff nach ihrem Drink. Was hatte Tante Hedwig ihr eingeschärft? Selbstmitleid war auch keine Lösung! Sie war diejenige, die sich in diese Notlage gebracht hatte, also würde sie sich auch wieder daraus hinausmanövrieren! Egal, wie. Es war an der Zeit, der Wahrheit in ihr hässliches Gesicht zu sehen, womit sie gleich hier und jetzt anfangen würde. Verstohlenen sah sie zu Eva, die gedankenverloren an ihrem Strohhalm saugte und keine Ahnung hatte, wie sexy sie dabei aussah.

Entschlossen leerte Ramona ihr Cocktailglas und richtete sich kerzengerade auf. „Eva, ich muss dir was sagen“, begann sie, aber weiter kam sie nicht.

„Sie ist es! Hab ich es dir nicht gleich gesagt, Bärchen?“ Die Frau, die aufgeregt an ihren Tisch getrippelt kam, hatte eine rote Hochsteckfrisur, zu ihrem schwarzen Etuikleid trug sie ein elegantes Cape. Fehlte nur noch der Fifi auf dem Arm. Aufgeregt schoss sie auf Eva zu. „Frau Dr. Schilling, was für eine Freude!“

Es war Eva anzusehen, dass die Freude nicht ganz auf ihrer Seite war. Unangenehm berührt wich sie zurück, doch die Rothaarige sprach unbeirrt weiter.

„Mein Name ist – ach, egal, Sie werden sich ohnehin nicht an mich erinnern! Aber ich weiß, wer Sie sind, und es ist mir eine Ehre, Sie endlich einmal persönlich kennenzulernen!“ Sie beugte sich vor und raunte Eva zu: „Als mein Mann mich damals verlassen hat, haben Sie mir sehr geholfen, das vergesse ich Ihnen nie!“ Sie strahlte wie eine Tausendwattbirne.

Aus dem Augenwinkel heraus sah Eva einen äußerst gutgebauten, dunkelhaarigen Mann lässig am Tresen stehen, er schien sie zu beobachten. „Freut mich, wenn ich Ihnen helfen konnte, Ihre Ehe zu retten“, sagte sie unterkühlt und hätte beinahe hinterhergeschickt: Können Sie mir bitte verraten, wie ich das gemacht habe?

Irritiert sah die Frau sie an. „Aber nein, meine Liebe, nicht doch! Ich habe mich trotzdem scheiden lassen!“

Jetzt war es an Eva, sie verstört anzusehen.

„Das Telefonat mit Ihnen hat meine Ehe nicht mehr retten können. Aber Sie haben mir mein Selbstbewusstsein zurückgegeben und die Hoffnung, dass es im Leben immer eine zweite Chance gibt!

Und damit hatten Sie vollkommen Recht, denn heute bin ich eine glücklich verheiratete Frau! Ohne Ihre Hilfe würde ich wahrscheinlich immer noch in Selbstmitleid baden und meinem untreuen Ex-Gatten nachtrauern!" Sie nahm Evas Hände, drückte sie mit einem dankbaren Lächeln und stolzierte dann zurück zu dem Adonis, augenscheinlich Ehemann Nummer zwei.

„Was, bitte, war das denn?" Überrumpelt sah Eva ihr nach.

„Nur einer deiner zahlreichen Fans", stellte Ramona gelangweilt fest. Situationen wie diese waren für sie wahrlich nichts Neues.

Blitzartig setzte Eva sich auf, ihre Augen begannen zu funkeln. „Falsch, meine Liebe, das war meine Rettung!"

Mit fragendem Blick sog Ramona an ihrem Strohhalm, doch ihr Glas war leer und sie saugte nur blubbernd Luft an.

„Verstehst du nicht?", rief Eva wie elektrisiert. „Es liegt nicht in meiner Verantwortung, ob es am Ende gut ausgeht oder nicht, darauf kommt es gar nicht an! Alles, was sie von mir wollen, ist ein wenig Egopolitur!" Als hätte sie mit dieser Erkenntnis den Stein der Weisen gefunden, lehnte Eva sich selbstsicher zurück.

„Was jetzt aber auch schon egal ist", startete Ramona einen weiteren halbherzigen Versuch.

„Nein, ist es nicht!", unterbrach Eva. „Denk doch mal nach! Das ist der Bohlen-Effekt, den mag doch auch keiner, aber jeder will ihn sehen. Weißt du, was das heißt? Diese Enthüllungsgeschichte wird mir nicht schaden, die Leute werden meine Show trotzdem lieben! Ist das nicht fabelhaft?" Triumphierend stützte sie die Hände auf den Armlehnen ab, als wäre sie die Königin von Saba und der Sessel ihr Thron.

„Du weißt davon?" Ramona war perplex.

„Was dachtest du denn? Oberstaufen ist vielleicht nicht London oder New York, aber die Tagespresse ist hier so aktuell wie überall!"

„Das ist gut", sagte Ramona und fühlte sich um eine Zentnerlast erleichtert.

Eva lachte abschätzig auf. „Gut? Das einzig Gute daran ist, dass meine Fans es nicht die Bohne interessiert, ob und in was ich promoviert habe!" Zufrieden hob sie ihr Glas.

„Deine Fans vielleicht nicht", unternahm Ramona einen neuen Anlauf, Eva auch den Rest der Wahrheit zu erzählen, doch wieder wurde sie daran gehindert.

Überfallartig stürmte ein Kamerateam in das Lokal. Plötzlich war alles in Aufruhr, die Leute schrien wild durcheinander, bis jemand rief: „Dort hinten, das ist sie doch!"

Im Laufschritt kam ein Reporter mit einem Mikrophon in der Hand auf Eva zu gerannt, dicht gefolgt von zwei weiteren Männern, von denen der eine die Fernsehkamera auf der Schulter trug.

„Frau Dr. Schilling, was ist dran an den Betrugsvorwürfen?", rief der rasende Reporter und hielt ihr dreist das Mikro unter die Nase.

Abwehrend hob Eva die Hände vors Gesicht und versank noch tiefer in ihrem Sessel. Sie warf einen Seitenblick auf Ramona, doch von der war keine Hilfe zu erwarten. Mit vor Schreck geweiteten Augen saß sie wie erstarrt.

Eva wollte etwas sagen, doch da rief der Reporter: „Können Sie bestätigen, dass Frau Dr. Werner Ihre Nachfolge antreten wird?“

Eva wurde kalkweiß im Gesicht, ihre Finger krallten sich im Sesselleder fest.

Zum Glück fand Ramona in diesem Moment ihre Fassung wieder. Sie sprang auf, packte Eva bei der Hand und zog sie mit sich. Die konnte gerade noch ihre Handtasche schnappen, dann stolperte sie blindlings hinter ihr her.

Für das Fernsehteam kam ihre Flucht zu überraschend. Bei dem Versuch, den beiden Frauen zu folgen, verhedderte sich der Reporter heillos in einem Kabel und er fluchte laut.

„Los, auf Klo“, wies Ramona Eva an, die daraufhin dem Wegweiser zu den Toiletten folgte. Geistesgegenwärtig riss Ramona im Vorbeilaufen ihre Jacken von der Garderobe und eilte ihr nach.

Die TV-Leute hatten ihren Kabelsalat inzwischen entwirrt und hasteten den beiden Frauen hinterher.

„Schnell“, schrie Ramona, „das Fenster!“ Entgeistert starrte Eva sie an. „Nun, mach schon!“ Da endlich reagierte sie.

Eva kletterte auf den Toilettensitz und durch das Fenster hinaus in den Hinterhof. Ramona, die weniger sportlich war, schloss die Tür der Toilettenkabine von innen ab und warf ihre Jacken und Taschen durch das offene Fenster. Dann zog sie sich schwerfällig an der Wand hoch, zwängte sich durch die Fensteröffnung und ließ sich auf der anderen Seite hinunterplumpsen wie ein nasser Sack. Hätte Eva sie nicht abgefangen, wäre sie ungebremst auf den Teerboden geknallt.

„Autsch!“ Ramona rieb sich den Ellbogen, mit dem

sie an der Wand entlanggescheuert war.

„Jetzt, mach schon!“, mahnte Eva zur Eile und half ihr auf. Hand in Hand liefen sie, so schnell die Stöckelschuhe es erlaubten, zurück zum Parkplatz.

„Wo zur Hölle kamen die denn her?“, fragte Eva, als sie im rettenden Wagen saß und endlich wieder Luft bekam.

Wortlos legte Ramona den Rückwärtsgang ein, parkte aus und gab Vollgas. Den Blick starr geradeaus gerichtete, schaltete sie höher und raste sie in bestem Gangsterstyle mit quietschenden Reifen um die Kurve und aus dem Ort hinaus.

„Und wie kommt dieser Fernseh-Heini überhaupt darauf, dass die Werner meine Show übernehmen soll? Weißt du was davon?“

„Nicht mehr, als ich dir auf die Mailbox gesprochen habe“, entgegnete Ramona wahrheitsgemäß.

Eva sah hinaus in die Dunkelheit, die so finster war, dass sie Wald und Himmel nicht voneinander unterscheiden konnte. „Was für eine haarsträubende Unterstellung! Klar, wird Raoul über diesen Artikel nicht gerade begeistert sein, aber hey, the Show must go on! Er wird mich schon nicht gleich feuern!“, sagte sie zuversichtlich.

Ramona schwieg eisern und presste die Lippen fest aufeinander. Eva sah es, da stieg in ihr eine unheilvolle Vorahnung auf. Mit bebender Stimme fragte sie: „Oder doch?“

„Das wollte ich dir doch schon die ganze Zeit über sagen!“, rechtfertigte Ramona sich.

„Raoul hat mich gefeuert?“, fragte Eva tonlos. „Das soll wohl ein Scherz sein!“

„Leider nicht“, bestätigte Ramona, froh, dass es endlich raus war. „Und wenn du es ganz genau wissen willst, nicht nur dich!“

Eva brauchte eine Sekunde, um zu begreifen, was ihr damit sagen wollte. „Wie, du auch?“, fragte sie schockiert.

Ramona nickte traurig.

Da begann Eva lauthals zu lachen. Sie lachte und lachte, bis ihr die Tränen kamen und ihr Lachen übergangslos umschlug in verzweifeltes Schluchzen.

Ohne das spektakuläre Panorama eines Blickes zu würdigen, marschierte Raoul an der Fensterfront seines Büros auf und ab. In ihm brodelte es gefährlich und für einen kurzen Augenblick verstand er, wie ein Mensch auf die Idee kommen konnte, Amok zu laufen. Ihm war danach, mindestens eine Person abzuknallen, was in seinem Falle gleichbedeutend war mit rauszuschmeißen. Blöderweise hatte er das bereits getan, genaugenommen sogar zwei. Was ihm die dicke Suppe, in der jetzt saß, überhaupt erst eingebrockt hatte.

Auf halbem Wege blieb er stehen und legte die Stirn gegen die kühle Scheibe. Na gut, das mit Ramona war eine Kurzschlussreaktion. Hatte sein Coach ihn nicht davor gewarnt? Er müsse sein zügelloses Temperament unter Kontrolle bekommen, hatte er gesagt, wenn er nicht eines Tages eine Entscheidung treffen wollte, die ihm nicht nur leidtat, sondern ernsthaft schaden könnte. Das hatte nun davon, dass er nicht auf ihn gehört hatte.

Raoul mochte Ramona. Ehrlich. Auch wenn er sie bloß eingestellt hatte, weil er seinem Cousin einen

Gefallen schuldig gewesen war. Juan war kein schlechter Mensch, aber ein miserabler Geschäftsmann, der die unkluge Entscheidung getroffen hatte, das Geld für seine Steuerschulden am Pokertisch auftreiben zu wollen. Mit dem Ergebnis, dass er danach nicht nur Steuerschulden, sondern auch Spielschulden hatte, die Gläubiger hinter ihm her waren und er untertauchen musste. Um Ramona nicht mittellos zurückzulassen, hatte er Raoul gebeten, ihr einen Job zu verschaffen. Aber was, bitte, sollte er mit einer Frau anfangen, die ihr Kunststudium abgebrochen hatte, um Arzthelferin zu werden? Doch er hatte keine andere Wahl, die Familie musste zusammenhalten. Also ernannte er sie offiziell zur Produktionsassistentin und machte sie zum Mädchen für alles.

Was sie genau tat, wusste er bis heute nicht. Wann immer er Ramona sah, stand sie entweder an der Kaffeetheke und schwatzte oder war am Essen. Sandwiches, Kuchen, Kekse – man sollte nicht glauben, was diese Frau alles verdrücken konnte! Und wenn sie den Mund gerade mal nicht voll hatte, hing sie am Telefon. Dass ihre Gespräche häufig privater Natur waren, war ihm ebenso wenig entgangen wie ihre schlechte Laune, nachdem sie wieder aufgelegt hatte. Wie hätte er da ahnen sollen, dass drei Tage ohne sie ausreichten, um den Sender im Chaos versinken zu lassen?

Alles hatte damit begonnen, dass er keinen aktualisierten Sendeplan auf seinem Schreibtisch vorgefunden hatte.

Auf seine verwunderte Nachfrage sah Herta erstaunt auf, musterte ihn kühl und sagte: „Den hat

Ramona gemacht!“

„Dann machst ihn jetzt eben du!“, brüllte er so laut, dass sie empfindlich zusammenzuckte.

„Dafür müsste ich an den Redaktionssitzungen teilnehmen“, wand sie vorsichtig ein, worauf er nichts zu erwidern wusste. Was sie damit eigentlich sagen wollte, war, dass das Telefon in dieser Zeit nicht besetzt wäre, wofür er ad hoc auch keine Lösung hatte.

Wortlos verschwand Raoul daraufhin in seinem Büro. Er musste in sich gehen, denn er brauchte einen Plan. Allem voran einen neuen Personalplan. Also versah er gelbe Klebezettel mit den Namen aller Mitarbeiter, zeichnete auf einem Blatt Papier die verschiedenen Bereiche auf und versuchte, so etwas wie eine sinnvolle Ordnung herzustellen. Aber wie er die Zettelchen auch verteilte, immer fehlte irgendwo jemand. Sein Team war ohnehin schon notorisch unterbesetzt und der Antrag auf zwei weitere Mitarbeiter, den er vor Wochen bei der Verlagsleitung eingereicht hatte, blieb bislang unbeantwortet.

Und dann kam ohne Anzuklopfen auch noch Tim hereingeplatzt! Raoul hatte einiges für die pfiffige studentische Aushilfe übrig, die sich als echter Glücksgriff erwiesen hatte, aber diesmal kam der Junge mit schlechten Nachrichten.

„Was gibt's?“, fragte Raoul, verärgert, in seinen wichtigen, strategischen Überlegungen unterbrochen worden zu sein.

Statt einer Antwort stellte Tim seinen kleinen Laptop mitten auf Raouls Zettelwirtschaft.

Stirnrunzelnd warf der einen Blick auf den Monitor, auf dem die Facebook-Fanseite des Senders zu sehen war. „Ja, und?“

Tim deutete mit dem Zeigefinger auf eine Zahl.

„2.854?“, las Raoul verständnislos.

„Das ist die Anzahl an Kommentaren, die zu unserer Meldung über Evas Weggang“, er traute sich nicht, das Kind beim Namen zu nennen, „hereingekommen sind.“

„Aha“, machte Raoul begriffsstutzig. „Das kommt doch nicht von ungefähr, ist doch klar, dass die Leute ihrem Ärger über Eva Luft machen wollen“, sagte er gelassen.

„Ihrem Ärger über Eva?“ Tim kicherte. Er scrollte auf der Seite weiter nach unten und deutete auf einen Text: „Lies bitte mal das hier.“

Raoul sah sich den Beitrag an. Dann klickte er weiter und las noch einen, noch einen und noch einen. Schweißperlen traten auf seine Stirn.

„Das geht noch ewig so weiter“, informierte Tim ihn, „und nicht nur hier, auch über Twitter und unser Kontaktformular kommen laufend neue Rückmeldungen herein, alle gehen in dieselbe Richtung.“

„Danke, Tim“, sagte Raoul schwach und wedelte aristokratisch mit der Hand.

Der junge Mann mit der asymmetrischen Pilzkopffrisur klappte den Laptop zu und zog sich zurück.

Ratlos stand Raoul am Fenster. Der Himmel über ihm war so düster wie seine Karriereaussichten. Nicht auszudenken, was Dollinger zu alledem sagen würde. Mit ein paar enttäuschten Fans hatte Raoul gerechnet, aber wer hätte gedacht, dass die Evatreuen so weit gehen würden, auch vor handfesten, persönlichen Drohungen gegen seine Person nicht Halt zu machen? Nicht, dass ihn das beunruhigen würde, so etwas konnte er nicht ernst nehmen. Aber er wurde den Eindruck nicht los, mit Evas fristloser Entlassung einen folgenschweren Fehler begangen zu haben. Nur, was hätte er denn sonst tun sollen? Titelbetrug war nun mal kein Kavaliersdelikt!

Er ging zurück an seinen Schreibtisch, warf sich in den Chefsessel und rief die Facebook-Seite auf seinem Rechner auf. Von unten her begann er, die Beiträge zu lesen. Zu seinem Erstaunen schienen die Leute es nicht weiter tragisch zu finden, dass Eva keine Psychologin war.

„Was macht das denn für einen Unterschied, ob sie über 'Hinweise auf Patriotismus im Werk von Friedrich Schiller' promoviert hat oder über 'Neurologische Transmitter'?", meinte einer, der gründlich recherchiert haben musste. Ein anderer schrieb pathetisch: „Evas Ratschläge waren Gold wert, dieser Frau verdanken wir unser Eheglück!". Und das war der Tenor der meisten Zuschriften, Eva wurde mit Dank, Lob und Anerkennung nur so überschüttet!

Raoul lehnte sich zurück, schloss die Augen und verschränkte die Hände hinter dem Kopf. Auch wenn es ihm nicht gefiel, er konnte die Hörermeinung nicht ignorieren. Unter dem Strich wollten alle dasselbe, sie wollten Eva zurück! Raoul beugte sich vor und drückte eine Taste am Telefon. Herta meldete sich sofort. „Schick Ramona rein!", sagte er. Erst ihr beharrliches Schweigen machte ihm seinen Fauxpas bewusst. „Ich mein, ruf sie an und stell sie durch!" Doch dann besann er sich eines Besseren. „Nein, warte, ich erledige das selbst!"

Er legte auf und griff nach seinem Smartphone.

Aber unter Ramonas Nummer ging niemand ran. Genervt knallte er das Telefon auf den Schreibtisch, stürmte zur Tür, riss sie auf und rief in den Flur hinaus: „Weiß irgendwer, wo Ramona steckt?“

Doch er sah in ratlose Gesichter. Selbst die allwissende Herta schüttelte mit besorgter Miene ihre Löckchen.

„Niemand?“ Hinter ihm im Büro klingelte das Telefon. Er schlug die Tür wieder zu und eilte zurück zum Schreibtisch.

„Herr Dollinger, was kann ich für Sie …“ Doch sein Gesprächspartner ließ ihn gar nicht erst zu Wort kommen. Raoul zog den Kopf ein und wartete geduldig ab, bis die Salve über ihn hinweggedonnert war.

„Selbstverständlich, Herr Dollinger. Ganz wie Sie meinen, Herr Dollinger.“ Er räusperte sich. „Aber vielleicht könnten wir heute Nachmittag – hallo?“ Sein Vorgesetzter hatte aufgelegt.

Mit einem herzzerreißenden Seufzer ließ Raoul sich in den Sessel fallen. Wenn er nicht als nächstes auf der Abschussliste stehen wollte, musste er sich etwas einfallen lassen.

Wie von der Tarantel gestochen schoss er hoch, fegte seine Herrenhandtasche und den Mantel von der Garderobe und lief hinaus. Als er an Herta vorbeikam, rief er: „Ich bin für ein oder zwei Stunden außer Haus, bitte keine Anrufe!“

Kopfschüttelnd sah sie ihm nach, wie er im Lift verschwand.

Wo sollte er mit der Suche anfangen? Die umtriebige Ramona konnte überall sein! Nachdem er sie telefonisch nicht erreicht hatte, probierte Raoul es bei ihr zu Hause. Doch auf sein Sturmklingeln hin machte niemand auf. Er dachte nach. Die beiden Weiber hingen ständig zusammen wie die Kletten, fand er die eine, hatte er auch die andere, dessen war er gewiss. Eva hatte zwar erwähnt, sie sei verreist, trotzdem wollte er sein Glück bei ihr versuchen, vielleicht war sie ja schon wieder zurück?

Er wendete den Wagen und schlug die entgegengesetzte Richtung ein, einmal quer durch die City. Raoul hatte Eva schon gelegentlich nach Veranstaltungen nach Hause gebracht, daher wusste er, wo sie wohnte. Keine schlechte Gegend, dachte er, als er in gemächlichem Tempo durch die Richard-Strauss-Siedlung fuhr. Vor einem modernen Neubau stellte er das Auto am Straßenrand ab und stieg aus.

Schon schwebte sein Zeigefinger über dem Klingelknopf, da öffnete sich die Eingangstür und ein eleganter Herr im gediegenen Zweireiher trat heraus.

„Guten Tag“, sagte Jakob und warf seinen Mantel vom rechten über den linken Arm, um Raoul die Hand zu geben. „Ich nehme an, Sie wollen zu meiner Frau?“

„Tag, Herr Schilling“, sagte Raoul und wippte nervös auf der Stelle. Darauf, Evas Mann anzutreffen, war er nicht vorbereitet gewesen. Jedes Mal, wenn er dem souveränen Hanseaten begegnete, befiel ihn dieses ohnmächtige Minderwertigkeitsgefühl, das er so hasste. Dann dazu gab es überhaupt keine Veranlassung! Mit diesem norddeutschen Schnösel konnte er locker mithalten, der hatte nichts, was er nicht auch hatte! Mit Ausnahme seiner schönen Frau vielleicht, denn mit einer solchen konnte Raoul nicht aufwarten. Seine eigene hatte ihn schon vor Jahren verlassen und war mit den Kindern nach Brasilien gegangen. Aber in gewisser Weise drohte dem aufgeblasenen Angeber jetzt ein ganz ähnliches Schicksal, was Raoul umgehend versöhnlich stimmte.

„Können Sie mir bitte sagen, wo ich sie finde?“, fragte er, um Höflichkeit bemüht.

Lächelnd blickte Jakob auf den gedrungenen Südamerikaner hinter, den er gut und gern um zwei Köpfe überragte.

„Könnte ich, möchte ich aber nicht“, sagte er freundlich. Da konnte Eva noch tausendmal betonen, dieser Raoul sei ein netter Kerl, Fakt war, Jakob konnte den testosterongefüllten Großkotz mit seinen unerträglichen, roten Hemden nicht ausstehen! Er nickte ihm zu, wünschte einen guten Tag und wollte sich abwenden, doch da hatte er die Rechnung ohne Raoul gemacht.

Wie ein wütender Terrier fiel er Jakob an, bekam ihn aber nur am Sakko zu fassen. Das unschöne Geräusch von reißendem Stoff ließ Jakob erstarren. Er drehte sich um und sah Raoul konsterniert an.

„Ich muss doch sehr bitten!“ Jakob hielt den Kerl für einen Flegel, aber eine derartige Entgleisung hätte er nicht einmal ihm zugetraut.

Erschrocken ließ Raoul ihn los, sein Kopf hatte das Rot seines Hemdes angenommen. „Oh, Verzeihung!“, stotterte er peinlich berührt.

Jakob schenkte ihm keinerlei Beachtung. Er besah den Saum seines maßgeschneiderten Sakkos, von dem ein gutes Stück herunterhing. Mit einer Mischung aus Fassungslosigkeit und Mitleid blickte er auf den kleinen Mann hinunter und schüttelte geringschätzig den Kopf. Dann machte er kehrt und ging zurück ins Haus.

Vor Scham stand Raoul wie versteinert. Die Eingangstür rastete mit einem leisen Klicken ins Schloss ein, da erwachte er aus seiner Schockstarre und sah zu, dass er Land gewann.

Es musste mindestens das zehnte Mal sein, dass der unsägliche Klingelton von Ramonas Handy spielte, der sich ein bisschen anhörte wie Jahrmarktmusik.

„Willst du nicht endlich rangehen?“, rief Eva genervt, die in der Küche stand und das Frühstücksgeschirr abspülte.

Ramona saß am Tisch, das Telefon in der Hand. Unentschlossen wog sie es ab, als sei es eine Melone, deren Reifegrad sie zu bestimmen versuchte. Es war Raoul, der sie da so dringend erreichen wollte. Wenn sie nur sicher sein könnte, dass sein Anruf etwas Gutes bedeutete, wäre sie geneigt, ihn entgegennehmen. Aber wie wahrscheinlich war das, nach allem, was passiert war?

Eva drehte sich um und warf ihr einen strengen Blick zu. Ihre Haare hatte sie mit einem Samtband gebändigt und um die Hüften trug sie ein kariertes Geschirrtuch anstelle einer Schürze.

„Schau mich nicht so an, du erinnerst mich an Tante Hedwig!“, sagte Ramona vorwurfsvoll.

„Die hat dann wohl nicht oft genug so geschaut!“, gab Eva launisch zurück. Seit der Standpauke, die sie ihrer Freundin nach der späten Rückkehr tags zuvor gehalten hatte, war Eva nicht gewillt, ihr die Vogel-Strauß-Taktik noch länger durchgehen zu lassen. Ramona war eine erwachsene Frau, es war an der

Zeit, dass sie sich endlich auch wie eine verhielt!

Ächzend erhob sich Ramona von ihrem Lieblingsplatz auf der Eckbank unter dem Küchenfenster und ging hinaus. Sie hatte zufällig herausgefunden, dass der Empfang direkt vor der Haustür am besten war.

„Raoul, was gibt's?", fragte sie anstelle einer Begrüßung.

„Ramona, endlich!", rief er aus und klang ehrlich erleichtert. „Seit Stunden versuche ich, dich zu erreichen. Wo bist du?"

„Wieso das?", überging Ramona geschickt seine Frage.

„Weil ich dringend mit Eva sprechen muss!"

„Ach so", sagte sie enttäuscht. Insgeheim hatte sie gehofft, er hätte es sich inzwischen vielleicht anders überlegt.

„Komm schon, tu nicht so als wüsstest du nicht, wo sie ist!"

Ramona schwieg und dachte nach. Es tat ihr jetzt noch leid, Jakob Evas Aufenthaltsort anvertraut zu haben, auf keinen Fall durfte sie denselben Fehler nochmal machen.

Eine dicke Elster kam herangehüpft. Sie legte den Kopf schräg und blickte Ramona neugierig an. Sagte man diesen Vögeln nicht nach, dass sie besonders clever seien?

„Und warum sollte ich das ausgerechnet dir verraten?", entgegnete sie kokett und zwinkerte der Elster verschwörerisch zu, die darauf ein heiseres Krächzen von sich gab. Ramona wertete das als Zustimmung.

„Ramona, bitte! Es ist wirklich wichtig!", drängte Raoul und als könne er Gedanken lesen, fügte er hinzu: „Du wirst es auch garantiert nicht bereuen, versprochen!"

Sie hörte den verzweifelten Unterton in seiner Stimme, trotzdem konnte sie es nicht lassen zu fragen: „Wichtig für wen? Für dich? Für deine Karriere?"

„Lass den Blödsinn! Du weißt, dass es mir immer und in allem zuerst um das Wohl des Senders geht!"

Ramona konnte nicht anders, sie musste lachen. „Und was hab ich davon?"

Raoul wusste, worauf sie anspielte. Nur ungern hätte er zugegeben, mit ihrer Entlassung aus Impulsivität heraus einen folgenschweren Fehler gemacht zu haben. Aber wenn es auf einen Deal hinausliefe und er so sein Gesicht wahren könnte ...

„Meinetwegen! Betrachte dich mit sofortiger Wirkung als wiedereingestellt, das ist es doch, was du willst, oder?"

„Sagen wir, es ist ein Anfang." Ramona begann sich in der Rolle der durchtriebenen Verhandlungspartnerin zu gefallen. Die Elster pickte aufgeregt im Schnee herum, auch sie schien Spaß an der Sache zu finden.

Ein tiefes Stöhnen kam aus dem Telefon, zähneknirschend lenkte Raoul ein: „Also gut, ich lege zehn Prozent drauf."

„Zwanzig", konterte Ramona postwendend.

„Halsabschneiderin!", rief er empört. „Na gut, zwanzig, aber keinen Centavo mehr! Und jetzt verrat mir endlich wo sie ist!"

XII

Erleichtert, ihren Job wiederzuhaben, und eine dicke Gehaltserhöhung noch dazu, ging Ramona zurück ins Haus. Schade nur, dass sie die gute Nachricht nicht mit Eva teilen konnte, denn dazu müsste sie ihr gestehen, sie schon wieder verraten zu haben. Das schlechte Gewissen lag ihr schwer im Magen wie ein unverdauter Knödel.

Sie fand Eva im Schlafzimmer. Auf dem Bett lag ein offener, zur Hälfte gefüllter Koffer, am Boden stand eine Reisetasche.

„Du packst?“, fragte Ramona erstaunt und setzte sich auf die Bettkante.

Eva legte eine Hose in den Koffer und sagte: „Es hat doch keinen Sinn, hierzubleiben. Jetzt, da die Presse weiß, wo ich bin, wird es nicht lange dauern, bis sie auch hier aufkreuzen. Dann ist es mit der Waldesruh sowieso vorbei.“ Sie lachte.

Augenblicklich fühlte Ramona sich besser. Raoul war ganz versessen darauf gewesen, Eva persönlich sprechen zu müssen, aber bis der hier aufkreuzte, wäre sie längst über alle Berge – und würde somit von dem neuerlichen Verrat niemals erfahren. Aber eines war trotzdem seltsam.

„Hat Raoul eigentlich nie versucht, dich telefonisch zu erreichen?“

Misstrauisch sah Eva auf. „Nein“, sagte sie gedehnt, „wieso sollte er?“

„Ich dachte nur.“

„Möglicherweise hat er es ja versucht, aber mit der blöden Prepaid-Card hab ich im Haus kein Netz!“, sagte Eva, die aufgrund ihres Bekanntheitsgrades in letzter Zeit öfters ihre Mobilnummer wechseln musste.

„Das erklärt auch, warum ich dich nicht erreichen konnte! Aber witzig ist es schon, du wolltest ja unbedingt deine Ruhe!“ Ramona grinste.

„Anfangs fand ich das gar nicht so lustig, das kannst du mir glauben!“ Eva klappte den Koffer zu.

„Es gibt da allerdings noch eine Sache, die du besser wissen solltest“, wurde Ramona unvermutet wieder ernst.

Alarmiert fragte Eva: „Noch mehr peinliche Geständnisse? Was ist es denn diesmal?“

Ramona nagte an ihrer Unterlippe und schielte zu ihr hoch wie eine Fünfjährige, die man beim Bonbonklau erwischt hatte.

„Lass mich raten. Es war kein Zufall, dass diese Horde wild gewordener Pressehunde wusste wo ich bin?“, schoss Eva ins Blaue hinein.

Betreten senkte Ramona den Kopf.

Aus Evas Gesicht wich alle Farbe. Sie schob den Koffer beiseite und sank neben Ramona auf die Bettkante. „Bitte sag, dass das nicht wahr ist!“

„Was hätte ich denn tun sollen? Die haben mir Geld geboten, viel Geld!“, rechtfertigte Ramona sich.

„Wieviel?“ Eva kniff die Augen zusammen.

„Fünftausend“, gestand Ramona kleinlaut.

„Fünftausend Euro? Mehr bin ich dir nicht wert?“ Langsam stand Eva auf, ging zur anderen Seite des Zimmers und sah aus dem Fenster. Diese Information musste sie erst einmal sacken lassen. Dass sie Jakob gesagt hatte, wo sie war – Schwamm drüber. Aber das hier war eine andere Hausnummer. Was bewog einen Menschen dazu, so etwas zu tun? Und wie verzweifelt musste man sein, um die beste Freundin ans Messer zu liefern? Unvermittelt mischte sich Mitleid in Evas Ärger. Abrupt drehte sie sich um. „Und, war es das wert?“

Niedergeschlagen zuckte Ramona mit den Schultern, sie begann zu weinen. „Es tut mir ja so leid! Meinst du, du kannst mir jemals verzeihen? Ich weiß, ich hätte das nicht tun dürfen, aber die haben mich genau in dem Moment erwischt, als der Gerichtsvollzieher vor meiner Tür stand, da konnte ich einfach nicht anders! Und dir ist doch auch nichts passiert!“

Das kann man so oder so sehen, dachte Eva. Aber mit einem hatte sie Recht, verschlimmert hatte es ihre Situation nicht. Denn schlimmer ging es nimmer.

„Bitte, Eva“, flehte Ramona unglücklich.

„Schon gut. Aber tu mir jetzt bitte den einen Gefallen und geh! Ich will wenigstens noch ein paar Stunden für mich haben, bevor ich heute Abend zurück nach München fahre, um die Scherben meines Lebens zusammenzukehren.“

„Du fährst nicht jetzt gleich?“, fragte Ramona bestürzt und stand auf.

„Den einen Tag wirst du mir doch wohl noch gönnen, oder?“

„Ja, schon“, sagte Ramona zögerlich, musste aber einsehen, dass es jetzt nichts mehr gab, womit sie die Lawine, die sie losgetreten hatte, noch aufhalten könnte. Nichts, bis auf eines: Evas Bitte Folge zu leisten.

Ramona stand neben ihrem roten MINI, bereit, einzusteigen und Eva mit sich und ihrem Unglück allein zu lassen, wie sie es gewünscht hatte. Trotzdem fühlte es sich an, als würde sie ihre beste Freundin einmal mehr im Stich lassen.

„Also dann“, sagte sie, rührte sich aber nicht vom Fleck.

„Ja, also dann“, wiederholte Eva. Es war alles gesagt. Sie öffnete die Arme und drückte Ramona zum Abschied.

Ihre Vergebung bedurfte keiner Worte, diese Geste war mehr, als Ramona erwarten konnte. Gerührt wollte sie etwas darauf sagen, aber aus ihrem Hals kam nur ein hilfloser Schluchzer. Also stieg sie ein und startete den Motor.

Eva hob zum Abschied die Hand. Doch da vernahm sie das schon vertraute Knattern eines Traktors. Ramona, die es ebenfalls gehört hatte, streckte neugierig den Kopf zum Fenster heraus. Tatsächlich, es war der Gustl! Und er kam nicht allein, Gabi saß neben ihm.

Gespannt, was dieser Aufmarsch zu bedeuten hatte, wartete Eva, bis der Traktor hinter Ramonas Auto zum Stehen gekommen war. Da sie jetzt ohnehin am Wegfahren gehindert wurde, stieg Ramona schnell wieder aus.

Gustl kletterte aus dem Führerhaus und Gabi sprang behände an seine Seite. Die beiden wirkten aufgeregt.

„Griaßt eich, der Gustl und ich, wir haben euch was zu sagen.“ Sie zupfte ihn am Ärmel und er trat einen Schritt vor. „Jetzt mach schon!“, ermutigte sie ihn.

„Also Ramona, es ist wegen dem Haus“, begann er unbeholfen. „Die Sache ist nämlich die.“ Er nahm seine Mütze ab und drehte sie mit den Händen.

Gabi dauerte das alles zu lange und sie übernahm kurzerhand wieder das Ruder.

„Der Gustl hat mir erzählt, dass du das Haus verkaufen möchtest“, sagte sie an Ramona gewandt. „Da haben wir das gemeinsam besprochen und durchgerechnet. Mir schwebt nämlich schon länger vor, ein paar Zimmer mehr zu vermieten, aber die Kinder sollen jedes ein eigenes behalten. Und weil dein Haus ja bloß einen guten Steinwurf von uns entfernt liegt und außerdem auch die Laurentia gemeint hat –“,

Gustl prustete ungeduldig und Gabi beeilte sich, auf den Punkt zu kommen.

„Ach, ist ja auch egal! Kurz und gut, wir würden dir das Haus gern abkaufen!“

Ramonas Augen wurden tellergroß. „Ist das euer Ernst?“

„Unser voller!“ Gabi gab Gustl einen Schubs. „Jetzt sag doch auch mal was!“

„Das da oben lassen wir reparieren“, erklärte er und sah hinauf zum Dach, „und die anderen Sachen mach ich selber.“

Jubelnd fiel Ramona zuerst Gabi um den Hals, dann dem Gustl, den sie ein wenig länger drückte, als unbedingt notwendig.

„Ich weiß nicht, was ich sagen soll! Ihr seid meine Rettung, vielen Dank!“

„Ich hoffe nur, wir werden uns handelseinig!“, lachte Gabi.

„Also, wenn das so ist, melde ich mich gleich als erste Mieterin an“, mischte Eva sich ein. „Aber erst, nachdem das Dach repariert worden ist!“

„Kein Problem. Wenn ihr wollt, räumen wir euch beiden vertraglich ein Sondermietrecht ein. Ihr sagt uns, in welchen Wochen des Jahres ihr das Haus haben wollt, und in den anderen vermieten wir es an Feriengäste." Gabi grinste verschmitzt und stieß Gustl mit dem Ellbogen an. „Du, dann haben wir die Prominenz im Haus!"

„Du weißt, wer ich bin?", fragte Eva verblüfft.

„Was dachtest du denn?" Dein Bild war in jeder Zeitung!"

Was sagt man dazu? Eva schüttelte den Kopf.

Prustend fing Ramona an zu lachen und Gustl und Gabi fielen mit ein.

Da konnte Eva nicht anders, als auch den letzten Rest Ärger hinunterzuschlucken und ihre überglückliche Freundin herumzuwirbeln. Wenn das keine guten Neuigkeiten waren!

„War das deine Idee?", wollte sie von Gabi wissen.

Die schüttelte den Kopf. „Diesmal nicht. Ich konnte es ja selbst kaum glauben, als mein Bruder mit dem Vorschlag heimkam, aber so war`s!" Sie grinste Gustl an.

„Dein Bruder?" Überrascht sah Eva von Gabi zu Gustl und wieder zurück. „Gustl ist nicht dein Mann?"

„Wie, du dachtest, der Gustl und ich?" Gabi konnte sich kaum wieder einkriegen vor Lachen.

„Die Gabi ist meine jüngere Schwester", stellte der Gustl unmissverständlich richtig und legte beschützend den Arm um sie. „Nachdem der Franz damals mit dem Motorrad verunfallt ist, bin ich zu ihr und den Kindern auf den Hof gezogen."

Dankbar schaute Gabi zu ihm auf und tätschelte

ihm den Arm. „Das vergesse ich dir nie, dass du deine Karriere als Ingenieur aufgegeben hast, um bei uns auf dem Hof zu helfen.“

„Ingenieur?!“, riefen Ramona und Eva wie aus einem Mund, Ramona begeistert, Eva überrascht.

„Jetzt ist`s aber gut“, sagte Gustl, dem so viel Wirbel um seine Person unangenehm war.

Und nun, da die beiden so dicht nebeneinander standen, kam auch Eva nicht umhin, die Ähnlichkeit zwischen Gabi und Gustl zu bemerken. „Ja, wenn das so ist“, sagte sie und warf Ramona einen vielsagenden Blick zu, worauf die knallrot anlief.

„Ja“, sagte der Gustl, „so ist das“, und konnte nicht verhindern, dass auch seine Wangen rosig wurden.

Gabi und Eva grinsten sich wissend an.

„Würdet ihr mir dann bitte endlich verraten, woher ihr beide euch kennt?“, forderte Eva Gustl und Ramona auf.

„Das würde mich allerdings auch interessieren!“, bekräftigte Gabi und stemmte die Hände in die Hüften.

Gustl und Ramona tauschten einen schnellen Blick, dann sagte Ramona: „Wir haben uns auf der Beerdigung meiner Tante kennengelernt.“ Beschämt schlug sie die Augen nieder.

„Deshalb also bist du damals so schnell vom Mahl verschwunden?“ Gabi schaute ihren Bruder durchdringend an. „Ihr seid mir zwei!“ Missbilligend schüttelte sie ihren Pagenkopf. „Aber eine schöne Leich war`s trotzdem!“

Musste er ausgerechnet heute diesem grobschlächtigen Rüpel in die Arme laufen? Jakob war verärgert, ein schlechteres Timing hätte es gar nicht geben können!

An diesem Morgen war er extra früh aufgestanden, um bis gegen Mittag, wenn sein Flieger ging, stressfrei am Flughafen zu sein. Sorgfältig hatte er Evas Wohnung aufgeräumt und die Spuren seines Besuchs beseitigt. Dabei verstand er zum ersten Mal, warum sie sich so häufig über seine Unordnung beschwert hatte. Eine seiner Socken hatte er tatsächlich über dem Lampenschirm hängend im Wohnzimmer gefunden. Er rätselte noch immer, wie sie dort hingekommen sein mochte.

Handkoffer und Mantel waren bereits im Wagen verstaut, als Jakob eingefallen war, dass er im Bad das Licht angelassen hatte. Er konnte sich nicht erinnern, ob es automatisch ausging, wollte aber auch nicht riskieren, von einer solchen Kleinigkeit verraten zu werden. Also stieg er noch einmal in den Lift und fuhr hoch in die Wohnung, nur um dort festzustellen, dass alle Lichter aus waren. Womit er sich den Weg hätte sparen können und die unangenehme Begegnung gleich dazu. Einerseits.

Andererseits aber hatte der bedauerliche Vorfall auch sein Gutes. Denn er konnte unmöglich mit einem abgerissenen Saum in die Business Class steigen. Und so musste Jakob ein weiteres Mal in Evas Penthouse zurück, um sich erneut auf die Suche zu machen, diesmal nach einer Sicherheitsnadel.

Eva war keine Frau, die gerne nähte, aber Jakob wusste, dass sie einen hölzernen Kasten besaß, in dem sie ihre Kurzwaren aufbewahrte. Also machte er in der Küche den Unterschrank auf, hob das nostalgische Kästchen auf die Arbeitsplatte und durchwühlte es. Er fand darin, was das Schneiderherz begehrt, Nadeln, Fäden, Druckknöpfe, Spitzenbesatz, Samtbänder und eine Schere. Aber keine Sicherheitsnadel.

Im Bodenfach schließlich stieß er auf eine Zigarrenschachtel, die, als er sie herausnahm, klapperte wie eine Kinderrassel. Darin befand sich ein illustres Arsenal an Knöpfen in diversen Farben, Formen und Größen. Jakob musste schmunzeln, als er die Knopfparade sah. Dass sie Knöpfe hasste, war eine von Evas liebenswerten Eigenheiten. Konsequent schnitt sie überall die Knöpfe ab und nähte die Knopflöcher zu. Wo nötig, ersetzte sie sie durch Samtschleifen, was besonders an Kissen und Bettwäsche sogar ganz hübsch aussah.

Versonnen betrachtete Jakob die Knöpfe, darunter ein paar ausgefallene Stücke aus Perlmutt und Edelholz. Zwischen den Knöpfen entdeckte er dann auch endlich die gesuchten Sicherheitsnadeln, mit denen er seinen Blazer flicken konnte. Er schob die Knöpfe beiseite, um eine davon herauszunehmen, da bemerkte er ein Funkeln. Interessiert griff er nach dem Glitzerknopf und hätte ihn vor Schreck fast fallengelassen. Was er da in den Händen hielt, war der Verlobungsring seiner Mutter!

Er drehte den klobigen, goldenen Ring im Licht, so dass der bunt schimmernde Turmalin in seiner Fassung aufleuchtete. Der Stein war traumhaft schön, Jakob hatte ihn schon als Kind bewundert. Aber er konnte verstehen, dass Eva den fetten Klunker nicht tragen wollte. Dass sie ihn aber zu den verhassten Knöpfen entsorgt hatte, offenbarte einen tiefen Blick in ihre Seele und passte auf traurige Weise zu dem, was in ihren Tagebüchern stand.

Jakob legte den Ring zurück und überraschte sich selbst mit einer spontanen Planänderung.

Kaum war Ramona abgereist, begann es wieder zu schneien. Es war die reinste Wonne, den dicken Flocken vom warmen Ofen aus dabei zuzusehen, wie sie sich auf Büschen und Bäumen niederließen und binnen kürzester Zeit alles mit ihrem unschuldigen Weiß überzogen. Endlich war es so ruhig und friedlich, wie es von Anfang an hätte sein sollen. Mit einem wohligen Seufzer schloss Eva die Augen und dachte an das unerhörte Glück, das Ramona hatte. Die unerwartete Wende weckte in ihr neue Hoffnung auch für ihr eigenes Leben, auch wenn sie noch nicht wusste, wie es jetzt weitergehen sollte.

Der nervige Türsurrer entband sie vorübergehend davon, auf diese Frage eine Antwort finden zu müssen. Wer könnte das sein? In diesem Haus war ihr einfach keine Ruhe vergönnt! Missmutig verließ Eva das kuschelige Plätzchen und ging zur Tür.

Vor ihr stand Raoul.

„Wenn du dich extra herbemüht hast, um mir mitzuteilen, dass ich gefeuert bin, kommst du zu spät!“, empfing sie ihn unterkühlt.

„Eva, nicht doch!“ Beschwichtigend hob er die Hände.

„Lass gut sein. Solange du von mir profitiert hast, war ich die liebe Eva, aber wehe, es kommt Gegenwind auf, dann dreht der Raoul sein Fähnchen und ward nicht mehr gesehen!“

„Jetzt hör mir doch erstmal zu!“, bat er sie.

Eva verschränkte die Arme vor der Brust.

„Kann ich vielleicht reinkommen?“ Es schneite heftig und er trug nur ein Sakko über dem unvermeidlichen, roten Hemd.

Doch Eva wich keinen Zentimeter. Sollte er doch Frostbeulen bekommen, am besten da, wo`s richtig weh tut!

„Also gut, ich bin nicht hier, weil ich dich feuern will, ganz im Gegenteil! Ich möchte deine Show gerne ausweiten auf zwei Abende pro Woche! Na, was sagst du dazu?“

Mitleidsvoll betrachtete sie ihn, wie er zitternd vor ihr stand und nicht wusste, wo er mit seinen Händen hin sollte. Eine komische, um nicht zu sagen tragische Figur, fast tat er ihr leid.

„Und was ist mit der Werner? Nach allem, was man hört, steht die doch schon in den Startlöchern und scharrt mit den Hufen!“

Raoul schnaufte wie ein wilder Stier. „Hör mir bloß mit der auf! Diese blöde Kuh hat mich jetzt schon zum zweiten Mal beinahe meinen Job gekostet!“

„Wie meinst du das?“, fragte Eva irritiert.

„Der verdanken wir diese hinterhältige Intrige doch!“, rief Raoul aus und seine Halsschlagader trat bedrohlich hervor.

„Woher willst du das wissen?“

„Ein Großcousin von mir arbeitet bei dem Schmierenblatt“, erklärte er und sein Gesichtsausdruck ließ keinen Zweifel daran, was er davon hielt.

Fassungslos schüttelte Eva den Kopf. Was er da sagte, klang verrückt, aber durchaus logisch.

Raoul trat einen Schritt näher und lächelte gequält. „Bitte, Eva, komm zurück! Deine Fans vermissen dich! Und ich auch."

„Na gut, ich überleg`s mir", sagte Eva und schlug ihm die Tür vor der Nase zu.

Und das tat sie auch, kam aber zu keinem brauchbaren Ergebnis. Eva hatte geglaubt, in Folge der Scheidung ihren Job zu verlieren, wäre das Schlimmste, was ihr passieren könnte. Aber als das aus ganz anderen Gründen tatsächlich geschehen war, hatte sie nach dem Schock eine seltsame Erleichterung verspürt. Denn es war furchtbar anstrengend, eine öffentliche Person zu sein. Erbarmungslos hatte ihr der verleumderische Zeitungsartikel vor Augen geführt, wie angreifbar sie sich damit machte. Dabei war es trotz allem nur ein Job! So abgedroschen es auch klingen mochte, aber das einzige, was zählte im Leben, war die Liebe. Eva hatte gedacht, ins Allgäu geflohen zu sein – in Wahrheit aber war sie angekommen.

In diesen turbulenten Tagen war ihr klar geworden, dass sie Jakob liebte und sich nicht von ihm scheidenlassen wollte. Hier, auf dem Land, wo die Familienbande noch eng waren und der Zusammenhalt selbstverständlich, war in ihr der Wunsch nach einer eigenen Familie neu erwacht. Bei diesem Gedanken angelangt, schien der richtige Zeitpunkt gekommen.

Eva ging in die Küche und nahm den Schwangerschaftstest aus ihrer Handtasche. Sobald sie das Ding in der Hand hielt, begann ihr ganzer Körper zu kribbeln und sie beeilte sich, auf die Toilette zu kommen. Dabei befiel sie das sichere Gefühl, sich den Test sparen zu können. Minuten später hatte sie Gewissheit: Sie war schwanger!

Eva legte sich auf das Sofa. Wie war es zu dieser unbefleckten Empfängnis gekommen? Denn wenn sie sich recht erinnerte, müsste das letzte Mal an Weihnachten gewesen sein. Was wiederum bedeuten würde, dass sie schon in der vierzehnten Woche war! Aber da sollte doch schon etwas zu sehen sein, oder? Aufgeregt sprang sie auf, rannte sie hinaus auf den Flur und stellte sich vor den Spiegel. Sie zog den Bauch ein und drückte ihn wieder heraus, aber er war so flach wie immer. Hatte der Test sich geirrt?

Zurück auf der Couch, sah sie in den Himmel und beobachtete, wie die graue Wolkendecke langsam aufriss und ein leuchtender Sonnenstrahl sich Bahn brach. Er wurde immer heller und breiter, bis er so grell war, dass Eva fast nicht mehr hinsehen konnte. Da zog es sie hinaus.

Ein letztes Mal schlüpfte sie in die dicken Winterklamotten, die sie insgeheim ihr Allgäu-Outfit nannte, und machte sich auf den Weg. Nach alter Gewohnheit schlug sie den Trampelpfad ein und strebte dem Wald entgegen. Der Himmel über ihr öffnete sich immer weiter, bald war er blau und klar. Längst hatte Eva sich an die schnellen Wetterwechsel gewöhnt. Leichten Herzens lief sie drauflos und atmete genussvoll die frische, saubere Luft ein. Als sie daran dachte, schon morgen wieder in der lärmigen Großstadt zu erwachen, befiel sie der Abschiedsschmerz.

Hatte Gabi es ihr nicht schon beim ersten Besuch prophezeit, dass sie sich unsterblich ins Allgäu verlieben würde? Da hatte sie noch darüber gelacht. Doch die raue Region mit ihrer reinen Bergluft, dem klaren Weitblick und der schroffen Herzlichkeit ihrer

Bewohner hatte sich unbemerkt in ihr Herz geschlichen. Der einzige Trost war, dass es kein Abschied für immer sein musste. Dank Gabi und Gustl hatte sie hier für alle Zeiten eine Heimat gefunden. Und voller Freude bemerkte Eva, dass es kein passenderes Wort für ihr Empfinden geben konnte als dieses: Heimat!

Der Aussichtspunkt auf dem Staufner Kapf begrüßte sie wie eine alte Bekannte. Die Tannen schienen ihr freundlich zuzunicken, bei jeder Bewegung rieselte eine Ladung Schnee herunter. Eva setzte sich auf die Bank und überblickte die malerische Talschneise, die Paradies genannt wurde. Jetzt, da die Sonne die Schneefelder glitzernd zum Leuchten brachte, während über dem Säntis ein bedrohliches Wolkenmeer wogte, verstand sie einmal mehr, wieso. Eva im Paradies, dachte sie lächelnd, das passt doch!

Eigentlich hätte sie allen Grund, zufrieden zu sein. Beruflich war alles wieder im Lot und auch Ramonas finanzielle Probleme waren so gut wie gelöst. Trotzdem war ihr Herz unendlich schwer, denn sie vermisste Jakob. Sie war zu beschäftigt gewesen, um zu bemerken, wie sehr es ihrer Beziehung an Zweisamkeit gefehlt hatte, an heiteren Gesprächen, neckischen Zärtlichkeiten und absichtslosem Zusammensein, das sie früher so selbstverständlich miteinander geteilt hatten. Und jetzt ein Kind?

Freudentränen traten in Evas Augen, sie legte die Hände auf ihren Bauch. In dem Moment, in dem sie das Testergebnis gesehen hatte, war in ihrem Innern ein unbeschreibliches Gefühl zum Leben erwacht. Jetzt wusste sie plötzlich, was es war: Muttergefühle!

In ihr wuchs ein nagelneuer, kleiner Mensch heran, den sie innig liebte. Sollte Jakob nicht zu ihr zurückkommen, würde sie trotzdem auf ewig durch dieses Kind mit ihm verbunden bleiben. Was für ein tröstlicher Gedanke.

Lange saß Eva still auf ihrer Bank und betrachtete die majestätischen Berge. Ihr Leben mochte schwanken und wanken, doch sie standen unerschütterlich fest, wie alte Freunde, an die man sich anlehnen und denen man sich anvertrauen konnte. Von hier oben betrachtet sah die Welt so anders aus, so friedlich. Alle Probleme schienen weit weg. Sie legte den Kopf in den Nacken und schloss die Augen. Sie, die sich noch nie im Leben irgendwo zu Hause gefühlt hatte, war endlich angekommen.

Schritte durchbrachen die Stille, jemand kam den Pfad hoch. Eva hörte das Knacken von Ästen, dann gleichmäßige Stapfen. Es gab zwei Bänke, daher blieb sie unbewegt sitzen und wartete darauf, dass die Person an ihr vorbeiging, doch das tat sie nicht. Ein Schatten fiel auf Evas Gesicht und sie öffnete die Augen.

Im ersten Moment glaubte sie zu träumen. Sie musste ein paarmal blinzeln, doch kein Zweifel, der da vor ihr stand, war kein geringerer als ihr Ehemann.

„Was machst du denn hier? Und wie hast du mich gefunden?"

„Ich habe Gabi kennengelernt", sagte er lächelnd und setzte sich neben sie. „Sie hat mir erzählt, dass du heute zurückfahren wirst, da war es nicht schwer zu erraten, wo ich dich finde."

„Aber, warum?" Sprachlos sah Eva ihn an.

Er rutscht kaum merklich näher. „Das ist schnell

erklärt. Weil es ohne dich nicht geht, Eva. Ich liebe dich! Und daran hat sich trotz allem nichts geändert." Vorsichtig taste er nach ihrer Hand.

Sie legte ihre Hand in seine. Es fühlte sich gut an, sicher, vertraut und richtig. Genau wie damals, vor vielen Jahren, beim allerersten Mal.

„Sag, Evchen, haben wir noch eine Chance?", fragte er leise.

Eva hört die Angst in seinen Worten. „Ich weiß es nicht", sagte sie mit belegter Stimme.

„Wollen wir es gemeinsam herausfinden?"

Tränen rannen ihr aus den Augenwinkeln, als sie seine Hand fester drückte und sich an ihn lehnte. Sie musterte ihn. Die markanten Gesichtszüge, das helle Haar, das der Wind aufplusterte, die Lachfältchen um seine Augen und der wohlgeformte Mund.

„Ja", sagte sie, „das sollten wir sogar unbedingt!" Eva fasste sich ein Herz und sprach es aus: „Ich bin schwanger!"

Jakobs Gesichtszüge entgleisten, sofort bereute Eva, es ihm gesagt zu haben. Doch dann schüttelte er ungläubig den Kopf und sah sie prüfend an. „Ist das wirklich wahr?", fragte er atemlos. „Ich werde Vater?"

„Ja, kein Zweifel!"

„Aber, nimmst du denn nicht die Pille?", fragte er misstrauisch.

„Die Pille? Wie kommst du denn darauf?" Eva war irritiert.

„Die Fluglotsen haben gestreikt." Er fing Evas verwirrten Blick auf und beeilte sich zu erklären: „Deshalb musste ich in München bleiben. Also habe ich mir das Hotel gespart und bin in deine Wohnung gegangen. Ich hatte Kopfschmerzen und suchte nach einer Tablette – und dabei bin ich dann auf diese Schachtel gestoßen", gestand er.

„Jakob!", rief Eva beschwörend aus. „Erstens ist das nicht meine Wohnung, sondern unsere! Und zweitens hättest du dir die Packung vielleicht ein wenig genauer ansehen sollen, die ist nämlich noch gar nicht angebrochen! Als ich damals kurz nach der Hochzeit die Pille abgesetzt habe, hatte ich bereits eine neue Schachtel aus der Apotheke geholt, aber nicht mehr genommen. Wahrscheinlich ist die längst abgelaufen!" Eva bog sich vor Lachen.

„Ich bin ein Idiot", sagte er zerknirscht.

Eva zog es vor, das unkommentiert stehen zu lassen.

Jakob erhob sich und machte ein paar Schritte auf den Abhang zu. Sie verfolgte es mit wachsender Sorge. Hatte er etwa vergessen, dass er an Höhenangst litt?

Er richtete den Blick in die Ferne. In ihren Tagebüchern hatte er keinen Anhaltspunkt dafür finden können, dass sie ihn jemals betrogen hätte. Er drehte sich um, stürzte auf sie zu und warf sich vor ihr auf die Knie.

„Wir werden Eltern, Evchen, ist das nicht wundervoll?", rief er entzückt und verbarg den Kopf in ihrem Schoß.

Eva strich ihm liebevoll übers Haar. Er mochte sich manchmal wie ein großer Junge verhalten, aber sie liebte ihn nun mal.

Er sah auf. „Weißt du schon, wann es so weit ist? Du müsstest jetzt ungefähr in der fünften Woche sein, oder?"

„Wieso in der fünften?“, fragte Eva perplex.

„Na, weil das doch am Valentinstag passiert sein muss!“, hatte er blitzschnell ausgerechnet.

Oh, Gott, natürlich! Der Valentinstag! Den hatte sie ja komplett verdrängt! „Das war aber alles andere als leidenschaftlich. Und dabei soll unser Kind entstanden sein?“, fragte sie zweifelnd.

„Soll vorkommen“, sagte Jakob und grinste. Er dachte an die unglückselige Nacht zurück, in der sie spät nach Hause gekommen waren, er frustriert und sie angetrunken, eine explosive Mischung, die sich zuerst in einem handfesten Streit, dann in unmotivierten, sexuellen Handlungen entladen hatte.

„Weißt du was, das mit der Leidenschaft, das holen wir einfach nach!“ Er stand auf und setzte sich neben sie. Eine Weile lang sahen sie schweigend hinab ins Tal. „Es ist wirklich schön hier. Was hältst du davon, im Allgäu einen Zweitwohnsitz aufzuschlagen?“, schlug er zu ihrer größten Überraschung vor.

Eva sah ihn mit glänzenden Augen an. „Die Idee könnte von mir sein! Ich glaube, ich wüsste da auch schon einen!“

„Es müsste aber ein kinderfreundlicher Ort sein“, sagte er ernst.

Eva nahm das Flattern in seiner Stimme wahr und sah zu ihm auf. Sie versuchte, aus seinem Gesicht zu lesen.

„Ich verspreche dir hoch und heilig, dass unsere Kinder nicht in Hamburg aufwachsen müssen, wenn du das nicht willst. Hanne hat sich übrigens kurzfristig dazu entschlossen, das Haus zu verkaufen.“

Mit Tränen in den Augen legte Eva ihre Hand an

seine Wange und streichelte ihn sanft. Sie wollte etwas sagen, doch er war schneller.

„Es tut mir unendlich leid, wie sehr du unter meiner Mutter hast leiden müssen. Und ich Tölpel war so unsensibel, es nicht einmal zu bemerken! Das ist absolut unverzeihlich und stellt mir als Ehemann ein Armutszeugnis aus“, sagte er betrübt.

„Aber – woher weißt du das denn alles?“

„Deine Tagebücher“, sagte er frei heraus, denn früher oder später hätte er es ihr sowieso beichten müssen.

„Du hast meine Tagebücher gelesen?“, fragte sie entsetzt.

„Ich könnte verstehen, wenn du mich deswegen hassen würdest, aber ich …“

Diesmal war sie es, die ihn unterbrach. „Nicht, Jakob, du hast ja recht. Ich hätte von Anfang an ehrlich zu dir sein müssen!“

„Wollen wir uns das versprechen? Dass wir von nun an immer ehrlich zueinander sind?“

Statt einer Antwort packte Eva ihn sanft am Kragen, zog ihn zärtlich an sich und küsste ihn. „Ich liebe dich“, murmelte sie zwischen zwei Küssen.

„Und ich liebe das Allgäu!“, entgegnete er.

Dem konnte und wollte Eva nicht widersprechen.

ENDE

Vielen Dank, dass du mein Buch zu Ende gelesen hast, ich hoffe, es hat dir gefallen!

Mehr über mich und meine Bücher findest du auf meiner Facebook-Seite, über die du auch Kontakt zu mir aufnehmen kannst. Außerdem poste ich dort regelmäßig Fotos von den Schauplätzen meiner Geschichten. www.facebook.com/susanne.n.bahro/

ALLGÄU ROMANTIK
Geschichten wie ein Kurzurlaub im Allgäu!

Bisher erschienen:

Band I: Neuanfang am Paradies
ISBN 978-3-00-053503-1

Band II: Abschied am Alpsee
ISBN 978-3-00-053926-8

Band III: Endstation Hochgrat
ISBN 978-3-00-053927-5

Auf Wiederlesen im nächsten Band!

Herzlichst,
Susanne N. Bahro